钱锺书
研究文库

《石语》脞谈

刘衍文　著

河南文艺出版社
·郑州·

图书在版编目（CIP）数据

《石语》脞谈／刘衍文著. --郑州：河南文艺出版社，
2024.9

（钱锺书研究文库／陆建德主编）

ISBN 978-7-5559-1482-2

Ⅰ.①石… Ⅱ.①刘… Ⅲ.①中国文学-文学研究-文
集 Ⅳ.①I206-53

中国国家版本馆 CIP 数据核字（2023）第 218923 号

丛书策划　　李建新

丛书统筹　　王　宁

本书策划　　梁素娟

责任编辑　　梁素娟

责任校对　　梁　晓

书籍设计　　书籍/设计/工坊
　　　　　　刘运来工作室　徐胜男

责任印制　　陈少强

出版发行	河南文艺出版社	印　张	10.625
社　址	郑州市郑东新区祥盛街 27 号 C 座 5 楼	字　数	239 000
承印单位	郑州市毛庄印刷有限公司	版　次	2024 年 9 月第 1 版
经销单位	新华书店	印　次	2024 年 9 月第 1 次印刷
开　本	889 毫米 × 1194 毫米　1/32	定　价	68.00 元

目　录

附录

小引

想不到我的一篇小文,引起了不少人的注意。据安迪兄函告,香港的林行止先生,大约见拙作中提及钱锺书先生吧,竟建议我写写《石语》[1]。

深蒙错爱,却之不恭,应命行文,又恐难副雅望。因有关此题大作,已闻有多人涉及,自惟寡陋,拜读甚少。前唯见李洪岩先生《钱锺书与近代学人》一书中有《石语:钱锺书与陈衍》一章,写得甚有风趣。即就其全书而论,也甚佩其用力之深、文笔之利,极为爱读。但对其中所引资料,常恨其语焉不详,大有陈后山"书当快意读易尽"之叹。或李先生为有意避免行文枝蔓之故吧。其实不妨采用唐德刚写《胡适口述自传》的方法,多加附注,岂不更能得

---

[1]《石语》系钱锺书于1932年阴历除夕与陈衍(石遗)的一次谈话记述。内容为对当时一些文苑翘楚、诗坛名流的文品、人品、性情、爱好的直言不讳的评骘,也不乏对这些学者、文人道德的臧否鉴衡。由于各种原因,直到20世纪末才得以影印面世。因为全篇钱先生用文言写下,加上时隔多年,当时的文坛翘楚、诗界健将对于当下的一般读者来讲,已十分陌生。为此,香港作家林行止建议刘衍文教授写写《石语》,于是有了本书。

餍读者之所欲乎？这是我拜读后的主要一点建议。

最近得见刘梦芙《〈石语〉评笺》（见《钱锺书研究集刊》第二辑），征引资料繁富，亦深佩其用力之勤，实值得一读。既有珠玉在前，大有斌珷难继之感，因为我绝不相信驽马之十驾，真能等同骐骥之一跃。要把我这匹病弱残缺的老驽，推出来与骐骥竞走，怎能不疲于奔命，露丑出乖？由于有这一点自知之明，虽出场而不敢拼搏，却又不便缩回，只好左顾右盼，东倒西歪，逸出旁斜，不按规矩绕场一圈再说。观者不妨当作一个"余兴"的笑料来调剂一下好了。故名其目曰"《石语》题外"[2]。

---

〔2〕此次出版更名为《〈石语〉脞谈》。

舊社人士剩林亭小集諸人猿鶴

跫下遠傀往亝別物田林黃葉最

堪聽集小秀野州坐化

展望仁兄兩正　七十六叟衍

陈衍手迹

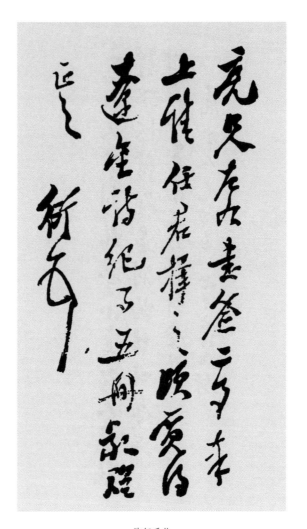

陈衍手札

"依我"与"外我"

　　据钱公《石语·序》，这原是"（民国）二十一年除夕，（陈石遗）丈招余度岁"，"退记所言"，后于"民国二十七年二月八日""重为理董"于"巴黎客寓"的一篇文字。查二十一年除夕，是为公历 1933 年 1 月 25 日，考陈丈（1856—1937）在这一年，已七十有七；而钱公（1910—1998）则尚只二十有三。这原是当夕一老一少所说的"私房话"，彼此说得相当坦诚和投机，不过在当时以及以后的一段日子里，由于触及某些名流，自然不便公开，这也就是《石语》直搁至 1996 年才行问世的原因。

　　不知读者注意到，钱公手稿影印"陈衍石遗说"这五个字中"衍"字阙笔写作"衍"的情况否？直到 1985 年 10 月 29 日，我蒙钱公损书，因贱名亦有"衍"字，钱公也是这么写的（附见原书复印件），近见《钱锺书手稿集·容安馆日札》中"衍"字也莫不如此。由此可见钱公对石遗先生的尊重。按古时对帝王之名要避讳，各朝各代，都有特殊的规定，这里不须多赘。后代尊孔，以"四书"

石語

陳衍石遺說　　錢鍾書默存記

余早歲學中為駢散文，多能工也，然已足慨古文之枝葉蔓衍而不為見，擅駢文者只諳古文，喑不工金甬子黃秋岳，駢文集石遺一代之大成而散文不能作語，是其例也，文言時措宏座壁上所懸，啟超岳乞卅壽聯文兀筆生平书為的文字，鍾書撰聯全做彭世亨，河廬書奇為學總須根柢經史否則道聽塗說東塗西抹必有蛭馬一脚矲尾三曰文好中途如嚴幾

《石语》手稿

"五经"取士,对至圣孔子和亚圣孟子之名讳,自雍正四年后,则又有统一的准则:凡有孔丘之"丘"字,一律避讳作"邱",《论语》中孔子自称,则阙笔作"𠄌";《孟子》中孟轲之"轲"或阙最后一笔或不阙,都同样读作"某",塾师在命学生背诵时进行圈点,都要用朱笔在其名上画上一个方框框。此外又有所谓"家讳",唐李贺因其父名晋肃,不应进士举,韩愈为他写了篇著名的《讳辩》之文,但李还是没有听从,仍然不行应举。《红楼梦》第二回,写贾雨村听冷子兴说到林如海夫人名唤贾敏时拍案笑道:"是极!我这女学生名叫黛玉,他读书凡'敏'字皆念作'密'字。写字遇着'敏'字亦减一二笔,我心中每每疑惑。今听你说,是为此无疑矣。"这该是读者所熟知之事吧?

我略引这些掌故典籍,只作为一种历史现象的观念形态和民族传统的道德习俗来看待,于此可见钱公对石遗先生的心态,复乎与其他前辈不同,知遇之恩与知己之感,始终用尊师尊圣之礼侍之,该是多么的难得啊!人们每每对钱公有刻薄之苛讥,但于此实亦足见其有厚道威风的一面。有些人或者以为钱公似不至于这么守旧,而不知钱公于致师友的函件,一直都是遵守极其严格的传统格式来表达的,当然这也得因人而异,如彼此都用语体文来往的书信就不是那么一回事了。

原来师友之间,常常也不免出现一些令人很为不快的世态。王闿运(湘绮)尝言及他两个根基最好的弟子,一个是廖登廷(廖季平),"思外我以立名";另一个是杨度,"思依我以立名"。廖"犹能自立",杨"则随风转移"。这当是湘绮老人多年接触观察而得,并不是真有前知的神通。杨度的诗文原很可观,但耐不得寂寞。后来虽为革命做了一些工作,然学术上实一无所成。季平先生因潜心伏案,故不断有新著杀青,然太好求新求异,不惜穿凿附会,也终于偏离了轨道(参见拙著《寄庐杂笔》中《谈今文学家的殿军廖季平大师》文)。

湘绮老人所说的这两位弟子实际上是两种类型,而都各有其典型的意义,且又各有所发展。

我尝闻见属杨度型的若干人,其中有两位都说他们的老师是近今独一无二的大师,而其中只有他这个弟子才是嫡传的衣钵,其他都不能算数。而他的弟子也自诩为一脉相承的法乳。幸得他们尚是"自说自话"而已,不然,学术界也要掀起一场争霸的大混战了。不过我可以断言,像这样的传承弟子,纵然得其绪余,实已一代不如一代,没有多大的出息了。

也有一些弟子,明知他们的老师成就不大,可也不切实际地把他们捧得过高过大;见有人对其师略有微词,就要群起而攻之。这与其说是为了报师恩,倒还不如说是为了抬高自己。这种人可说是杨度型的异化。

我又尝闻见属廖季平型而又变本加厉的,有些人初则服膺师说,继则处处与师对着干,但其宅心并不是"吾爱吾师,吾更爱真理",却是挖空心思想取而代之而妄图成为"百世之师"。当然其中也不乏一些依草附木之徒、盲从蛊惑之辈。其危言诡说,虽可耸动一时,流毒一代,但真的假不得,假的真不了,矫枉已有人,自欺必自害。我早有预见在前,却想不到现报之速也。

介乎"依我"与"外我"两者之间,随着世情风会之变化而急速变脸的,亦古已有之。最典型的例子,无如乾隆、嘉庆年间袁枚(随园)的某些弟子。当袁声气最盛时,很多人都争相攀附以列门墙为荣。有两个自称门生的人都命其诗集曰《推袁集》,又有人刻一"随园诗弟子"的闲章以自炫。及至袁卒后讥弹攻讦之声四起，于是某人又改刻"悔作随园诗弟子"的闲章以自表白。说来其时尚没有什么特别的政治压力，但有许多人就抵挡不住这一场舆论的小小风暴了。其间独有一个名叫孙韶的却敢于处处为之回护（参见陈文述《颐道堂文钞》卷三《孙莲水传》、阮元《揅经室三集》卷五《春雨楼诗序》、恽敬《大云山房文稿二集》卷四《孙九成墓志铭》，及本人与刘永翔合注之《袁枚〈续诗品〉详注》[增补本]）。

　　及至1949年后的历次运动中，诬师卖友，不惜造谣揭发而用以开脱自己者，更比比皆是。反右斗争中，常见有些人，其本性也许并不恶劣，及至被打倒而戴上帽子后，就如黠竖子之诱人跌落粪缸，或为伥鬼之陷害师友。初时，其本人虽总是"夹着尾巴做人"，可怜巴巴的，一旦拨乱反正、改正平反，又一跃而自诩为"五七战士"，趾高气扬起来。我尝和友人感叹说，不要以为右派都是受冤枉了的好人，其间良莠不齐，也有的是戴上帽子后才变坏，改正后学了乖，反而变得愈来愈乖巧也愈发坏透了的。至于在十年动乱中，则尤变本加厉，层见叠出的反反复复，更是罄竹难书的了。然而在陆键东著的《陈寅恪的最后二十年》一书中，也见到不少足以代表中华民族品格的优异人士，如陈寅恪先生的助手黄萱女士，牺牲世俗的享乐，始终不渝忠于职守。而其中尤以和他的学生刘节教授之间的师生情谊最足感人：1967年底挺身而出竟愿代先生上台挨斗！他们历劫不磨，可谓千古难得一见，真令我肃然起敬，毕生萦怀。这才真是我们民族的精英、道德的光焰。

　　再转说钱公，先生对于世俗人生的陋习，原是早就参透了的。《谈艺录》（增订本）曾有多处慨乎言之，乃至司空见惯："夫面谀而背毁，生则谀而死则毁，未成名时谄谀以求奖借，已得名后诋毁

以掩攀凭,人事之常,不足多怪。子才(袁枚字)声气标榜最盛,世态炎凉,遂尤著耳。"(见529—530页)

及经"文革"的洗礼,感触尤深。当长子永翔晋谒时问及为何不招收研究生时,公似余悸特深,乃坦然慨言曰:"研究生不是利用我的,就是要害我的。"剖析同于湘绮,但易"外我"为"害我",愤激之情,溢于言表。但这绝不是在有意步趋,实残酷的现实情状有以启之、"于今为烈"的五浊末俗有以证之故耳。故永翔于返回逆旅后感触殊多,枕上吟成七绝六首,其三即云:"大道犹惊射羿弓,皋比无意煦春风。但将著述留天地,百世仍笼绛帐中。"即是对钱公所说的这层意思的实录和感想。

《石语》的最可贵最难得的所在,就是真实。特别对陈老先生来说,不像他应酬文字对某些达官贵人及相与师友那么吹捧,也不像写《石遗室诗话》那么的徇人之情。这里没有任何社会压力、策略权宜和世俗干扰。倘要说是知人论世吧,这该是最靠得住的真实情感,绝无矫揉造作和违心掩饰之可言的。因为他面对的是一个惊才绝艳的年轻世交后辈,原没有顾虑和设防的必要。

但真实的谈吐虽然是陈老的由衷之言,却不见得全是公正的不刊之论。钱公记录时不乏凑趣的插话,目的无非是存当日之真情,可绝不能认同其或误会为钱公的识见。记录后的按语,主要便于读者的考索,而非有意帮腔或暗藏异趣之迹。若论彼此立意之别,读钱公著作,多可悟得。最显著者,如误论严沧浪之意,《谈艺录》(增订本)207页即有道及,未尝有所避讳回护。拙作《寄庐杂笔》442页中已加摘引,足证钱公之于真理一端,决不肯因循苟且,为"外我"立名,所谓"蠹生于木,而反食其木"者实不可同日而语;至于"依我"呢,永翔在《读〈槐聚诗存〉》中曾记述苏渊雷教授在钱家见书房挂着陈老写给钱公的诗轴,当时未曾记下,后来去信求其录示,钱公复信不允说:"倘传录炫示,便迹近标榜借重,非某甲堂堂一个人所愿也。"(详见《钱锺书研究集刊》第一辑)

尊前辈,具深情,不"依我"又不"外我",不矫情又不徇情,看破世情而又痛贬恶俗。少陵诗云:文章有神交有道。定公诗云:独往人间竟独还。二语当可为钱公合而诵之矣。

钱锺书先生手迹

骈文与古文

《石语》曰：

> 余早岁学为骈体文，不能工也，然已足伤诗、古文之格矣，遂抛去不为。凡擅骈文者，其诗、古文皆不工。余弟子黄秋岳，骈文集有清一代之大成，而散文不能成语。

初读这些话，似觉石遗老人只是信口而出，并不曾作过周密的考虑。立论的中心，只在以骈文与古文对论，诗不过是好像顺口拖出来的。因为所举其弟子黄秋岳的例证，并没有涉及他的诗。反观《石遗室诗话》中，誉及其诗者却在在可见，都没有说其"不工"，倒是"极工"的呢！

那么，《石语》所记"诗、古文"的"诗"，是否因口误而赘入，理宜删去才对呢？

是又不然。检《石遗室诗话》，卷八则又有说云："习为骈体文者往往诗情不足。以在'六艺'中'赋''比'多而'兴'少,《颂》《大雅》多而《风》《小雅》少也。惟武进屠敬山(寄)工六朝骈文,而《结一宦诗》,则诗情亦复不浅。"则显然又是以骈文与诗对立而言的。照这样说,岂不是唯屠敬山诗是特例,黄秋岳却又不在其列了吗?

但这毕竟是行文前后失应的小疵,提而勿论可也。见及此语,很容易使人想起明末清初侯方域(朝宗)的一则掌故来。

周百安(圻)《与吴冠五书》云:"朝宗初学骈俪文,壮而悔之,规于大家。"查侯的《壮悔堂文集》,卷三《与任王谷论文书》有批评骈俪文的一段话说:

> 六朝选体之文,最不可恃。士虽多而将嚣,或进或止,不按部伍,譬如用兵者,调遣旗帜声援,但须知此中尚有小小行阵,遥相照应,未必全无益。至于摧锋陷敌,必更有牙队健儿,衔枚而前,若徒恃此,鲜有不败。今之为文,解此者鲜矣。

初初看去,似真有异代同心之感。但细按之,却全然有别,朝宗所指责的,是专指"六朝选体之文",石遗老人所说,乃是指历代所有的骈体,即除选体外,尚包括初唐的王、杨、卢、骆,晚唐的"樊南四六",以及两宋直至清末民初之作。朝宗指出选体文字的弊端,是确实存在的。如最著名的足以代表骈俪典范的《哀江南赋》,其"序"与"赋",就多有重出和凌乱的所在,即所谓"不按部伍"者是,而并非技巧上的倒装与曲折。石遗老人非难骈文,虽与侯氏之说角度不同,却认为学了骈文,就"足伤诗、古文之格",难道骈文之为害,竟是这么沾染不得的吗?

倘从另一途径来探索,如李小湖的《好云楼初集》卷二十一《木鸡书屋骈文序》中即说:"雪苑(方域)正短于骈体,故为是名,以厚其集耳。"这正如《伊索寓言》中所说的,狐狸吃不到葡萄就说葡萄是酸的。事实上,才子型的文人、名士派的学者,常有把自己不能为的说成是不屑为,自己不曾得到的就说已经得到了的都算不得数。最显著的实例是龚自珍,因其生平不善书,已是不能入翰林而大恨。凡其女、其媳、其妾、其宠婢,悉令学馆阁书。客有言及其翰林者,必哂曰:"今日之翰林,犹足道耶? 吾家奴人,无一不可入翰林者。"(详见柴萼《梵天庐丛录》卷十一。其他笔记亦各有相类记载)而最天真得幼稚可笑的则莫过于王闿运,其《湘绮楼日记》光绪十六年三月廿九日云:

> 看惠栋《汉书·注》:"今此谁贼。"文理不通,信元和生员之陋也。生员、翰林,本朝无通人,积习移之使然,亦犹进士官少能吏,彼拘墟之见重也。然则举人乃人才之薮,宜克(恳)斋、季高偏贵之。

由于湘绮老人自己不曾考取进士,只是一个举人(光绪三十四年,湖南巡抚岑春煊奏请特与褒奖,才于四月初九日朱批赏给翰林院检讨,这绝不能算作科班出身),于是遂将举人之上(进士、翰林)下(生员)一齐抹倒,而唯此中阶"乃人才之薮",且以吴大澂、左宗棠为例证之,岂不令人绝倒!

石遗是否也有这种心态呢? 这是颇值得我们玩味的。其实石遗于己之诗文原是相当自负的,这里说"伤诗、古文之格",正是由于"早岁学为骈体文"之故,言下之意是说,倘使不学骈体文,成就还会更大,学而两伤,今已追悔莫及,徒唤奈何矣。要是真有人有所讥弹,则已解嘲在先,足以封嗤点流传之口,亦未为得计也。

姑不论石遗的想法究竟如何,且单提"凡擅骈文者,其诗、古文皆不工"这个立论,却是非常片面的,只不过是"自照隅隙",专从一己的经验和极少数例证下此论断,即所谓"以偏概全"罢了。

须知以体论文,最早在曹丕的《典论·论文》里,就有"文非一体,鲜能备善"的话,又接着说:"故能之者偏也。惟通才能备其体。"虽其时文体尚未大备,但曹丕的论断却已照顾得很全面了,即以体论文,既有偏能之才,亦仍有兼善之"通才"。何石遗老人所见与所思之不广耶?

骈散两体及诗词皆擅之通才,为后人所公认者,于有宋一代当数欧阳修、苏轼与王安石。吴子良《荆溪林下偶谈》卷二云:"本朝四六,欧公为第一,苏、王次之。"清李调元《赋话》更进一层云:"宋人四六,上掩前哲。"这都是很有体认的会心之言。虽然欧公自言"今世人所谓四六者,非修所好"(参见《邵氏闻见后录》卷十六),但于职责所在,不得不作时却仍不碍其工,且比之选体,已克服了"不按部伍"的缺失,而又都未曾有伤其诗、古文之格。这难道不是明摆的事实吗?再说清代博学者多,骈文复兴,流派纷呈,能骈能散且诗词兼而有得之通才,人数实远过于往皆。梁任公谓其时骈文"极工者仅一汪中"(见《清代学术概论》[三一]),未免太信口失言,不负责任。实则各家所为,原各有得,后人抑扬,互有重轻。或出门户之见,或以嗜好之殊,所谓文无定法而又无定评,原不足怪,但离谱太远,总难服人。这里不及多叙,不过特别要提出一个为一般舆论尚不曾足够重视的孙原湘(子潇)来。钱公说"孙子潇诗声淫词冶,《外集》五卷,上配《疑雨》,而为文好作道学家性理语"云云(见《谈艺录》[增订本]234页),语固极是,但尚未论及其《天真阁全集》中全部的骈散诗词。就各体诗文来说,我实难挑剔的出它放言遣词和篇章结构之缺失。

石遗老人既于骈文早习而不能工,此后自未遑专心潜研,只知他仅为吴鼒编选、许贞幹注的《八家四六文钞》作过补注,这其实只不过是清代骈文的一角,何得信口妄言"余弟子黄秋岳,骈文集有清一代之大成"乎?查冒怀苏《冒鹤亭先生年谱》1935年冒广生《小三吾亭文(丙集)》(未刊稿)之《颐园主客图记》,即写到陈石遗"论骈体文,谓有清一代,不如其徒某某,能为三千言之寿文,汪容甫不敢也"(见384页)当可作为参证。其所以不点名而以某某代之者,因冒氏与黄本有往还,且同往祝石遗之寿,故讳之耳。这与黄后来的投敌出卖情报尚无关系。

又按《石遗室诗话续编》卷二夸黄之才尤详而细:"秋岳诗廿年前余采入《诗话》者,皆十余岁至廿余岁之作,后读书既多,肆力为骈体文,余以为能集清代之大成,而仿佛治《公羊》治《大戴》之仪郑堂、治《尚书》治《墨子》之问字堂者居多,故五七言遂与专力治诗者有异,平日朋好每诮其诗患才多。"言下之意,则似孔广森、孙星衍都及不上黄秋岳之能"集大成"的了。誉弟子实亦借以自誉,姑可不论。所当特别注意的,是"丈言时,指客座壁上所悬秋岳撰七十寿屏云:此尤渠生平第一篇好文字"。"锺书按:黄文结构,全仿彭甘亭《钱可庐诗序》。"

如根据这些话的层次换一种口气来推论:清代骈文,能集其大成者唯黄秋岳,而黄之第一篇好文字代表作,是为陈石遗丈之七十寿序;可这篇寿序,并非精心结撰而成,不过是仿彭甘亭(兆

黄侃词稿手迹

苏)的近代假古董！则"集大成"云乎哉？又何以见之哉！纵使钱公之按语，目的只在志其博识，明其渊源，在客观上亦不能不使读者一探此微意矣。

但擅骈文"而散文不能成语"如黄秋岳者固亦有之。记得我少时见陈文述之《碧城仙馆诗钞》(黄侃讥之为"国旗体"，那是艺术观的分歧，姑可勿论)，又得读《武林掌故丛编》中《兰因集》内陈氏之《小青墓志》骈文，叹为惊才绝艳，求其《颐道堂全集》久而始得，骈文都很可观，散体却法度全无，怀疑不是出于一人之手笔。但这毕竟是十分罕见的现象。近代只有一个为王湘绮誉为圣童的曾广钧重伯(曾国藩之孙)，和陈文述相类，然而他们的诗虽然流派不同，却都是写得很好的。不过，一般说来，虽因旧时不用标点断句，骈文便于朝廷之宣读(参见谢伋《四六谈麈序》)，但非博览而兼巧思不为功。且语欲清浅而辞又忌粗俚，故尝难倒了好些学人名士。最受人注目的，是宋时名臣司马光为辞知制诰竟至九上其状。其第一状有云："臣自少及长，章句之学，粗尝从师，至于文辞，实为鄙野。向者辞免修起居注，非谓不能记录言功，正恐循此而进，典章诰命，取嗤四方，为国大辱。"其第三状复着重申陈此意云：

　　臣自知其学恶陋，又不敏速。若除拜稍多，诏命填委，必阁笔拱手，不能供给。纵复牵合，鄙拙尤甚。暴之四远，为人指笑；又贻圣朝愧耻，谓之乏贤。

最后，在上第九状中有注云："二十三日上言，蒙恩改天章阁待制。"(详可见《温公文正司马公文集》卷二一[第一、二状]、卷

二二［第三至第九状］)

司马光是很杰出的宋代名臣和史学家,也是一个能诗能文之士。然而就因写不好骈四俪六之文,竟至坚辞知制诰之职,而且也不曾在他处为自己"护短"过。

再看为石遗老人最推崇的诗人、列排名榜第二(第一空缺)的郑孝胥,即以林庚白这么自负其诗为天下第一的,也一度曾许郑为第一(参见林著《丽白楼诗话》下编、拙著《寄庐杂笔》中《天下诗人谁第一》《年龄最小的教授》二文,至于郑拥溥仪复辟,那是另一回事),而不知郑也是写不来骈文的。他年轻时初入张之洞幕,其《郑孝胥日记》光绪二十年十一月廿六日即记云:"香帅(张字孝达,一字香涛,南皮人)属拟四六信。余久疏此,不能为也。"次日遂请人代陈不能四六之状。

骈俪之难,于此可见。章太炎先生于并世之文人少所许可,而独推王闿运之文能"尽雅"(见《太炎文录初编》卷二《与人论文书》,又于王乘六等记录的《国学讲演录·文学略说》中有所申述)。王固自负其文,但亦有其一番甘苦的老实话:

> 余之骈文,非纱帽所能为。余今已不能矣。六朝人罕有老者,故骈文最妙,盖须壮盛心力乃能成之,又须有少年气韵,亦不妨稚巧,皆与达官老朽不相类也。(见《湘绮楼日记》光绪二年八月廿一日)

刘师培最重骈文,也是骈文写得极好的学人,曾认为文之"由简趋繁,由于骈文之废,故据事直书,不复约其文辞;由文趋质,由于语录之兴,故以语为文,不求自别于流俗"(见《刘申叔遗书·论文偶记》）。章太炎先生最赞赏刘的经学，大约病其文近于俳，竟说"刘申叔文本不工"，但却并没有将骈文全盘否定。他明确地指出：

> 骈散二者本难偏废。头绪纷繁者，当用骈；叙事者，止宜用散；议论者，骈散各有所宜。（见《国学讲演录·文学略说》）

再说钱公对骈文的看法，尤多妙解，兹摘其要云：

> 尝试论文，骈体文不必是，而骈偶语未可非。骈体文两大患：一者隶事，古事代今事，教星替月；二者骈语，两语当一语，叠屋堆床。……然而不可因噎废食，止儿啼而土塞其口也。隶事运典，实即"婉曲语"之一种，吾国作者于兹擅胜，规模宏远，花样繁多。骈文之外，诗词亦尚。用意无他，曰不"直说破"，俾耐寻味而已。

至于说到骈文之好饾饤涂饰，钱公则又与古文之另一种搔首弄姿相提并论：

> 骈体犹冠玉而失面乎，桐城派古文摇曳吞吐，以求"神味"，亦犹效捧心之颦，作回眸之笑，弄姿矫态，未得为存其面也。蹙眉龋齿，亦失本来，岂待搽脂粉、戴珠翠哉！（均见《管锥编》第四册 1473—1474 页）

则于骈散两体的得失，断得既公允而又入微，且于此亦可窥见钱公与石遗老人文学观之异趣，而并不曾随声附和也。

黄秋岳与梁众异

一

石遗老人是颇以黄秋岳（濬）这个学生为自豪的。不意文人无行又无品，竟至堕落到出卖军事机密给日本军国主义。不过这是陈石遗在黄被处决以前，就先已逝世而不及知了，不然真不知将做何感想也。

近人夏承焘《天风阁学词日记》1937年8月28日记云：

> 黄秋岳、黄晟父子与其他汉奸共十八人，以二十六日晨枪决。午后翻《石遗室诗话》，读黄各诗，诚极工，此人可惜可恨。顾宁人谓"士大夫无耻，是为国耻"，此尤不但无耻而已。拟抄其好诗印为一册，曰"黄汉奸诗抄"，以伯衡所藏秦桧墨迹冠其封面，骂此等人，使此等人遗臭千古，是忠厚之道，浑非刻薄。

8月29日又记云：

> 休日。欲作一书寄钱名山先生，言黄秋岳事，未成。于报纸见秋岳死前半月所为《花随人圣庵摭忆》，有一条论日本在元时已用汉奸探敌情，"我人当以为炯戒"云云，文人言行相背至此，真堪咬牙切齿也。
>
> 接石遗先生讣闻，此老先秋岳而死，尤为运气，石遗七月八日夜九时以疝气疾逝，八十二岁。（均见532页）

秋岳向日方报告我国封锁江阴要塞重要军事情报，致使停泊长江各口岸日军军舰遁逃一空，原无容异议。近却于2001年3月20日《中华读书报》见有陈礼荣《民国"肃奸"的一大疑案》长文，主要援引曹聚仁《也谈黄秋岳》的看法加以发挥，相信"参加会议"的邵力子对曹聚仁说的话，即以为"黄秋岳是不会知道军事会议的军事秘密的"。从而猜测："这是不是意味着面对一再失利的军事败绩，当局为了鼓舞军心民气，不得不拉个人出来'祭刀'？"

然而我们几个熟人，包括若干难友，于拨乱反正后谈到这件震惊一时的间谍大案，却有人知道报纸未便公开披露的一些内情，则并不像陈礼荣想的那么蹊跷。

我们几个人为什么会谈起这件事的呢？首先是曾经身为国民党元老胡汉民的智囊之一的经济学家高岳生（方）老先生，他分析世界局势、社会问题十分敏锐深刻，老朋友们都十分爱听高老的高言大论。高老特别钦佩黄的《花随人圣庵摭忆》对近代治乱兴衰的剖析，认为秉政者若能有他这么的眼光，社会就不致弄得这么乱七八糟。初以为照理说像这么头脑清醒、可谓是先知先觉之人当不会倒行逆施、自寻死路的。唐秉珍兄则说出了其中原委。唐的胞兄国珍曾担任过我的同乡、津浦铁路委员长邱炜的亲信秘书,邱死后,其时转任国防部作战处处长,后弃政从学,受聘美国芝加哥大学任教授。秉珍兄的消息即来源于他的这位兄长。说当时原打算将若干船只沉入江口以阻塞通道,随后即用大炮、飞机将所有敌舰一举毁灭。这样,至少在上海可以守上一二年,好争取时间,以为此后的调遣部署。不意一夜之间日舰即已全部逃逸了。

参与这个机密会议并最后做出决定的只有极少数的几个人,是谁将消息传递出去的呢?即便说日舰的撤走行动"是早有准备""用不着黄秋岳父子来送情报的",为什么如此"完备周详"的布置却面临一片仓皇狼藉,犹如陈文所说"甚至连家中的贵重物品也悉数扔下,有的家里电风扇都没顾得关上","就连摆上桌的饭菜都尚未动一箸,便已是人去楼空了"?

据秉珍兄说,首先被怀疑的是何应钦,因为他是老牌的亲日派。但经过细密的排查,却没有一丝踪影。接着怀疑上白崇禧,随后又密查了孔祥熙、宋子文,煞费周章而都一无所获。最后从银行账单发现黄濬有巨额汇款自日本汇入,才一举擒获。据黄供称,他和日本间谍是在南京某大饭店中交换的。黄将机密置于礼帽之内,到饭店后即将礼帽挂在衣帽架上,日本间谍来了也将礼帽挂在一处。彼此各自入席会宴,从不交谈。待至酒醉饭饱,又各自换戴礼帽扬长而去,这真是神不知鬼不觉的。黄被捕招供后,其子黄晟适随宋子文将出国考察,有关当局迅即派员将其从机场逮回。一起处决者共十八人,其中十七人枪决,只有黄秋岳是被杀头的。据说蒋介石杀人，一般都是枪杀的，独于黄秋岳，却亲自下令要杀头示众。

其时著名翻译家毕修勺老先生适在其老友陈诚幕中做客，也风闻相类的说法，然而没有秉珍兄说得这么详尽。这就是为什么此案甫发即行判决的原因。可绝不会像陈礼荣等人臆测的那么微妙。

但老人虽不及见秋岳的这个可耻、可恨而又可悲的结局，而对其因生活汰侈溺惑的情况却是早已一清二楚的。老人曾致函李审言(详)，内中说起：

> 黄秋岳官国务院参议，年能进万金，而挥霍不能治生(此不能传我衣钵)，致亏空数万金。现在北都，月仅得二百金，穷不聊生矣(有万金买来之妾)。(《李审言交游书札选存·陈石遗先生书札》第五函，见《学士》卷一，1996年广东高等教育出版社)

不过"万金买妾"之事却不甚确切，而是为一个有名的交际花所迷惑(其名姓唐兄和毕老都说起过，但不曾多加注意，听过后随即就忘了)。这位交际花排场极大，挥霍无度，黄的入不敷出，正是由于负担不了这么沉重的开支，遂出此下策，铤而走险，沦为民族的败类，真所谓是"有好都能累此身"了。

秋岳的这个不良习性，原是师友皆知，难予规劝的。李肖聃尝于民国四年往见陈弢庵(宝琛)时向陈进言说：

> 予言闽士如黄濬秋岳，弱冠能诗，长老叹异，惜其不事

正学,日事征逐。师傅同乡老辈宜有以训督而裁成文。陈言:秋岳藻采,秀发可爱。其祖故为撷吏,父入翰林。予常勉以世德,望其不事夜游,自重身体。(见《星庐笔记》)

这样说来,秋岳的堕落,正是由于他难移的本性使然,原是另一种"性格的悲剧",一种极端的个人享乐主义导致了他的自我毁灭。

陈礼荣此文提到瞿兑之为黄书作序,说:"当时,北平虽为沦陷区,而瞿氏尽管只称'黄秋岳中道陨踬',实乃'非所料及',然而对其案情因由却也讳莫如深,仅用'骤被独柳之祸'六个字一语带过。"以下还特加"按语"说:

按当时公开报道黄秋岳汉奸案时称,正当他到玄武湖一棵孤柳树下,与日本驻南京领事馆人员交接情报之际,被南京警备司令部及警察厅派出的侦缉干探一举擒获——本文作者注。

我没有见过当时有这么一个公开的报道,颇疑这恐怕是陈礼荣先生在得见瞿兑之文后望文生义而想当然的虚构解释吧?——须知这么想、这么说,都是大错特错了的!

"独柳树",或省称"独柳",乃是唐代专门用来处决投敌或叛逆者的行刑处所,地点在长安子城西南隅。《旧唐书》及《资治通鉴》中常见有此记载。如《肃宗本纪》:二载庚午,"斩达奚珣等于子城西南隅独柳树,仍集百寮往观之"。又如《通鉴》卷二百四十:"上御兴安门受俘,遂以吴元济献庙社,斩于独柳之下。"又一般大臣犯罪，最多赐以自尽，独叛逆则否。最受冤屈的是宰相王涯，为宦官仇士良所搒笞，不胜其酷，乃手书官诬造反情状，即于皇帝暗中访察，也不敢翻供。结果牵累了许多人赴郊庙徇两市（东西两市），腰斩于城西南隅独柳树下。详见《旧唐书》卷一六九《王涯传》。

于此可见，瞿兑之序文应用此典当是非常贴切的。至于说序文于黄稍有回护之意，盖为原就相识的死友作序，自不得不耳。且瞿氏自己实也有不可言说的苦衷呢。我于瞿氏，曾因赴友人之请同桌吃饭过两次，彼此虽打过招呼，但相信他一定记忆不起，只见他只管和某人喁喁私语。殊不知我、苏渊雷和他，还有其他的一些友人都吃了这个伪君子的大亏，无中生有，张冠李戴，接木移花之事，揭露出来，委实骇人听闻。幸得我和苏渊雷尚无历史污点，可是也已弄得九死一生，狼狈不堪了。而瞿则竟于"文革"中被捕，虽瘐死狱中未必为某所致，但绝不能说无火上加油之力也。或问我何以能知其情，那是在组织上表扬其改造成绩，号召所有涉案人向其学习的大会上听到的。

二

我读《花随人圣庵摭忆》，不以人废言，觉的确这是有相当价值、值得参考的一部好书，唯嫌其行文不够明爽，稍有堆垛塞滞之感。这或许就是石遗老人所说的骈迹未除、足伤其格之故吧？然而彼行文如是，其他好骈文者的行文未必也都会如此的。如同样擅长骈文的钮琇，其所写笔记《觚賸》，以及诗和骈文两擅其能的乐钧，其笔记小说《耳食录》，就都写得很畅达明快。

但黄秋岳的诗文，其实并不是师承石遗而来，《石遗室诗话》也只说过他"从余治《说文》"而已，《聆风簃诗序》则又说"从余治小学、史学"，而石遗实未尝以小学、史学名世。考《侯官陈石遗先生年谱》卷五，老人五十五岁，"仲毅（众异）、芷青皆受业于大学堂，次公、秋岳皆受业于译学馆"。则所谓师者，或仅在学校教室里听过其讲授这些学科的一般常识罢了。后来是否行过大礼，已不得而知。不过这种名义上的拜师，原是其时的一种社会风尚，绝不像汉代的传经、禅宗的衣钵，更不同于击技家和中医秘方的私相授受。这和其后陈锺凡、陈柱之拜师执贽的情况实相类似。

在这本书中，曾提到先师余越园（绍宋）先生，且彼此有所接触。谈旧京画史称其画"法度简古，而有韵味"，语虽无多，实颇中肯綮。然而我却不曾听先生在日提起过他。

一般谈黄濬秋岳（一字哲维）的，必然要将其和梁鸿志众异相提并论。袁世凯的次子袁克文之师，号称联圣的方地山（尔谦），就尝以二人姓名作嵌字联云："梁苑嗣音稀，众议方淆，异古所云今世免；黄庭初写就，哲人其萎，维子之故我心夷。"颇传诵一时，于此可见相关之切。两人都极工于诗，即《石语》中也将二人之名并列。梁有《爰居阁诗》，黄则有《聆风簃诗》，爱读旧诗词者皆好之而无疑词；不过《聆风》之刻已在黄的身后，梁诗则于己卯（1939年）刻成，卷首还有秋岳用骈文所作之序，今据原刊本抄录如下，或不无知人论世之助。其序曰：

昔刘彦和有言：隐以复意为工，秀以卓绝为巧。卓绝之意，曞铦靡详，所谓超然直诣，妙擅终古，善发谈端，精于持论;所谓錬于骨者,析辞必精,深乎风者,述情必显。以斯为诠,庶乎近之。盖镕冶易范,而骏逸难能。自非文举,孰成高妙;世无公幹,亦未知孔氏之卓卓也。梁子之诗,神锋道上,后有千撰,宜无间言。若其渊映玉颖,爽骏融明,自缘劬功,兼荷天纵。身世俳发,用臻愉艳,夫岂裂衣以为章,鬻高以为利哉?君以高门,少遭孤露,侍魁之行,胥出母仪;圣善之教,厉于初服。折花怀恩,集蓼伤遇。其所吟思,燁然已远;至如烧砚为学,抱经以求,观川晨谣,度塞夕唱;客梁园而结欢,临碣石而沾衿。词赋渐新,芬芳有烈。及夫宣室方召,天衢忽嚱。毁巢同于鲁国,复壁厄于邠卿。琢璧潞兰,于焉已极。然后浮绝江海,间关干戈。情敏于多师,忧生于噍响。零雨行役,南浦将归。翔雁有万里之心,鸣蝉入繁霜之鬓。逮至都枋载昭,垂棘效器;既领中书,行策补衮。秘省旋风之笔,温室削薰之心。群望枢机,期能缉亮。而乃横流肇于翟泉,沈猜吟乎短簿。投帻东阁,长揖军门。嵌嵜数州之间,支离异国之际。日光霜叶,澈照高情;星浦松涛,若鸣奇志。既辞鲁门之飧,终作皋庑之歌。自始溯江礼岳,稠适湛冥;怫悦俱忘,钩镂靡辍。哀时之意,冲风警于曾霄;辨物之微,干将拂于秋水。盖三十年间,予所知者。暮硎弥切,智慧弥完。观于物者弥深,飞于声者弥莹。所谓跌宕昭彰,抑扬爽朗者非欤。自唐以还,伪体滋盛;宋以涩称,犹质之代文也。涩加以理,贵出圆融。长公天人妙如泻汞,而隐秀之用,未极其涯。君结言端直,荸甲清新。参曹洞于后山,缓咸韶于黄九。去弊救偏,浩得朗趣。心如一鉴,物呈万殊。辛未春夏之交,访予旧京,东橐方归,述所觇识。微谓积憾已甚,事将在辽,彼童实讧,不可喻察。及今案篇索章,如见毫末,斯又明诗之前用,补史之弘功,缀文照世,浅深一揆者也。予少有所作,便就商略,及视君句,瞠目绝尘。郭璞之赠温峤,尔神余契;王濛之叹刘惔,胜我自知。方嗟艺诣,莫逾畛国。今岁诗卷,并可杀青。鸾翮之全,吾将用懒;骥尾之附,赖于益彰。绕肠锺山,冉冉易老;戢枻湖舍,悠悠思君。承命竭才,聊当息壤。丁丑四月哲维黄濬。

但我读序中这两句:"零雨行役,南浦将归。翔雁有万里之心,鸣蝉入繁霜之鬓。逮至都枋载昭,垂棘效器;既领中书,行策补衮。秘省旋风之笔,温室削藁之心。"发现在短短的这么一两行中,前有"万里之心",后有"削藁之心",未免用字重复,且同在句末,故是一病。然鄙意前一句或许当是"万里之怀"的误植,否则终难逃词窘力绌之讥也。

据说梁、黄两人后来虽也曾有过芥蒂,以致互不往来,但秋岳的诗最后还是梁斥资一手编印且为之作序的,时在辛巳(1941年)。序末并提及《聆风簃诗》刻成之经过,略云:

　　方哲维未逝时,书坊贾人将流布其诗,其后遂怵祸谢绝。余急收其稿,以归其子劼之,厘为《聆风簃诗》八卷,且集赀使授诸梓,而以长短句附焉。呜乎!哲维亡矣,其不亡者仅此。余以三十年之交旧,申之以姻亚,追维平日文酒之乐、离合之迹,虽风逝电谢,不可抟捖。然一展卷间,仿佛遇诸纸上,令人悲咽不可抑。回忆哲维临命之岁,序余《爰居阁诗》,脱稿视余,并几赏析,宛然前日事耳!今劼之既刻

《聆风簃诗》，乃徵余序，辄以泪濡笔，书此以塞其意。哲维有知，其许我耶？

及 1946 年梁入狱被处决前，尚不忘这位死友，且作诗追念："曩时京辇枕梁黄，每作春游共一觞。故友吟魂今变灭，余生冤狱亦周章。爱民成癖吾知罪，举国依人众更狂。他日孤坟定何处，过车奠酒莫相忘。"诗中多有回护之词，实亦在为自己辩解，并借以抒发其愤愤不平之气云尔。

梁亦与越园师交好。梁投敌后师即与之断交。1942 年日寇流窜浙东，时师隐居龙游之沐尘，在风声鹤唳之际，梁忽派来数客，欲要挟师去任敌伪司法部长。师惊慌失措，虚与委蛇。幸得蒋介石有所风闻，特急令王耀武派一营兵前来抢救，先敌寇到达并护送至安全地带，此数人乃慌张遁走。初师本欲去重庆，旋因日寇退却，时局稍定，为阮毅成向黄绍竑建议上报，圈定为浙江省临时参议会副议长，又任命为浙江省通志馆馆长。师尝言，万一被劫持，只有绝食而死耳。

梁之为人，袁克文的《辛丙秘苑》内，就有《梁鸿志卖友》一则，颇深鄙其为人。说"筹安败，梁以名微脱漏，遂诟筹安以取誉"。可见他原是一个没有一定的原则、看风使舵的风派人物，只要于己有利，什么事都干得出来的。

汪辟疆的《题梁鸿志〈爰居阁诗续〉卷首》一文，有专记黄、梁两人之事云：

丁亥十月瑞京以此册见示，诵其佳日一篇，言外似有悔恨之意，然已晚矣。邓守瑕《题黄秋岳近诗》云："吾辈宁从人作贼，京曹几见尔登仙。"真谶语也。又程穆庵语余云：乙丙之间，众异游杭州，秋岳亦来。一日，集湖滨楼外楼，谈笑甚洽。众异忽熟视秋岳曰："君定不免。"黄虽惊，然以为戏言。众异更申言者再，座客忽诘之曰："君既精相法，曷自言其休咎乎？"梁对镜久之，叹曰："我亦不免。"此抗战前一二年事，穆庵所亲见闻者。不谓逾年黄果以通敌死国法，又十一年而梁亦被极刑。姑布子卿之术果作徵乎？亦异事也。偶忆及遂记于此。丁亥十月，方湖题记。（见《汪辟疆文集》639页）

由此我想到了俗有"修心补相"之说，其旨固在劝人为善，于理实未为圆融。但为人之道，只问吉凶祸福，而不讲是非曲直可乎？黄、梁二人，假如能慎独守素、洁身自好的话，难道还会有飞来的横祸吗？正是由于利欲熏心，热衷爵禄，遂至认贼作父，成为民族的罪人，则谓之咎由自取可也，姑布子卿之神相又云乎哉！若真万一劫数难逃，则如宋之文天祥、明之史可法，该多么值得千秋万世后人之崇仰。这两位大臣，原本都可以像张弘范、洪承畴一样的不死；然而，不死的倒苟活得更痛苦，死了的却比活着的更光彩更有价值。据传梁众异于临命之际，赋诗不迫，掷笔就刑，也颇引来一些人的赋诗赞叹，但这比之谭复生（嗣同）"我自横刀向天笑"之从容就义，又当何如耶！

三

话不妨另行转换一个角度来说，黄、梁之诗才，实为一时翘楚。钱公老父子泉（基博）先生，早年撰《现代中国文学史》，于《宋诗·陈衍》章后，附评黄诗云：

> 侯官黄濬秋岳尝从陈衍学，诗工甚深，天才学力，皆能相辅，有杜、韩之骨干，兼苏、黄之诙谐，其沉着隐秀之作，一时名辈，无以易之。晚乃私淑于三立，气体益苍秀矣。

又附评梁诗云：

> 长乐梁鸿志众异有作，必请益陈衍，其诗植骨杜、韩，取径临川，工为嗟叹，颇得介甫深婉不迫之趣。盖郑孝胥之同调矣。

子泉老先生工文而罕为诗，抑扬时贤，毫不苟且。评此二人之诗，着墨虽不多，而评价亦非同一般，已明言此二人实为同光体中继陈三立与郑孝胥两大派之后劲。

钱公于近时胜流，除应酬文字中未能免俗，多有"米汤大全"中物外，在正规文字中，实更少许可。即于古人之作，评骘似更苛于纪昀晓岚。但在《槐聚诗存》中，乃有《题新刊〈聆风簃诗集〉》一律云：

> 良家十郡鬼犹雄，颈血难偿竟试锋。失足真遗千古恨，低头应愧九原逢。能高踪迹常嫌近，性毒文章不掩工。细与论诗一樽酒，荒阡何处酹无从！（吴梅村《古意》："手把定情金合子，九原相见尚低头。"朱子《答巩仲至》之六："尝忧放翁迹太近，能太高。"王弇州《袁江流》："孔雀虽有毒，不能

掩文章。")

　　"性毒"句,《四库全书总目提要》中《集部·别集类存目》三之《钤山堂集》三十五卷下即论云:"嵩(严嵩)虽怙宠擅权,其诗在流辈之中,乃独为迥出。王世贞《乐府变》云:'孔雀虽有毒,不能掩文章。'亦公论也。然迹其所为,究非他文士有才无行,可以节取者比,故吟咏虽工,仅存其目,以昭彰瘅之义焉。"则钱公之论黄诗,亦兼用《提要》之意。严诗后虽遭禁绝,却一直为人称道不已,有多人私下议论,甚至列为明人之冠。犹记郑振铎写《插图本中国文学史》,亦持此说。1949 年后此书重印,正值左焰渐高之际,遂有多人公开从立场观点入手加以批斥,郑颇感忐忑不安。旋因飞机不幸失事而蒙难,此事遂暂告一段落。

　　继严嵩后的大奸佞阮大铖,除《燕子笺》《春灯谜》等剧曲为世所熟知外,他的《咏怀堂诗集》,内行人好之亦众。当时间把过去的历史事件淡化以后,南京国学图书馆曾把它重印发行,中有陈散原、章太炎、胡步曾之题识表章,以诸公之立身处世,于阮自鄙薄而不屑一顾,但亦都同嗜其诗。钱公却都不以为意,谓"诸先生或能诗或不能诗,要未了然于诗史之源流正变,遂作海行言语。如搔隔靴之痒,非奏中肯之刀"。又指出阮诗实取法竟陵,而"昧良忘祖,毁所自出,亦金壬心术流露之一端焉"(均见《谈艺录》[增订本]422 页)。而论其作之大病,还兼而溯及古人所盛称"陶谢"中之谢灵运云:

　　　余尝病谢客山水诗,每以矜持矫揉之语,道萧散逍遥之致,词气与词意,苦相乖违。圆海(阮)况而愈下;听其言则

淡泊宁静,得天机而造自然;观其态则挤眉弄眼,龇齿折腰,通身不安详自在。(同上见504页)

这些都是表章阮诗者见所不及者,其卓识殊使人不得不信服。但钱公于黄秋岳之诗,却无甚微词。我相信,钱公一定与黄是见过面的。查《冒鹤亭先生年谱》记载:1935年4月,石遗八十生日,冒赴祝寿,"时有章太炎、李拔可、黄秋岳、金松岑、龙榆生等数十人"。其时,冒与钱公父子面晤,石遗称钱"诗才清妙,又佐以博闻强志"云云(详见该书379页),于此可证。但不知其时与黄有所交谈曾"细与论诗"否?

陈寅恪先生于黄秋岳之诗情才识,感触也是极为深沉的。《寒柳堂集·寅恪先生诗存》有《丁亥春日阅〈花随人圣庵笔记〉深赏其游旸台山看杏花诗因题一律》云:

> 当年闻祸费疑猜,今日开编惜此才。世乱佳人还作贼,劫终残帙幸余灰。荒山久绝前游盛,断句犹牵后死哀。见说旸台花又发,诗魂应悔不多来。

据蒋天枢《陈寅恪先生编年事辑》(增订本)于录此诗后云:"按:此稿上师母注'删'和'不抄'字样,今附录于此。"大约是顾虑有所谓立场问题、同情汉奸的片面指责吧?幸得如今云吹雨散,还能够让我们得以欣赏这么一首文情并茂且足以长吟咏叹的好诗来。

检得汪辟疆《光宣以来诗坛旁记·爱居阁》一则,内记邓守瑕《戊辰秋题秋岳诗册》云:

闽派诗人佞宋贤,石遗法乳藉君传。中更丧乱多危语,却恐牢骚损盛年。吾辈宁从人作贼,京曹几见尔登仙。群儿自贵休相嚇,且向歌郎贳酒钱。

汪氏于诗后注记云:

"作贼"云云者,本以喻黄诗之不事剽窃;"京曹"云云者,则拟之班生登仙。不谓未十年,而黄述以通敌雁大辟。更九年,梁亦叛国伏辜。守瑕以辛未殁,地山以丙子没,皆远在梁、黄变节以前。方联(已见前录)则手录以示吾友陈颂洛,陈亲为余诵之。邓诗则载于壬申所刊《荃察余斋诗存》再续集中,气机感召乃至是耶!

邓守瑕诗中所说的"作贼"与陈寅恪先生诗中的"佳人作贼"出处是完全不同的。守瑕之语,出自《北齐书》卷三十七列传二十九《魏收传》:"收每议陋邢邵文,邵又云:'江南任昉,文体本疏,魏收非直模拟,亦大偷窃。'收闻乃曰:'伊常于沈约集中作贼,何意道我偷任昉?'"又唐僧皎然《诗式》卷一《三不同:语、意、势》,略谓"三同之中,偷语最为钝贼";"其次偷意,事虽可罔,情不可原";"其次偷势,才巧意精,若无朕迹,盖诗人偷狐白裘于阃域中之手。吾示赏俊,从其漏网。"汪氏解释极是。但须补充说明的,这是说:吾辈作诗作文,皆以独创为能,钝贼、偷意自不致为,即偷势之巧贼亦不屑作也。若不知其典,必以其语为不雅;若没有这些出典,措辞也将失其当了。除非如诗钟的"分咏格",才好以

"贼"与"仙"相匹配。

陈寅恪先生的"佳人作贼"语，出处则在《晋书》卷六六《陶侃传》，略谓：元帝使侃击杜弢时参军王贡因矫侃命恐获罪，遂举兵反，为弢将。后复挑战，"侃遥谓之曰：'杜弢为益州吏，盗用库钱，父死不奔丧。卿本佳人，何为随之也？天下宁有白头贼乎？'贡初横脚马上，侃言讫，贡敛容下脚，辞色甚顺。侃知其何动，复令谕之，截发为信，贡遂来降，弢败走"。用典极为贴切。这首诗，首联是写今日读其书而追想当年其人之祸，所以实际上是个倒装句。当年闻祸为什么会"费疑猜"呢？因为黄毕竟本是"佳人"，万万料不到像这么有才华而负盛名之人会做出这么恶劣的事情来，而绝不是怀疑其间事中有事。读书原贵得间，却断不可索隐过甚。若求之太深，那就离之愈远了。何以见得呢？读颔联即有明确的回答。这一联的上联，即是顶承首联而来。"世乱"，点明其时的局势；"作贼"，是对其人的痛骂，也是其无行无品的论断，而不是怀疑了。但毕竟又是"佳人难再得"，能够写出这样的好书好诗，怎能不令人惋惜呢！亏得几经劫难，尚有余灰未烬、残帙得留，让世人得以浏览，这也总算是不幸中之幸存。这一句，又是为阐发补充第二句之意而来。至于颈联和末联，则点及本题，标出题情，回环往复，开拓出时间和空间而感慨系之，将自己复杂多样的心情，一齐托出。全诗氛围情调极为浓重，是唐音而含宋理，浑厚而融为一体，适足构成陈寅恪先生个人独具风范的佳篇。本为免人误解先生别有微旨而辨，不意吟咏再三，不忍释手，情不自禁，遂略为疏解赘附之。

陈石遗与郑海藏

一、《郑孝胥日记》的史料价值

谈到黄秋岳与梁众异之以诗人而先后下水,自然让人联想起郑海藏(孝胥)这个也写得一手好诗而地位更高、声气更盛的大汉奸来。《石语》中有两处提到了他,我则因近来取读《海藏楼诗》及《郑孝胥日记》,颇多收获,其中特别值得一提的是理清了海藏和石遗之间的一重公案。

郑孝胥(1860—1938),字苏堪,一作苏戡,或作苏龛,又字太夷,号海藏,福建侯官人。光绪八年壬午(1882),与林纾、陈衍同登乡试,海藏是榜首,即所谓解元是也。工书善诗。钱子泉先生《现代中国文学史》于海藏有专章详论,摘引当时胜流的评述,莫不推崇备至。商务印书馆初版《辞源》题签,即出自海藏的手笔。郑的八卷本《海藏楼诗》,曾经风靡一时(现亦已由上海古籍出版社增订重版)。石遗老人在《石遗室诗话》中亦多所论举,评价在

林纾手书对联

陈三立之上。在未读其日记之前，心想这么一个"射雕手"和"圣手书生"，其创作经验该有多么可观，其论文谈艺该有多么精辟，或许会超过李慈铭的《越缦堂日记》吧？不料披寻之下，却发现己见无多，而其中抄录胡仔《苕溪渔隐丛话》这部常见书，竟不惜连篇累牍，读之颇以为异。岂其时得书维艰，录以备忘吗？日记而抄录旧文，终令人觉得烦腻。《荀子·大略》云："善为《诗》者不说，善为《易》者不占，善为《礼》者不相，其心同也。"也许可以解释这一现象吧。这是我初读《日记》时的一个感觉。

现在重读一过，发现海藏于其他典籍如马总的《意林》、沈括的《梦溪笔谈》、程大昌的《演繁露》等只略加摘录，与对胡书不同。可见他并不把日记当读书笔记来做。我不禁想起《黄侃日记》中也有大段抄录清翟灏《通俗编》、俞正燮《癸巳类稿》《存稿》的文字。至于为赵秋谷（执信）所重，曾"三访吴门而求之不得"的吴乔，其所著《围炉诗话》六卷中却有三分之一抄自冯班的《钝吟杂录》及其手批《才调集》中语，还有录自贺黄公（裳）《载酒炉诗话》的文字。由此看来，海藏也是以《丛话》中语惬心贵当而录之、存之的，以征同声之应、同气之求而已。

海藏活了七十九年，其日记连续记了五十六年。纵观五厚册洋洋二百余万言的《郑孝胥日记》，其最大的价值在于保存了丰富的第一手资料，我们可以从中窥探诸多历史事件的冰山一角，更可了解有关人物的行迹和心态的复杂。如《日记》中记录了张勋复辟失败后，不少遗老的复辟"大清"之心依然未死，甚至连在国民政府中居高位、握兵权者亦摇摆不定、多怀二心，不时与逊帝暗通声气，屡献殷勤。《日记》中还保存了如今已难得一见的《梁星海致黎元洪劝降书》（宣统三年［1911］十月初十日）、《袁世凯复梁鼎芬书》(同上十一月廿五日)、升允的《檄告天下文》三通(民国二年[1913]五月十九日、二十日),叙述了优待清室条例的签订与公布过程(印鸾章《清鉴纲目》虽有著录,但文字简括,且略其经过)。虽有些内容抄自当时报章,亦弥足珍贵,以海藏自己亦投身其中,如溥仪出宫前后乃至伪满期间不少骂"郑贼"的电文和报道,《日记》也一一照录,毫不介意。比之李慈铭置身局外,《越缦堂日记》仅能摘抄邸报不可同日而语。

海藏之所以会挟持溥仪去东北,投靠日寇,筹组伪满洲国,我一向以为这是他出于传统道德观念的"愚忠"所致。因为在我们看来,这样做自然是卖国做贼,而在他们这一小撮效忠清室的残渣余孽心中,却是奋不顾身的救驾勤王之举。当时有不少遗老,在清末时官职虽然不大,却都以"殷之顽民"自居。正是出于这种"遗民"心理,在张勋复辟这一闹剧开场之际,一些颇具名望和社会影响的人物都或明或暗地支持了此项活动。我少时曾对陈伯衡师陈述过我的这一观点,得到他的赞同(见拙著《雕虫诗话》);今读《郑孝胥日记》,更可证实我昔日浅测之不谬。

姑先看《石语》所记,老人一反其《石遗室诗话》对郑诗的有褒少贬,而代之以抑扬兼具、抑多于扬且兼斥海藏为人的严正立场:

> 郑苏戡诗专作高腔,然有顿挫故佳。而亦少变化,更喜作宗社党语,极可厌,近来行为益复丧心病狂,余与绝交久矣。

钱公于其后有夹注云:"按:时一二八沪战方剧。"但对石遗

"少变化"云云的批评却不曾表态,这使我们很难窥测钱公是否同意这个意见。

在早于《石语》问世之前十二年(1984)出版的夏承焘《天风阁学词日记》,其中记1934年11月30日金松岑招饮于青年会之食堂,石遗亦应邀出席。席间石遗述海藏事,多有钱公不及知者,足补《石语》之遗,今摘录有关之语如下:

> 十二时石遗来,长身鹤立,瘦颧短须,貌悴而神犹健。松岑为予通名,欣然相揖,谓已收予诗入其诗话。席间谈苏翁事甚详。谓苏兖入满,由一妾而来,其事甚奇。初苏翁娶吴长庆女,奇丑而妒。苏翁十年前尚能日行百里,早起跃越一桌。既娶一妾,而被妻监视,不得近。乃习于半夜即起就妾。宣统请其教学,诸子请携妾入津。自此始与清帝昵,实皆苏翁自为计携妾耳。近闻在满极不得意,尝有函寄石遗弟子秋岳,授意请汪精卫邀其返国,精卫笑置之。要其人由精力过人,故好事功,尝谒吴佩孚,使中国能用之,必不入满。其入满,非由忠于清也云。

但石遗所述是否属实呢?我以为不然。现据《日记》记载,可以断定,所谓海藏"授意请汪精卫邀其返国",绝非悔而为此,乃是别有所图。又石遗只闻"尝谒吴佩孚",却不知此举实承溥仪之旨(见民国十三年[1924]四月初三日《日记》),更不知海藏与各新旧军阀间半明半暗的来往还多着哩,从《日记》可见海藏充当清室复辟说客的用尽机心。石遗不知其"殷顽"之固,而仅以男女大欲测之,推测可谓轻率。

二、从卖字作文看海藏

何以见得石遗的推测是不正确的呢？海藏的真正心事从何得知呢？见微知著，不妨就海藏卖字作文这一端来作一番考察吧。就《日记》所记，从其行事归纳，可知海藏有"三不书"之例，即语及易代之事者不书、改事民国者不书、品格不高者不书。今分述如下。

（一）语及易代之事者不书

这有《日记》之文为证：

> 伯夔告余，冯梦华所作《刘忠诚墓志铭》稿已送海藏楼。夜，阅其稿。其论庚子事云："清社之后屋者且一终星。"余以为非人臣之言，当坐以大不敬也。（民国八年［1919］七月廿六日）

> 以《刘志》稿还袁伯夔，辞不能书。（同上廿七日）

> 胡琴初来简，言《刘忠诚墓铭》请删改，仍乞书丹。以简复琴初，辞不书。（同上八月廿一日）

一拒再拒，不留余地，即使委托者答应任其删改，亦不予通融。说来冯梦华(煦)、袁伯夔、胡琴初还都是海藏的好友呢。原因即在"清社之屋"指清亡,海藏不想看到这个字眼。既然如此,字有"民国"者他更不想看到了:

> 爱苍、昆三来。昆三为梁众异托书"民国大学"匾署,辞不为。(民国二年[1913]八月廿八日)

请看《日记》中的夫子自道:

> 唐文治使胡子美及阮惟和字子衡者持书来访。南洋公学建图书馆,欲由东南各省绅士联名,呈请内务部发《四库全书》一部庋藏图书馆中。钱能训已允发,惟联名之数未足,欲求余列名呈中。余曰:"仆不认有所谓'民国'者,故不能列名。此事甚好,当试询沈爱苍、林贻书诸人。如彼允列名,明日可以电话奉复。"夜,林植斋来示其友书,亦以请发《四库全书》事托林来求列名。余语之曰:"余与民国乃敌国也。吾弟尝为安徽政务厅长,以彼列名则可。"丁衡甫来,亦谈此事,丁亦不肯列名而为之代托钱干臣。(民国六年[1917]十二月初六日)

海藏这个宗旨泾渭分明,足见其忠于清室、反对民国的死硬立场。

(二)改事民国者不书

例如袁树勋父子:

观陈伯严所为《夏郎中志》及《袁海观志》,并不佳。袁父子皆事袁世凯,余必不为此文,伯严何故为之?异哉!(民国六年[1917]七月二十日)

陈伯严即著名诗人陈散原(三立)。袁树勋字海观,其子即思永(伯夔)。所称《袁海观志》云者,全题为《清故署两广总督山东巡抚袁公神道碑》,今收于《散原精舍文集》第八卷。海藏以项城为"乱臣",事乱臣者自为其所不满。尽管海藏与袁氏父子来往频繁,但遇到"大是大非",界限却甚分明。

他没料到以散原的气节,居然肯为之作"志",所以有"异哉"之叹。海藏当然知道伯夔是散原高足,诗与乃师一脉相承,其父墓志,散原自当为之,没什么可惊异的。可这些他都不管了,可见其倾向性的强烈。更有甚者,海藏且不愿与改事民国者列名于一纸:

展视李劲风手卷,题者为庄蕴宽、梁启超、周善培等,乃辞不题。(民国七年[1918]三月廿六日)

得傅增湘书,欲印《道藏》,请余为发起人。傅今教育长,拟置不答。(同上四月初四日)

这里提及梁启超,不妨再作一点说明。戊戌变法前海藏与康、梁师弟两人交往颇为频繁,而印象却极不佳:

坚伯出《康有为最近政见书》示啸桐,余语啸桐曰:康、梁者,闽谚所谓半瓶醋耳。余于丁酉初见二子时,目康为鬼幽、梁为鬼躁。邓飏、何晏,今则验矣。(光绪二十九年[1903]六月十二日)

及宣统退位、袁世凯窃国之际,梁入仕民国,康则与海藏同为遗老,常与接触,对待却与以前不同。如《日记》说:

过康有为小谈,余询之曰:北去乎? 康曰:恐无北去之理。余曰:北方皆乱臣,南方皆贼子,子将奚从?(民国三年[1914]七月廿九日)

双方于此显然是有"共鸣"的。正由于此,所以:

观《四库丛刊》新出十余种;菊生代章行严出所得旧《馆坛》拓本,求余题跋,已有康有为跋。(民国八年[1919]七月廿三日)

这里既没有"辞",亦不见"拒"。其"已有康有为跋"一语,似无"耻与哙伍"之意,尽管海藏对康的作为终究还是大为不满的:

报言,康有为以廿八日卒于青岛,上欲赐恤,陈宝琛谏,谓康宗旨不纯,且有"保中国,不保大清"之说;郑孝胥奏曰:"德宗赍志抑郁以终,实受康有为之害。戊戌之狱,他日当付朝议定之。"上然之。(民国十六年[1927]二月廿九日)

陈石遗与郑海藏

于此可见遗老心理之一斑了。

（三）品格不高者不书

例一，哈同、罗迦陵夫妇：

> 有姬佛陀者来访，乃哈同之管事，云哈同生日，欲作寿屏，询余能为作文否，余为介绍于李审言。（民国四年［1915］七月朔）

> 陈介庵来，代求书《仓圣大学同学录》签字，辞之。（民国十年［1921］五月初九）

"仓圣大学"乃哈同所办，聘请遗老及知名人士培养人才、研讨国学，颇有一定的社会影响。但海藏却鄙薄其人，不但拒绝为其作寿文，连写几个字也不屑，这又是为何呢？当是哈同之妻罗迦陵生活起居仿效慈禧太后僭越之故。且看：

> 哈同园灯火极盛，车马填咽里许，乃罗迦陵作生日也。（民国二年［1913］七夕）

> 叶浦孙来，谈哈同、姬佛陀、俞志韶、冯梦华、章一山之状。日前，为耆老会，行乡饮酒礼，以冯为宾，向姬拜揖无算，立俟礼成乃罢去。俞尤诣媚哈氏及其妻。章受姬委任

编教科书,可资挥腹。(民国七年[1918]四月初二日)

> 哈同为其妇罗迦陵做生日,姬佛陀以简请往听戏,且云有王灵珠、罗小宝、麒麟童之戏,辞不往。(民国八年[1919]七月初八日)

尽管海藏后来与姬佛陀等也有所往还,但不过是"虚与委蛇"而已。在关键问题上仍然是壁垒分明。这与某些拼命想挤进圈内的穷酸之士是截然不同的,但也未必称得上是"贫贱不能移"吧。

例二,盛宣怀父子:

> 林质斋来,言"盛杏荪之四子三十岁,李审言为作寿文,欲求公书而不敢言"。余笑曰:"使杏翁而在,亦不敢为书寿文也。"贻书来,言昨日自杭州来,明日入都,示余林琴南所作寿文,欲余书之。余曰:"此文不能书。且俟吾弟七十再书未晚。"(民国十年[1921]十一月朔)

盛宣怀(1844—1916),字杏荪,号愚斋,江苏武进人。累官至皇族内阁邮传部大臣,是近代著名的政治改良派和经济实业家。于教育事业亦多贡献,上海南洋公学乃交通大学前身,即其创办。盛在宣统三年(1911)因与四国银行签订湖广铁路借款合同,激起铁路风潮,随之爆发了武昌起义,于是被革职,逃亡日本。1912年始返上海。盛虽未仕民国,但海藏则以罪臣视之,以为临难而苟免,尤失大臣之体,故不唯其子之寿文不屑为,即杏荪纵在,亦不能为书寿文。李审言骈文虽佳,海藏亦颇推重,但由于对事主的看法与己大相径庭,故亦不肯徇情买账。

看来海藏于此事之固执虽比林琴南亦犹过之,却也有其通达的一面。众所周知,林对提倡新文学的胡适之先生是几乎水火不相容的,但海藏居然与胡适之、徐志摩多有往还:

> 胡适来访。(民国十三年[1924]九月十八日)

> 访适之,不遇。(同上二十日)

> 高梦旦与胡适之同来,胡求书其父墓碣。作书。(民国十七年[1928]三月初二日)

> 夜赴沈昆三之约,坐客为陈伯严及其子彦通、陈小石、胡适之、徐志摩、夏剑丞、拔可、贻书。(同上十五日)

> 徐申如及其子志摩来吊(按海藏夫人于二月十八日逝世),志摩赠《新月》杂志,且求明日来观作字。(同上十八日)

> 徐志摩、胡适之来观作字。(同上十七日)

检《胡适日记》,恰好1924年这几个月以及1928年1月至1月23日内容缺失,故无法一一对勘。但胡早于1922年5月30日被逊帝宣统约见过,胡此日有记云:"我称他皇上,他称我先生。"

此话传播于外，舆论褒贬不一。最鄙视之者自属反对新文学的黄季刚（侃）和林公铎（损）了，林斥胡"汝为溥仪之奴"（陆敬《黄季刚先生革命事迹纪略》，见《量守庐学记》）。海藏日记中于胡的主张及其反对派亦有涉及：

> 有江西邵祖平字潭秋者，持子培名刺来见，自言在南京东南大学，与胡先骕等同编《学衡》杂志，斥胡适之新文白话；庄斯敦以呈御览，陈、朱师傅皆赞许之。邵颇知诗学，谈久之，借去《伏敔堂诗》，其人才二十余岁。（民国十一年［1922］八月廿六日）

陈、朱师傅指陈宝琛与朱益藩。但海藏本人于《日记》中对新旧文学并未发表意见，可能以为学术无关乎政治，且以胡与溥仪有此一段因缘之故，遂与交往，且欣然同意为其父墓碣作书。这与他对待盛杏荪的态度恰成鲜明对照。

那么海藏在什么情况下，才肯"书"呢？前述胡适例已略有涉，还当补充的是，海藏对求书还别有条件和要求。今仍举数例：

例一，叶庆堂：

> 叶揆初来，示叶小松庆堂寿文，易实甫所作骈文，熊秉三具名，求余书之。删去熊秉三伪衔，改用"太岁在旃蒙单阏如月"云云。（民国四年［1915］一月廿三）

秉三乃熊希龄字，时任民国总理，海藏乃以伪衔视之；又不欲用民国纪年，"旃蒙单阏如月"者，即乙卯（民国四年，公元1915

年)二月也。详见《尔雅·释天》。这是"语及易代之业者不书"的变通做法。

例二,张謇:

> 拔可来,为季直求书寿屏。若令子培列名撰文,余亦允为书之。(民国十一年[1922]二月十七日)

> 章希援、徐积余来。希援云:子培已允为季直作寿文。(同上十八日)

这是自重其书,怕他人为文不足相符,故提此要求,其特重沈子培(曾植)文,亦以彼此皆属清室旧臣耳。

例三,陈其美:

> 陈蔼士求为陈其美作"百折不回"四大字,刻于墓上。其美虽狂贼不识道理,然仇视袁世凯,卒为所杀。尝诘袁世凯:"如郑君者何以不用?"袁曰:"大才槃槃,难以请教。"陈固不识余,后乃于黄秀伯宅中见之。余令以其兄之请,亦以愧卖主求荣之士大夫耳,所谓"乱臣之罪浮于贼子"也。使复辟事济,陈其美或反先降,盖惟理足以折服之耳。孙文极重升吉甫,即其事也。(民国六年[1917]闰二月初九日)

以陈其美反对袁世凯,且赏识自己之故。

然而最为人困惑的,却是以海藏如此之高自位置,也竟肯躬身为杜月笙书《上海杜氏家祠碑记》。难道对这一社会黑恶势力也有所顾忌而不得已为之吗？其实非也。海藏虽然没有像此前为陈其美题墓那般作出详细的说明，但在前后数天的记事中却足以让人明其就里：

> 又赴刘陆志之约，坐有杨皙子度、范潜之德光、汤斐予漪及杜月笙、张啸林等。杜、张约十三日晚饭，二子皆法租界之豪客也。（民国二十年［1931］三月十一日）

> 杜月笙、张啸林约至其居晚饭，遣车来迎；坐客数十人，有朱子桥、张之江等。（同上十三日）

> 邱访陌为杜月笙求书。（同上十七日）

> 李释戡来商杜氏家碑，求书。（同上四月初五日）

> 召见陈增荣，代上海法租界华商董事杜镛进呈圣祖、高宗文集。（同上初八日）

> 书《上海杜氏家祠碑记》及匾联。（同上十七日）

> 黄默园来致杜祠润笔八百元。（同上十八日）

可以推知，刘志陆之约，实为杜月笙、张啸林等与海藏相识牵线。杜、张于席上借机发出邀饭之请，且车马遣迎，礼数隆重。于是仅隔数日，趁热打铁，杜不由自己出面，而转托他人代求（犹未言所求何书)。且一之不足,为示郑重,直至隔了二周之久,才又转委海藏好友具体商求。但看来最能打动海藏之心者,还是杜对清帝的尊重和效劳。在这特定的环境下,虽知"豪客"之未必可取,却不妨取其于"复辟"有利的一面。至于"八百元"的厚酬,当非海藏着眼之处。

《日记》以上所记,就事论人,亦可见石遗虽与海藏有多年过往之密,而对其认识实在算不上有什么真切。

三、支配海藏的各种观念

石遗说海藏"使中国能用之,必不入满"云云,颇为世所疵议,实则其意原承自宋之洪迈。洪有《记张元事》笔记一则云:

> 自古夷狄之臣来入中国者,必为人用。……倘使中国英俊,翻致力于异域,忌壮士以资敌国者,固亦多有。贾季在狄,晋六卿以为难日至;桓温不能留王猛,使为苻坚用;唐庄宗不能知韩延徽,使为阿保机用;皆是也。西夏曩霄之叛,其谋皆出于华州士人张元与吴昊,而其事本末,国史不书。比得田昼承君集,实纪其事云:"张元、吴昊、姚嗣宗,皆关中人,负气倜傥,有纵横才,相与友善。尝薄游塞上,观觇山川风俗,有经略西鄙意。姚题诗崆峒山寺壁,在两界间,云:'南粤干戈未息肩,五原金鼓又轰天。崆峒山叟笑无语,饱听松声春昼眠。'范文正公巡边,见之大惊。又有'踏破贺兰石,扫清西海尘'之句。张为《鹦鹉诗》,卒章曰:'好著金

笼收拾取，莫教飞去别人家。'吴亦有诗。将谒韩、范二帅，耻自屈，不肯往，乃眢大石，刻诗其上，使壮夫拽之于通衢，三人从后哭之，欲以鼓动二帅。既而果召与相见，踌躇未用间，张、吴径走西夏。范公以急骑追之，不及，乃表姚入幕府。张、吴既至夏国，夏人倚为谋主，以抗朝廷，连兵十余年，西方至为疲弊，职此二人为之。时二人家属羁縻随州，间使牒者矫中国诏释之，人未有知者。后乃闻西人临境，作乐迎此二家而去，自是边帅始待士矣。姚又有《述怀》诗云：'大开双白眼，只见一青天。'张有《雪》诗曰：'五丁仗剑决云霓，直取银河下帝畿。战死玉龙三十万，败鳞风卷满天飞。'吴诗独不传。观此数联，可想见其人非池中物也。"（见《容斋随笔·三笔》卷一一）

张元、吴昊事，宋人笔记载之甚多，其间皆小有出入，唯容斋论之特详。石遗立论本诸洪氏至为明显。然此虽能见出老人重海藏之才，但亦可见他并不懂得海藏之志。前引《日记》诸文，心迹若揭。尤当注意的是清室行将退位之际海藏的一篇日记，其中剖析天下大势，可当其内心独白看，兹录如下：

冥想万端，有极乐者，有至苦者，行将揭幕以验之矣。政府之失，在于纪纲不振，苟安偷活；若毒痛天下，暴虐苛政，则未之闻也。故今日犹是改革行政之时代，未遽为覆灭宗祀之时代。彼倡乱者，反流毒全国以利他族，非仁义之事也。此时以袁世凯督湖广，兵饷皆恣与之，袁果有才，破革党、定乱事，入为总理，则可立开国会、定皇室、限制内阁责任,立宪之制度成矣。使革党得志,推倒满洲,亦未必能强中国。何则?扰乱易而整理难,且政党未成,民心无主故耳。然则渔人之利其在日本乎,特恐国力不足以举此九鼎耳。必将瓜剖豆分以隶于各国,彼将以华人攻华人,而举国糜烂,我则以清国遗老以没世矣。时不我与,戢弥天于一棺,惜哉!未死之先,犹能肆力于读书赋诗以横绝雄视于百世,岂能徜徉徙倚于海藏楼乎!楼且易主,而激荡悠扬之啸歌音响乃出于何处矮屋之中,未可知也。今日我所亲爱之人在长沙乎,在汉口乎,抑能自拔以至上海乎?炸弹及于胸腹,我将猛进以不让矣。使我化为海鸥出没于波涛之上,其能尽捐此亲爱之累与否,未可知也。官,吾毒也;不受官,安得中毒!不得已而受官,如食漏脯、饮鸩酒,饥渴未止,而毒已作。京师士大夫如燕巢幕上,火已及之。乱离瘼矣,奚其适归?至亲至爱,莫能相救,酷哉!(宣统三年[1911]九月初六)

后又云:

　　孟纯孙来,亦将往苏州。余语之曰:"世界者,有情之质;人类者,有义之物。吾于君国,不能公然为无情无义之举也。共和者,佳名美事,公等好为之;吾为人臣,惟有以遗老终耳。"(同上廿四日)

这当可视为海藏其时所发誓言,欲终生践履的。在此前后,发生过两件事:

有自称"湘军政府驻沪交通员马复"者投书徐家汇,劝余宜为汉族效力,克日启程,以慰湘人之望,谓"彼中大都督当郊迎十里,泥首马前,以先主待武乡者待先生,祈勿妄自菲薄"等语。外署"中国公学仲劲缄",必郑仲劲之友也。(同上九月十二日)

福建省议会议员王亮澂字啸庵、林者仁字袖湖来访,言闽人甚愿余作民政长。(民国二年[1913]四月廿四日)

夜,林、王来,说余宜应闽人之举,以救福建之危;余谢不能。(同上廿五日)

后来还谢绝了段祺瑞的聘请:

拨可送来琴南信,段祺瑞托林询余肯任国务院否,即覆,却之。(民国五年[1916]六月十四日)

这与林琴南拒袁世凯、段祺瑞高等顾问之聘之事枘鼓相应。事详《林琴南与陈石遗》一文。

同年另一则日记更对革命党人称颂的民族气节之士朱舜水提出了他的特别看法:

复汤蛰先书。汤于杭州议会议建朱舜水祠,以舜水有汉族御侮之意。欲为舜水学社以自解其排满之说,求余为诗。余复书曰:"舜水孤忠苦节,吾甚敬之。然吾辈不幸亦生亡国之际,欲使大节不愧古人,乃为善学柳下惠者。不然,舜水有知,必不引乱臣贼子为同志,其不为所严斥者几希矣。"(民国二年[1913]九月廿四日)

这显然是一种曲解,海藏与朱舜水本心实南北异途,但海藏既已如此认定,其执拗不是任何人所能说服得了的。

从以上这些具体事例中可以见到,民国的高官厚禄,他是不屑一顾的,绝不可能如张元、吴昊那样,"有奶便是娘",谁用了就给谁出谋划策。要他做"贰臣"或自立为王更是不可能的。这是由他所接受的文化教育决定的。

从《日记》中得知,海藏早年对日本军国主义异常反感,尔后的委曲求全,乃至饮鸩止渴,却是他"勤王"愚忠的必然结局,而非民国不用之故。这是我与石遗的最大分歧所在。

返回海藏的时代,如果有人问他:"国家风雨飘摇,列强虎视眈眈,我们究竟应当何以自处,方能摆脱困境、发愤图强呢?"从《日记》中我们可以找到他不无大胆的设想:

余又言曰:"今之用世者,率皆有分党排外之见塞其胸中,即有贤者,亦无洞知中国之全体;欲救其危,毋怪其无从下手耳。生于今世纪而为亚洲人,宜通晓今世亚洲关于地球列国之趋势,使我开通亚洲,只择其大者急者扼要下手,则各国历年所侵入亚洲,其经营之力皆不啻为我效力而已。此如西比利亚之铁道、帕那马之运河,一成之日,举世旋转而不自知,乌能区区争论治理国际上之末务哉!"(宣统元年

[1909]二月廿七日)

这不是"开放"思想之萌芽吗？后来在伪满政权时与日本官员商谈，海藏犹未尝放弃这一幻想：

> 平沼之秘书成田努持平沼书来见，以半年以来情状告之。成田忽言："如此制度，过于繁剧，皆为政府官吏握权竞利之计，非良策也。若能将国内重要事业悉归日满合资公司办理，则政府但持枢纽，官吏可省其半，政务至简，发展至速，不犹愈乎？"余曰："此吾所筹开放中国之策，君乃言此，甚善。如能将满洲各种实业吸收举世之资本，则亚洲可操纵一世之大局。愿于半年内悉数定议，尽立合同，以全国二十年内之利权付之资本家，则数年之后，此国已成世界之乐土矣。君速说武藤，即谓为仆之主张可也。"（民国二十一年[1932]九月初六日）

他是想用此政策使伪满富强，从而成为复清的基地，还想做"收京复国"的美梦（同上四月初四日），而这时居然还有一些军阀，如刘镇华、韩复榘等皆愿从之举兵入关呢（同上十一月初六日）！但海藏同时也惴惴然不安，怕"满洲国"为日本吞并。其时似又听信了日人的一番言论，稍稍减轻了忧虑：

> 至大和茶会，送本庄归奉天。本庄极言勿信"第二朝鲜"之说。日本今日犹年亏二千四百万；且朝鲜之居日本者，其数多于日人，日本生活颇受其累，惟患俄人取朝鲜，故

　　　陈石遗与郑海藏

不得不守之。满蒙之地势不同于朝鲜,相安则日本之利,不安则日本之害。满洲能为独立国,日本已受其益,虽目前未免隔阂,然当共明合作之相依为命也。(同上四月廿二日)

海藏固然非常自信,但却更迷信方士术数。尝一再请中日知名术士看相算命,并为"满洲国"的国运和自身的前途求之于卜筮:

> 小玉昨在长春社占满洲国之国运,遇"同人之革,吉"。小玉曰:"是为去旧取新、暗夜扬灯之象。"约廿八日晨七时来寓为余筮之。(同上八月廿六日)

> 小玉吞象及其友大崎一郎、贺嗣章来,为余撰卦,遇"大有之离",其爻曰"大车以载",利。"有攸往",亨。象曰:大车以载,积中不败也。"离:利贞,亨。畜牝牛,吉。"象曰:明两作离,大人以继明,照于四方。解曰:大明,中天之象,元亨,犹春夏也。大业方始,合于天意。(同上廿八日)

我们知道,历史上因沉湎术数而上当偾事者偻指难数,海藏饱读古书,理应知之,何乃执迷如此! 况且这两次关键性的占卜皆是日人所为,难保不是圈套。其实,海藏既已入日人彀中,国运掌握在人家手里,亦只能借卜筮聊以自慰罢了,不自信而信术数,可叹也夫!

四、石遗、海藏相交隙末探微

再检《日记》，知石遗与海藏初时过从极密，其相亲实过于他人：

> 昨得陈叔伊书，自言"丧妻，悼戚欲死，君乃不以诗吊我，至今恨之"。即复书许以补作，并寄捐刻闽诗之款五十两，交源丰润即寄。（宣统元年[1909]五月十六日）

> 得陈叔伊书，求题生圹墓碣，并示《旱诗》长古一首。且云，省中甚危，或将来沪。（民国七年[1918]二月初四日）

妻亡和己死都有求于海藏翰墨，可见其情。但不知何故，虽允补作吊诗而下文却未见出手。

其中导致彼此不快的事，却也有迹象可寻：

> 叔伊欲婿大七，寄其女相片来。（光绪二十九年[1903]六月十七日）

大七即海藏的长子郑垂。石遗既敢于自行提亲，亦可见出与海藏的亲密程度。然而这一心愿却是落空了：

> 为大七聘定浙江殷氏。（宣统元年[1909]八月十六日）

> 为大七娶温州殷铸任,四点钟,往亲迎。(同上十二月
>
> 初六日)

不知海藏是如何回绝石遗的,但这种事在亲友面上却往往是令人难堪的。我们看到:

> 叔伊为王子仁之侄女求婚事,作书告以小儿志于学成
>
> 乃娶,且从缓议。(民国五年[1916]八月廿五日)

"小儿"即海藏幼子郑禹,小名小乙。此事当时自亦不无扫兴,然而幸好"缓议",仅过两年,小乙就于民国七年(1918)正月初三日六点二十五分因脑膜炎去世了。

此外,还有两事也可能使石遗不快于心:

> 拨可谈及叔伊所选《近代诗钞》,余曰:"吾将致书叔伊,
>
> 勿以吾诗入选。"(民国十年[1921]五月十二日)

> 叔伊来书,为人求书墓志,即复书辞之。(同上八月十
>
> 五日)

不过我猜想彼此之终凶隙末,关键或不在上述诸端。我们知道,石遗与林琴南、冒鹤亭都发生过龃龉,并曾招致对方的反唇相讥。与林、冒尚貌合神离,与郑就责以大义了。又因石遗在张香涛幕府多年,送往迎来,已经养成一个老名士兼老清客的习气,而

又好以"广大教化主"自居，因此交接胜流，有"交"无类，实已迹近明代陈眉公的作风。李肖聃的《星庐笔记》就记其"亡友郑沅叔进颇轻视陈石遗，以为江湖名士"，类似看法大有人在。不过，他在写《诗话》时虽对各家多奉口惠，而在谈吐时又会忘乎所以，扬己抑人。这是他不及陈眉公圆通处，但也可说是他优于陈眉公而能存己真相处。

对于海藏，《石遗室诗话》卷十二曾引"瓯北言元遗山才不甚大，书卷亦不甚多"等语，言己"尝谓苏戡诗七言古今体酷似之"；"几道告余，或以此言告苏戡，苏戡甚愠"。后虽息怒，而断定"敢信其久要不忘者也"。按石遗于四十三岁见张之洞时，见张于郑诗甚为称许，即以赵评元诗之语告之，明言"学不甚博，才不甚大，唯以精思锐笔，戛戛独造，苏戡似之"。则于郑诗素持此论，二人交恶未必不种因于此。

我认为，石遗说海藏丧心病狂，恐亦只是绝交后所出的恶言。倘许以"大义"，未免视之过高。不然，为什么他不劝李拔可也与海藏断交呢？又为什么对追随海藏的陈仁先（曾寿）等人不作绝交书呢？陈仁先是前清状元陈沆（秋舫）的曾孙，亦入仕伪满，与海藏同为一丘之貉。《石遗室诗话》卷二却说"叔雅（丁惠康）外，仁先最怜余者，常以诗相慰"，为什么老人不也斥之为丧心病狂呢？

读《郑孝胥日记》，就能发觉那时的友朋之间，虽然好多人在政治上各为其主，而在私谊上却仍亲密往来，未必彼此划清界限、壁垒分明。如陈散原反对日寇入侵，于民国二十六年八月初十绝食而死。海藏即作《怀陈伯严》诗云："一世诗名散原老，相哀终古更无缘。京尘苦忆公车梦，新学空传子弟贤。流派西江应再振，死灰建业岂重然？胡沙白发归来者,会有庐峰访旧年。"(同上,十月初七日)又于十三日晨至姚家胡同吊丧,赙二十元。又十一月廿二日:"陈伯严之孙封可来书,求为介绍于北京新政府。"又考其时各家交往,如赏识钱公的李拔可,少年时曾做过海藏的秘书,海藏任伪职后,还一直与之频繁通信;梁鸿志以汉奸罪被逮入狱,李与章士钊都仍与之频繁唱酬,却从未有人责备过他们敌我不分的。倒是文学或学术观点不同,却往往会因争执而反目成仇、不能自解的,其怨且结至下一代而愈烈。能如胡适之那样,与蔡子民争《石头记》,与梁任公争学术观点,虽然当时也有些情绪上的不快,而终无损彼此间的友谊,这种光明正大的风度却是自古罕见的。石遗、海藏诸人所缺正在于此。至于后世那些因学术观点不同而恶意倾轧甚至诬陷、恨不得"一棍子打倒在地,还要踏上一只脚"的情况,那就等而下之,不必齿及了。

再说海藏身入伪满,虽与石遗断交,仍不时注意其行止,所记亦颇可玩味:

> 陈挺生来,言福建政府与石遗清算志局账目,故避居苏州。(民国二十六年[1937]正月十八日)

这是明指其"贪财"。

> 王君九来访,询苏州近状。王云:"于苏州又见石遗,八十矣,去年犹生子。"(民国二十四年[1935]十月十二日)

稍后又详记其事云:

奉天《文艺画报》载谑石遗诗,其题名曰隆公:阴历四月八日,陈石遗在苏庆八十寿,章太炎贺以一联云:"仲弓道广扶衰汉,伯玉诗兴启盛唐。"石遗大喜,悬之中堂。一时贺客见者咸誉其堂皇而贴切不置。有善谑者独曰:是联用陈姓典虽极工稳,然以赠散原,未为不可(衍文按:吴梅《瞿安日记》卷十于乙亥[1935]四月初七[西九日]亦有评议云:"暗隐姓氏,微嫌纤仄,且又可赠散原,吾知此老亦才尽矣。"可参)。且既有"伯仲",安得无叔季,吾已得叔季一联:"叔宝风流夸六代,季常约法有三章。"(用杂剧《跪池》故事)不亦同样贴切耶?次日,复谓人曰:有了两联,装头安脚,便成七律一首。辞曰:"四月南风大麦黄,太公八十遇文王。仲弓道广扶衰汉,伯玉诗兴启盛唐。叔宝风流夸六代,季常约法有三章。天增岁月人增寿,一树梨花压海棠。"石遗有幼妾,闻者莫不喷饭。(民国二十五年[1936]八月廿四日)

这个善谑者隆公是谁呢?想来倘不是海藏自己,也必然不出郑氏之党,《文艺画报》为奉天所出,还不是伪满政权控制下的宣传机器吗?

考石遗如夫人李柳,字瑞真,一字小杨,河北保定人。演员出身,擅京调梆子腔,兼长须生、青衣花腔诸角色。老人六十四岁那年八月纳之,时李才一十六岁。至于老来得子,其友人纷纷写诗祝贺,但背后谈论则又别有一番口吻。金松岑就说"石遗七八十岁尚诞子,与英国辛博生夫人同为近世人妖"(夏承焘《天风阁学词日记》1940年9月8日)。这种比拟自然有些可笑,但实际上也反映了那一代人的社会观念。在这里我们还可见出,松岑虽与石遗同居苏州,所说却有微误。据《石遗室诗话续编》卷一:"余七十三岁、七十六岁,姬人举两男。"可见尚未登八十。而陈柱尊所作贺诗,则又误为生女。可见闻见异辞,即常相往来者亦多所不免,由后人修的史册还能使人相信吗?

及至海藏闻石遗逝世:

> 作《悼石遗诗》一,访仁先,以诗示之,仁先谓"太虐"。
> (民国廿六年[1937]七月初七)

诗未录,十一卷本《海藏楼诗》也未登,总以为是听陈仁先的意见而抽毁了吧?乃承许全胜君见告,《同声》月刊第二卷第十一号载有《海藏楼未刊诗钞》二十多题,而所谓的悼诗正赫然在目。其题则为《石遗卒于福州》,有二首,现照录如下:

> 狂且之狂能几时,历诋名教姑自欺。阉然媚世靡不为,使我不忍与言诗。石遗已矣何所遗,平生好我私以悲。少善老暌将语谁?听水而在其知之。

> 老如待决囚,死期固必至。勇哉子曾子,得正斯可毙。石遗独大言,阎罗方我畏。入川且登华,八十又加二。诸郎虽早逝,晚子还几辈。忽然作长别,盖世信豪气。平生喜说诗,扬抑穷一世。所言或甚隽,所作苦不逮。乃知诗有骨,惟俗为难避。牧斋才非弱,无解骨之秽。

这里已经没有什么"悼"意了,作者自然也不欲悼,所以更改了《日记》中原来的题目。读来的确"太虐"。然海藏仍不愿付之于火而传之于世,似非以此一泄心头之愤不可。第一首开头四句就是一排连珠炮似的斥责。后四句写与自己的关系,所谓"少善老睽",不欲明言隙末之由,只说听水老人陈宝琛弢庵如果活着会理解他。作者为什么不愿多费口舌,申述一番,让世人明白究竟呢?只要细品前面几句话就可以知道了:试想连诗都不忍与之共言,平生心事还可与言吗?戛然而止,这首诗的构思之妙正在这里。

第二首夹叙夹议:记其大言自夸老健,不知死之将至,述其远游及晚年生子,而却一旦奄然,以反跌其缺乏自知之明。接着反复申论其诗之所以不工,正在其品格之鄙劣——"骨秽"。"骨秽"之说,原是方苞对钱谦益的诛心之论,谓"其文秽恶,藏于骨髓,一如其人;或有效之,终不可涤濯"(《汪武曹墓表》,《方望溪集》卷十二)。此处只取其字面,并非比之于钱氏。诗中说人老犹如待决之囚,这话当然放之四海而皆准;但对已死之人而言此,终非所宜,何况更暗存快意之心呢。可见朋友绝交之后,总难免不出恶言的。尽管海藏对石遗的诗论,还淡淡地说上一句"所言或甚隽",但接下来的一句"所作苦不逮",就将石遗的诗作一笔抹倒了。

其《未刊诗钞》还有两首涉及石遗的,一首亦是说其"媚俗",今不录;另一首是《哀哲维》,乃于报章见黄濬处决后所作。据《日记》,"悼秋岳诗"成于民国二十六年八月朔(1937年9月5日)。诗云:

仓皇被害谁奔救,取祸吾哀祢正平。陷□故难全性命,
亡身或更助时名。潜吟岂坐辽东累,晓饯空怀卯酒倾。太
息石遗方猝逝,不教月旦出新评。

末二句与前录《天风阁学词日记》之意大致相仿,而其感情和
思路完全不同。颔联缺字,疑作"敌",当为编者有所忌讳而空。

要之,石遗平时口无忌惮,好诋毁友朋,遂至开罪人不少,弄
得恶声必反;海藏则未免予智自雄,容不得他人讥弹褒贬。两人
各有弱点、缺点,这是毋庸讳言的。

五、海藏妻妾真相考

《石语》记石遗在谈"结婚须用新法"时,还扬了海藏的家丑:

> 又如苏堪堂堂一表,而其妻乃淮军将领之女,秃发跛
> 足,侏身麻面。性又悍妒无匹。苏堪纳妾,余求一见,其妻
> 自屏风后大吼曰:"我家无此混账东西!"苏堪亦殊有杖落地
> 而心茫然之意。清季国事日非,苏堪中宵即起,托词锻炼筋
> 骨,备万一起用上阵,实就其妾宿也。为妻所破。诟谇之
> 声,闻于户外。苏堪大言欺世,家之不齐,安能救国乎!

钱公于其后下按语云:"苏戡香艳诗见欧阳仲涛作《食字居胜
谈》,载《大中华杂志》。"

钱公这里记错了,其题实为《食字居谈录》(排印本作《家居

胜谈》更误），署名白鱼仙史，都是一则一则的笔记，见载于民国五年《大中华杂志》第二卷第二期，中有《郑太夷赠金月梅诗》一则云：

《海藏楼诗》，于少作多所删弃，刘建白翁言其有赠女优金月梅七律九章，曾写折叠扇中，人共欣赏，似为今日称苏龛者所未及，特记录之。诗曰：

歇浦春归客未归，无情红叶漫成围。意中玉貌经年见，暗里珠尘一曲飞。倾国妆成频引镜，散花舞罢更添衣。重重帘幕惊鸿影，何处天台问翠微？（一）

已分难寻一笑缘，销魂人物忽灯前。花因解语容通讯，麝自含香欲破禅。宋玉岂能辞好色，高唐空复赋游仙。双清馆里诗人去，枉费湘灵五十弦。（二）

收拾闲情忏少狂，自怜积习总难忘。楼中见月牵残梦，江介寻梅触暗香。尘劫坠欢殊黯黯，楚天回首转茫茫。春来一种怀人味，不待筼篬始断肠。（三）

乍见翻先问别期，相逢独恨十年迟。只应宛转通词里，便是分明着眼时。促坐惺惺成叹惜，缓妆楚楚费矜持。寻常謦笑谁能解，莫语孙郎帐下儿。（四）

可怜来去太匆匆，回首楼中是梦中。登榻窥人唯皓月，开帘闻语有东风。隽才已觉膏粱贱，侠气长令粉黛空。今日安阳真自笑，休将位置问天公。（五）

玉颜肉食等哀歌，不嫁娉婷可奈何？猿臂未应辞坎坷，蛾眉犹自付消磨。平生几见人如此，他日相逢恨更多。珍重登车还执手，争教覆水比秋波。（六）

一见能令万恨消,今年端复得今朝。相逢梦续西楼雨,有信人归歇浦潮。已为难言成脉脉,可堪轻别更迢迢。知君不是章台柳,好向东风惜舞腰。(七)

吴楚相望苦寄书,重来执手转怜渠。泪痕检点三秋后,絮语缠绵一笑余。似水流年年易去,将心比石石难如。司勋牢记寻春约,莫遣花枝照眼疏。(八)

坠溷飘茵更莫论,不辞流落为亲恩。黄金难买河清笑,青眼偏销酒渴魂。闻道卫公得红拂,真看卓女重文园。为君觅取休归去,会与君王扫九阍。(九)

这九首七律,能扣紧金月梅身份,从相识、相知到定情一一写来,虽偶有拼凑痕迹,但总的看来,还是缠绵悱恻、哀感顽艳,不让王次回、吴梅村、孙原湘、龚自珍诸人的。

关于海藏和金月梅两人的情况,曾有两种截然不同的记载,一是钱仲联先生《梦苕庵诗话》所记:

《海藏楼诗》,时有涉及梅花者,大半感金月梅而发。金月梅者,一坤伶,海藏曾狎之,月梅乞委身焉。海藏以在仕途,不愿纳优伶为妾,致干清议,且又无力作金屋之藏,乃坚辞之。月梅则斥罗绮,服荆布,矢与海藏同甘苦,乃赁庑同栖焉。月梅虽历事撙节,然凤昔习于奢靡,海藏不能给,月梅终不言去。既而,海藏终与之绝。其绝之也,实爱之深也。月梅之女名少梅,亦成名菊部。或曰实海藏所生,则莫可微信矣。(《民国诗话丛编》第六册,上海书店出版)

爱之深，遂不愿其与己共苦，这里是否有"美化"海藏之嫌呢？

二是林庚白《孑楼随笔》所记：

> （郑）尝昵天津妓金月梅，纳为妾，未几，奔于伶人李春来，孝胥懊丧甚，其《海藏楼诗》所谓"云鬟缄札今俱绝，海内何人更见哀"，盖为月梅作也。

这个记载颇合逻辑，很容易使人想起"鸨儿爱钞，姐儿爱少"的话头来，海藏虽"堂堂一表"，奈年纪已不饶人，自然得不到佳丽的欢心。林氏所记我最先读到，当时以为上录诸诗之所以删而不存，并非沈休文绮语之悔，而是羞愤、妒恨而难为情，故而抹去，怕触旧痛，又恐见笑于人吧？

但细读《郑孝胥日记》，知其于此等事大都坦率直陈，一无掩饰。钱、林两家所记虽有异，但均是道听途说，捉影捕风，不足为凭。即使石遗所述出之目击，恐亦亡斧疑邻，妄测而已。何以见得呢？

首先，海藏晨练确有其事，实出于其人生哲学之宗尚，他曾有《练魄制魂院》一文云：

> 人生始化曰魄，既生魄，阳曰魂。不能练魄则多欲，不能制魂则多思。多欲多思则流荡忘返，良知本性皆汩没于多欲多思之中，永无见道之日矣。昔陶侃朝夕运甓，此练魄之术也。达摩面壁十年，此制魂之术也。故学道之士必先练魄，次以制魂。吾自辛亥至今二十二年，半夜即起，坐以待旦，乃得练魄制魂之说。《孟子》所谓养心寡欲，《周易》所

言无思无为,皆不外此。(民国二十二年[1933]闰五月初四日)

上述短文绝非海藏故作大言的欺世之谈,亦非言不由衷的掩饰之词,他是身体力行的,这可由他后来的种种行事证明。

其次,海藏与夫人中照,一般说来关系岂止正常,感情还是相当不错的。民国十七年(1928)闰二月十日酉时,中照病逝上海,享年七十二岁。时海藏六十九岁,从青岛搭船匆匆赶回,当即写《伤逝》三章。又一连六夜,几乎每夜必有悼诗,后又陆续写了八首,感情不可谓不真挚。姑录《初五晓》一首如下:

回首相从五十年,真成一梦送华颠。他乡久客姑埋骨,苦调孤洋更断弦。此世人无胜天幸,未亡我乃让君先。谁知夜起庵中客,夜夜惊魂落月前。(《海藏楼诗》卷十一)

颔联"久客"之"客"与第七句犯重,鄙意改为"久滞"当更契其情。诗中"夜起庵"者,乃海藏两年前即民国十五年(1926)赁居天津广东路时居室斋名,亦寓夜起练魄之意。石遗所谓"中宵即起,托词锻炼筋骨",若真是"托词",将它写入"悼亡"诗也太虚伪了吧。

海藏有前后二妾:除金月梅外,后来还娶了一个刘婉秋。大妇中照与她俩相处都还不错,能以礼相待,并无石遗所说的"悍妒"之象或"大吼"之声的。以下就《日记》钩稽海藏与金月梅事,为今日读《海藏楼诗》者聊资谈助。

（一）春气泥人花绰约

光绪二十八年（1902），海藏四十三岁，三月十九日，在武汉任京汉铁路南段总办，出差来沪，晚上观金月梅演《乌龙院》，称"甚佳"。这次当是初识春风。廿九日，又观其演《烤火》，又称"极佳"。初与相见则在四月初四日：

（张）让三言，识金月梅家，乘兴同至观盛里七十三号访之。月梅方在群仙演剧，坐室中良久，乃偕其客陈咏韶同返，陈乃盛宫保之甥而江天之买办也。月梅敏锐非常，巧于言笑。坐有顷各散，约明夜听群仙。

初五日晚：（金月梅）演《池水驿》，凄楚动人。

初六日：为金月梅书小联，句曰："聪明冰雪浑难比，幻境芙蓉故未真。"

初七日：张让三来柬云：金月梅闻余将遗以扇件，求署款曰双清馆主人。……夜作诗二首，拟为双清馆书扇。

初八日：为月梅写三诗于扇头，又隶书双清馆匾额以贻之。

初九日：作柬与金月梅，索其照片。

初十日：观月梅演《翠屏山》，殆为绝技。

十一日：折简招月梅，犹未起。竹君亦至。让三自乘马车复诣月梅，乃致之来。隔壁房中沈小沂、乔茂轩欲见，余乃并邀入座。月梅居右，茂轩居左，次右为沈小沂，次左为赵竹君，对坐则让三。席间谈笑甚酣，月梅至终席乃去。

十三日：午后，过金月梅，不遇。……（夜）复过观盛里，以车迓月梅于丹桂，共竹君、让三候其归，谈良久，将行，遗五十元。月梅辞，固与之，乃惭赧而受。

十四日：独乘马车至观盛里，月梅出未返，其母留余坐久之（原稿此下被剪去五行，约缺百字——不知所书何事。窃意海藏必不致有所讳忌，当系他人所为）。

十六日：又诣月梅，登楼望月，至十二点乃返。

十八日：未刻独诣金月梅，复遗百元，共谈至六时乃返。月梅为余言，沙逊洋行买办干某及周玉山之子在此斗炫阔绰、干数为周所窘之状。又有汉口蔡某欲娶月梅，游说万端，因拒之乃已。

十九日：又往观盛里，傍晚乃返，月梅殊有离别可怜之色。

二十日:先过月梅,其客陈咏韶已来,共谈有顷,乃诣万年春。……席散,复至观盛里,小坐而行。是日人众,悒悒不能有言。月梅送登马车,执手含悲而别。

以上是海藏与金月梅从相见到相恋的第一阶段。初则赏其技,乃因张让三之介,从而知其慧,终乃各自生情而又依依惜别。廿一日、廿二日、廿三日海藏在归途舟中连发三书;五月初二舟抵武汉,又发第四书。随后又不断寄书、寄诗、寄香篆,兹不细录。这些诗又大都录副与友好(如十八日,即"以《双清馆》诸诗寄示鉴泉"),因得以流播。

是年十月,海藏请假再度赴沪。

十四日:舟中逢周立之、王复初名钧。周即周玉山之子,金月梅尝称为风流才子者也,下第将返京,能诵余《双清馆》诸诗。

十五日:午后,独坐车乘雨至双清馆,月梅梳洗甫毕,握手极欢,登楼看雨,谈次各有怨离之况。傍晚,周立之、王复初皆来,遂同至一品香晚饭。时天转寒,余衣薄,月梅以薄兰地酒一斝进,余饮毕乃出。……饭罢,复至群仙听戏,月梅演《富春楼》,妖冶绝伦,真奇艺也。又过双清馆,食枣粥一瓯始返。是日之乐殆为百年所不能忘者也。

十七日:过月梅,楼中听雨,促膝谈至薄暮。……余语月梅,今日一谈,可销半年之别恨。

于此可见，海藏第二次赴沪是专为金月梅而来，从此情益密、信益频。至光绪二十九年（1903）正月十九日，日记赞其艺云：

> 金月梅以花旦独出冠时，压倒诸伶，其精彩夺人如彩虹竟天，观者莫不神眩。盖自赭寇流毒而徽调兴，拳匪煽祸而女戏盛，相因而起，岂偶然欤？

同时又高其品云：

> 双清之初出，倾倒一时，所居甚隘，然车马之迹常阗咽于户外。有干某者，日日从之于剧场中，辄投金钱以媚之，已乃款门自通殷勤，清对之凛然若不可犯，周氏子复侮之，干遂赧颜而退。周挥霍年余，亦不能得其意，颇自愧恨。
> （原稿此下被剪去四行，约七十字——估计亦非海藏所为）

自此，大约海藏以为已操胜券，于三月廿九日记云：

> 午后，过双清，以"凤"小印遗之。清欲为其母买一养女，名月兰，余允为代购。月兰年十六，北人，能操苏州语、粤语，尚白晰，眉目稍欠秀气耳。

> 四月朔：午后，过双清，新买之婢已来，即付六百元。

不意此女却不甘卖身。四月十四日记云：

过双清,闻新买之养女昨夜逃出蔡氏,月梅母女懊恨不已。余笑慰之曰:"汝母之长厚,汝之孝顺,因此更显。六百元不足惜也。宜以和平语蔡氏令还款,勿破其颜面乃佳。汝知吾生平有三癖乎?乐用疏远而不取亲昵,一也;喜以财助人而不愿以财借人,二也;财物生产有所损失,必讳而不言,三也。汝素自命豪杰,宜味此语,则懊恨自消矣。"……遂至双清馆,宿其楼中。

这个出逃的养女,不意市井讹传,竟坐实在主人月梅身上,"恶野传千里",连许多友好都信以为真了。五月朔记云:

陈叔伊来,将应特科,询余曰:"佳人已属沙叱利"乎?余曰:何谓也? 曰:发汉口时,季渚云云;至清江时,爱苍亦云尔。余乃笑曰:仆之佳人,以古押牙(衙)自任,纵有沙叱利,亦无妨也。

可见热恋中的海藏是十分自信的。

(二)相思两地各疑猜

光绪二十九年(1903)五月,海藏以四品京堂充广西边防督办,率湖北新军号武建军者赴龙州。致函月梅,十六日记云:

凤雏亦覆书曰:"千山万水之隔,不能一见而别,何以堪此？君不欺我，我万不能欺君，惟凭此心而已。妾将往烟台，计君秋凉来迎时，妾已归矣。粤东炎热，千万自保！吾君台览，双清馆泪下拜书。"凡三纸，皆湿渍泪痕。余持书，惊叹其天资之高绝也。

不料从此就伯劳飞燕，各怀哀怨之情、各藏猜忌之想了。这且按下慢表。

考海藏为金月梅所写诗词颇多，原刊《海藏楼诗》大都未录，《日记》中则或录或不录，即本文所录折扇中七律九章，传诵颇广，人共欣赏，亦不见于《诗集》及《日记》。但《日记》中提及所写的诗作尚不止此数："过双清，以扇付之，所作六诗及旧作九首皆写于上（光绪二十九年[1903]四月初六日），刘建白所见折扇只有九首七律而无其他六诗，当是此扇流落于外，为人所得时已非完璧了。又前引林庚白所记两句，全诗亦不得见。不知这些好诗，何以海藏不自收拾！悔其少作欤，抑讳其前迹欤？看来两俱不是，《诗集》中大不如此作的艳词、《日记》中细叙本末的前迹还少吗？海藏六十岁时："过严又陵，以吕秋樵手钞余诗示余，皆少作，怅然久之。"（民国八年[1919]闰七月十六日）可见少作流传，已有人好之宝之，而后来亦不易得矣。近出《海藏楼诗》篇什虽较原刊为富，然于《日记》中诗往往失录，或二诗仅录其一，诗题又多有从阙者，不能详举。不知他日重版，尚能一一增补否？

至于仲联先生说诗中"时有涉及梅花者，大半感金月梅而发"，亦未必尽然。《海藏楼诗》卷一至卷四皆四十三岁前作，凡涉梅花者，如《吴氏草堂梅花下作》（卷一）、《清友园探梅》四绝（卷二）、《题何眉生梅村岁寒图》（卷三）、《红梅》四律（卷四）、《题林迪臣孤山补梅图》(卷四),虽皆与梅有涉,都难以附会。还有海藏四十岁时亦有涉及梅花者三律(光绪二十五年[1899]正月初七日、十六日和廿一日),而《海藏楼诗》失收。为免读者见其诗而误信仲联先生之说,姑录于后。诗云:

人日梅花空满枝,闲愁细雨总如丝。临江官阁昼欲瞑,隔岸楚山寒更奇。逋客暂来能自放,翔鸥已下又何之? 凭阑可奈伤春目,不似江湖独往时。

倦看江汉接天流,从子高歌醉一邱。梅雪欲销犹点酒,湖波乍暖已胜舟。琴因感遇声终歇,士有伤春泪不收。坚约蹉跎更乘兴,中年存殁试回头。

看遍官梅爱野梅,自麾骆从踏莓苔。入春风色连林觉,过雨山园一半开。赏会未妨饶胜事,忧勤终是靳深杯。寻花士女成围处,竞指元戎小队回。

味诗意,实与月梅无关。海藏到龙州就任后,还有《题新辟梅厅二窗》之作(卷五),内容仍与月梅无涉,唯《梅厅》《杂诗》《对梅作》数诗,才庶几有迹可循。《梅厅》诗云:

沈沈戎幕罢传杯,唤起秋风酒后哀。悼世穷途得蛮府,耽吟人老岂边才? 闲情巫峡云何在,往事吴淞水不回。可奈梅厅灯似月,宵来策枚一徘徊。(卷四)

此诗前二联写困处边地愤慨之情,后二联则思念月梅之意至为明显,颇有伤怀不能自已之情。

《杂诗》之三云:

　　年光如流水,流落付一叹。卷中有崔徽,缄封不能看。(同上)

这自是指金月梅所赠照片而言。

《对梅作》云:

　　手种梅花傍曲廊,蛮风瘴雨损年芳。乍看蕊大含春思,渐觉枝繁带晚霜。蓦地闻香魂欲返,惘然自醉意犹狂。闲愁闲想浑抛却,一段凄清亦断肠。(同上)

再看海藏在龙州三年,两情相牵,而彼此焦躁不安的情形吧。先是:

　　双清十八赴烟台,中照惧有变,更使稚辛致词,曰:"本欲沮其勿行,今既不可中止,则以速回为劝。"双清曰:"多不过两月,必返沪矣。"(光绪二十九年[1903]五月廿九日)

可见此时大妇早已知情,不唯不曾"棒打鸳鸯",还唯恐其"彩云易散"哩。试问"悍妒无匹"者,果能如是乎!

　　月梅遣王二持片至沪寓,言己犹住烟台天成栈,已在烟

台购地盖屋。王二来迎其父赴烟台云云。甚有智计,且观其后。(同上八月十九日)

得桎弟初四、初九、初十三书及周立之书、诗,云得双清书,在烟台营别墅,佳甚。(同上十月廿三日)

凤雏十月十六日书,云丁父丧,……即发电吊问。(同上十一月初四日)

至三年后海藏辞职返沪,启轮北上,于舟中总叙其事云:

起见赤日,半衔海波,正对窗间,海水深绿,微作皱纹。又意凤雏已嫁,则当谢余不见;或请见余,略谈所遇情状,余何言以对之乎? 余在龙州所为诗,亦有颇吐其怨恨者,乃余之褊尔,如彼不羁之概,要是能独立之豪女也。去年十月过广州时,周立之语余:"清尝遗吾书,言'龙州遣使迎我,而谢不往,此我不嫁之证也'。今君果往烟台,清必改其初志矣。"夜,梦凤雏被征入宫中教戏,既寤,殊郁郁。检卷中自光绪二十九年十一月在连城得凤书至三十年六月来书,共得八次,其末次乃杨秩五代笔,云欲往太原,以指环留念,此余所认为"哀的美敦"书者。自此以后,余亦不复寄书,距今已一年有半也。去年,余托陈少南、吴怡泉过烟台视之,诘其未往太原,何无一书寄龙州? 对曰:"报纸言京卿将归,且久无音问,恐不能达故耳。"少南书述其语,余《杂诗》中有云"边关卧病忽三秋,轻别真成悔下楼。金锁绿沈零落尽,归来空剩一生愁",即为凤雏作也。自去年到上海,足迹不及观盛里,一日,无意中车驰过之,见其旧居后门有小纸书"金第"二字,余愕然,使探之,非是,怅惘累日乃已。偶占一绝曰:"三年旧恨欲成尘,又见人间别后春。枉向边城乞残骨,不知谁是梦中人。"夜半暖甚,起作一律曰:"夜半转春气,海中殊不寒。涛声炊正熟,月色烛俱阑。人定舟弥速,梦回天自宽。明朝应有见,冥想更无端。"(光绪三十二年[1906]正月十二日)

迨至次日相见,尽扫疑云:

凤雏悲喜相持,为余下榻,絮语终夕。

十六日,海藏与金谈,占一绝云:

海上名姝久拂衣,穷荒寨主亦东归。相逢复有扁舟约,只许鸥夷是见机。

但海藏在返沪途中得闻一事,醋意顿生,已不复往日对友人"佳人已属沙叱利"之问时的自信和镇定了:

十九日,天明启轮,来客粤人李道元,在山东办金矿者,乃李山农之子,谈唐少川、杨濂甫事,及杨秩五所办涤净公司,系欲包揽烟台全埠粪料,勒令铺户逐日缴粪。初用巡丁百余,挨户查索,各户都不允。或以粪掺土与之,遂大亏本至万余金。杨以利说金月梅入股三千金，将败，月梅取回千数百金。今此公司为粤商顺泰接办，杨遁归黄县云云。余尝见涤净公司匾，与金仆老尹所言相符。老尹本杨秩五之仆，杨去，乃寄住金处。杨自言，金月梅已许嫁己。此次金言与杨甚疏，月余一来耳。实讳之也。杨寒士，初在招商局，月才数金；后荐为德国领事馆文案，月可三十金。在烟所昵妓名小顺，忽自言梦小顺为杨少川取去。杨少川新任德国公使，过烟台见小顺，果大悦，一夕，以千二百金买之，同往德国。杨秩五大号哭，无如何也。亦李道元为余说者。余疑杨未去，避余不敢见，或月梅近日始疏之耳。

海藏以此事询诸月梅，而月梅的否认自在意料之中：

> 二月初七日，得凤雏二月二日书二纸，凡千余字。办涤净公司并无入股事，语甚悲愤，谓余闻讹言有翻悔前约之意，即覆书譬解之。凤又以金月梅小片上书"贵夫人寿安万福"，以寄中照，余请中照亦作一书覆之。

二月二日，正是海藏大妇中照五十生日，体察其情，则对娶妾已无异议。因此几经书信往返，终于在"三月十一日，派樊成、许四携信及洋二百元坐顺天轮船赴烟台，迎凤雏来沪"，"十九日，午后，凤雏母女到"。

海藏与金月梅这三年间的种种情事，很容易使人想起元稹《古决绝词三首》之二中的这样几句话："已矣哉！织女别黄姑。一年一度暂相见，彼此隔河何事无。"如今既已结合，"夜夜相抱眠"，终不至"幽怀尚沉结"了吧？谁知好景不长，台空凤去，这就非海藏始料所及的了。

（三）春去朱楼凤不来

金月梅归海藏后不久，就发生了庄和卿来访之事："南京庄和卿者，庄椿山之侄，尝欲娶凤为室，凤母不许，凤吞金觅死，救之得免。此辛丑、壬寅间事也。是日，庄来访凤于春晖里，余闻其事，欲为撮合媒定，以偿其宿志，凤泣辞不从。"（八月十三日）

辛丑为光绪二十七年（1901）、壬寅为光绪二十八年（1902），那已是四五年前的旧事了。这次庄和卿又来访金月梅，海藏竟欲为之撮合，此举看似落落大度，但未尝没有试探之意。我就不信他真心舍得让金月梅琵琶别抱。

且看第二年，即光绪三十三年（1907），金月梅就提出与海藏分手了：

> 至春晖里，凤雏辞我曰："二月赴烟台，不复返。"（正月二十日）

> 往春晖里与凤雏别。夜，凤雏亦来谒中照，视疾且辞行，将以明日附泰顺归烟台。（二月十二日）

> 归得凤雏书，云："依君一年，自惭无功坐食，而婢母犹喷有烦言，婢自无颜立于君家。高情厚爱，终身不忘。今愿自苦，复理旧业，请勿相迎，婢不来矣。寄去茧绸二端，乞存

之以表微意。"得书,肌跳头眩,几不能坐。(三月初八日)

这就可见海藏身心所受刺激之大了,他于是一连写了三封信给金:

覆书曰:"汝病疯耶? 乃为此语。我诚有负情义,使汝有去志耶? 所约端午节后遣人往迎,明有天地,暗有鬼神,岂可欺哉!"(三月初九日)

再与凤雏书曰:"一年之爱,岂不加于曩日? 金之依郑,天下所知,复理旧业,实损吾名。想汝虽有此言,旋自悔之。茧绸姑存,须汝自来,手自裁制以衣吾体耳。"(三月初十日)

又与凤雏书曰:"二月十二日春晖里楼中叙别之情,今为三月十二日,宿热犹在肌耳,岂可视我为路人哉! 必践前约,或母子偕来,或汝独身来,商量日后之计,决无所难也。"竟日不出。(三月十二日)

寄烟台书及报纸。(三月廿一日)

但是,海藏的这些努力,正可用辛幼安《满江红·暮春》中的两句词来做一个总括:"尺素如今何处也,彩云依旧无踪迹!"

(四)却道天凉好个秋

让这么一个美人轻易从自己的怀抱里溜走,海藏自然心有所

未甘,而朋友们也纷纷设法要为他挽回局面:

> (金)仍珠约夜饮于沈梅仙家,座有赵小鲁、孙叔平、孙
> 仲英等。小鲁乃赵次山之弟,与双清甚熟,双清尝语小鲁:
> "郑君遇我诚厚,其人家庭甚笃,吾不欲使有间言,乃忍而去
> 之耳。"梅仙以大觥劝饮,遂为尽醉。(宣统二年[1910]三月
> 十九日)

> 赵小鲁来,言双清云:"沦落贱业,无颜见郑,夫复何
> 言。"(同上二十日)

> 夜,赴赵小鲁之约于金宝家,座中晤魏铁珊。(同上廿
> 一日)

> 夜,应魏铁珊之约于红菊花家,孙仲英荐华如兰,言其
> 颇肖双清,称疾不至。(同上廿九日)

这里值得注意的是,海藏于貌似金月梅者兴趣极大,可见其
沉迷之深。而其貌似者亦竟缘悭一面。金宝就是后来成为海藏
小妾的刘婉秋,这是她的初次露面。接着情节就展开了:

> 夜,呼东升里金宝来谈。(四月十七日)——按时在天
> 津。

> 午后,遣行李登泰顺,独坐无俚,又呼金宝来。自言与

双清甚熟,每看其戏辄哭。余因为言识清以来情状。金宝言:"君之于彼,悲欢离合,亦一曲情感好戏。谁似君痴,何为溺情若此!"余感其语,怃然不乐久之。金宝请"他日为君往诘双清",余止之曰:"彼不从人,自食其力,于理是也。吾固痴绝。安能责人?"金宝泫然而去。(四月十八日)

呼金宝来谈,至十点乃去。(七月十五日)

午后,又呼金宝,五点乃去,尽以往事告余,意颇恋恋。(七月十六日)

过金宝家,小坐即去。(七月十七日)

昨日金宝谓余曰:"君能来夜谈,稍迟乃归乎?"余谢曰:"负盛意。"金宝曰:"中秋后,吾来奉天访君可乎?"余曰:"子有他事赴奉天耶?"曰:"无之。"余又谢曰:"领子厚意。"余固不能信也。(七月十八日)

呼金宝来,谈至九点。(九月初八日)

呼金宝来,自言愿为余代制皮袍,即以皮及衣料付之。(九月初九日)

金宝来,云皮衣已竣,小坐即去。(九月十八日)

金宝挈皮衣来，谈至五点半乃去。（九月十九日）

金宝约余至其家午饭。（九月二十日）

于此可见海藏与金宝日久生情，金宝对其生活多所照料，当然使他产生亲切之感，这与慕金月梅演艺乃至见而倾心不同。二人分别后，金宝忽然写信请他到天津去。十月初三，海藏至天津：

独至芙蓉馆，召金宝询其来函求余来津之意。对曰："已谢客，候君处置。"余曰："然则若何？"曰："赁屋别居，待夫人病愈，即来沪谒见耳。"余笑曰："乃有此耶？我今信子矣。"吾老而愈痴，易为牢笼，当与夫人商之。即作书与施伯安，嘱由正金汇款付之。使彼为第二之双清者，亦惟付之一笑而已。（十月初三日）

可见主动者原在女方。随后：

得金宝书，云收到汇款，已觅屋在河北造币厂对面宝兴里十四段第二十九号。（十月廿三日）

派胡庆赴天津，召刘婉秋来京。（十一月十七日）

此时大局虽定，其间却仍有一些小小的波折和不快：

归金宅，婉秋已来，至四点乃去。婉秋请给其母养老费

千元,余不悦,料其以此要挟也。(十一月十八日)

中照一信言:"婉秋云,初四五当来京,携狗数头、婢媪三人,殊不可耐。"余即作信慰之。(十二月初四日)

不过,中照夫人最终对婉秋还是较为满意的,并不像石遗形容的那么凶悍。

夜,与中照书,言明岁归沪之乐。得女景初三日书,云婉秋于初二来京。(十二月初五日)

小乙书言,武丁甚思念彼等,又言"刘姑娘已来,大人所言三事,渠悉依行,性颇柔顺,母甚喜之"。(十二月初七日)

但似乎有金月梅的前车之鉴,夫妇两人还是各怀鬼胎,不免彼此仍有一番测试:

晨,覆中照书云:"婉秋若愿从魏三,诚为美事,吾岂不能脱宝剑以赠烈士耶?可试询之。"盖魏于车中遇之,戏婉秋曰:"尔出某氏,则吾欲得之。"婉秋赎身,魏实助之,固尝有德于婉秋者也。(十二月十一日)

这究竟是海藏夫妇俩测试婉秋呢,还是海藏兼以测试夫人的态度呢?然而这个虚情假意的权诈并不高明,任何一方都不可能堕其术中的。

陈石遗与郑海藏

从此以后，刘婉秋就在海藏家安顿下来，虽然小毛小病一直不断，然而寿命不短。中照死后，依然陪侍海藏，只不知海藏卒后结局如何。

至于金月梅，在此后的日记上就只能看到远逝的余波了：

> （孙）仲英告余金月梅为李长山所虐，托人求拯之状，余曰"劝彼忍耐，勿再破散"而已。（宣统三年［1911］八月初四日）

> 报言，金月梅复至凤舞台，今日演《红鸾喜》。（民国四年［1915］四月二十日）

金月梅的行踪，海藏自然不可能不关心，不过"而今谙尽愁滋味"，时间能够化解一切，何况已有可人依偎，其美艳才艺虽或不如月梅，却也称得上是"天凉好个秋"（婉秋），不会再萌旧情了吧。

海藏与石遗两人同样纳妾，我不禁想起先前所述石遗"幼妾生子"的事来，并联系起《石遗室诗话》卷二八的一段妙文来：

> 又检得先室人残稿，为余戏作命名说，足资一噱。录之以殿此编："君名衍，能谈天，似邹衍。好饮酒，似公孙衍。无宦情，恶铜臭，似王衍。对孺人，弄孺子，似冯衍。恶杀，似萧衍。无妾媵，似崔衍。喜《汉书》，似杜衍。能作俚词，似蜀王衍。喜篆刻，似吾邱衍。喜《通鉴》，似严衍。喜《今古文尚书》《墨子》，似孙星衍。特未知其与元祐党人碑中之

宦者陈衍似耳。请摹其字以为名刺何如?"此说可谓得未曾有之奇文。失去十余年,复得之,不胜狂喜。余请为画蛇添足之言曰:中年丧偶,终不复娶,又绝似孙星衍;而非先室人之所及知也!

　　好啊!幸而其夫人不知其于己身后纳妾;倘若死而有灵,定会怒而诘问:"老奴欺我,何食言而肥耶?"若说纳妾不算娶妻,则"无妾媵"一语,虽践之于夫人生前,而背之于夫人身后,何耶?我们还想请教石遗老人:先生既然鼓吹"结婚须用新法",你们这对老夫少妾,难道也是自由恋爱的结合不成?当然,这种情况古已有之,《易·大过·九二》早有"枯杨生稊,老夫得其女妻"的爻辞,而且也有"无不利"的判断。但先生尽管自觉老健,屡屡向人自夸"阎罗怕我",难道对自己日益严重的疝气视若无睹吗(前引《冒鹤亭年谱》状其"袴中若挟婴儿",这点夏瞿禅未曾写到)?尚且旦而伐之,其能久乎?讥海藏之不堪,忘己身之亦老,谚有云:"乌龟莫笑鳖。"敬为老人诵之。不过话说回来,两人所纳同是优伶,但海藏所纳转瞬之间即"黄鹤一去不复返",相比之下,石遗确实要幸运、幸福得多。老人虽当时与钱公谈时未曾及此,但亦可想见其于此事的自喜与自豪了。

陈石遗与郑海藏

章太炎与黄季刚

一

《石语》曰：

> 章太炎、黄季刚师弟，皆矜心好诋，而遇余均极厚。

石遗老人这个感觉可谓太良好也太单纯了。须知相厚者未必即相服、相敬，应酬上的客套未必出自内心的相推，而且师弟之间在论人、论文与论学方面也未必就完全毫无差异。细细推究一下其间的隐微曲折，倒是一番极有兴味的趣谈。

先说太炎先生，石遗老人与他原有一段交往的渊源。《石遗室诗话》卷七记其事云：

> 二十年前，从湘人章伯和处见章太炎所著《左传经说》，

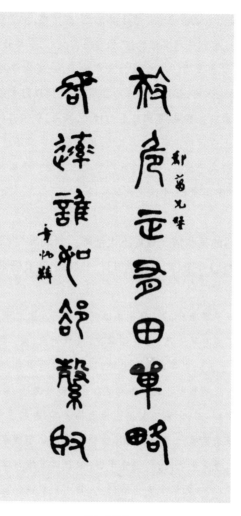

章太炎篆书

章太炎与黄季刚

以为杭州人之杰出者。言于林迪臣、高啸桐,使罗致之。戊戌正月,客张广雅督部所,广雅询海内文人,余举孙仲容、皮鹿门,以次及君。广雅以为文字诡谲,余复言终是能读书人。迨余入都,闻广雅已电约君至鄂,旋闻以与朱强甫谈革命,强甫以告星海,星海将悬而捞之,未果,狼狈归。迨余回鄂,案上有君书一函,言以上状,并言至沪访余不遇,闻余入杭,又访余于杭亦不遇,终斥广雅之非英雄。余以其书呈广雅。君学问优长,小学世尤罕其匹。

这段话的某些情况写得不大清晰。刘成禺《世载堂杂忆》有《章太炎被杖》一节,则颇能道其详,补其阙,抉其隐微:

> 庚子事变后,康、梁公羊改制说盛行。张之洞本新派,惧事不成有累于己,乃故创学说,以别于康、梁。在纺纱局办《楚学报》,以梁鼎芬为总办,以王仁俊为坐办,主笔则余杭章太炎炳麟也。太炎为德清俞曲园高足弟子,著有《春秋左传读》一书,之洞以其尚左氏而抑公羊,故聘主笔政。予与江苏朱克柔、仁和邵仲威(伯絅之弟)、休宁程家柽,常问字于仁俊先生之门;仁俊先生曰,他日梁节庵与章太炎,必至用武;梁未知章太炎为革命党,其主张奴视保皇党,岂能为官僚作文乎?
>
> 《楚学报》第一期出版,属太炎撰文,太炎乃为排满文凡六万言,文成,钞呈总办;梁闻之,大怒,口呼反叛反叛、杀头杀头者,凡数百次。急乘轿上总督衙门,请捕拿章炳麟,锁下犯狱,按律治罪。予与朱克柔、邵仲威、程家柽等闻之,急

访王仁俊曰:先生为《楚学报》坐办,总主笔为张之洞所延聘,今因排满论酿成大狱,朝廷必先罪延聘者,是张首受其累,予反对维新派者以口实。先生宜急上院,谓章太炎原是个疯子,逐之可也。仁俊上院,节庵正要求拿办;仁俊曰:章疯子,即日逐之出境可也。之洞语节庵,快去照办。梁怒无可泄,归拉太炎出,一切铺盖衣服,皆不准带,即刻逐出报馆,命轿夫四人扑太炎于地,以四人轿两人直肩之短轿棍,杖太炎股多下,蜂拥逐之。太炎身外无物,朱、邵等乃质衣为购棉被,买船票,送归上海。陈石遗《诗话》某卷第二段,曾言太炎杖股事,故太炎平生与人争论不决,只言"叫梁鼎芬来",太炎乃微笑而已。

是则杖逐之事乃友朋之有以保全的权宜之计,而被逐的当事人太炎先生自己尚蒙在鼓里,且非意料能及。但据王森然的《章炳麟先生评传》,则称张之罗致太炎,乃由钱恂物色而得。其言云:

念老(钱恂,字念敏)谓张南皮之识先生,实先见先生所为左氏,故谓有大才可治事,因属念老致此人。时念老在南皮府中,念老求诸四方,见先生于上海,与往湖北偕见南皮。先生以主张革命名于时,南皮不敢昼见。匿先生于念老室中,午夜屏人见先生,谈达曙,大服之,月致百金,留匿署内,而无所事。后南皮入京,继承者不敢留先生,遂去。

三个都是个中人之闻见,居然差异如此,究竟该信谁为是呢?

又按林庚白《孑楼随笔》云：

> 洪宪六君子之刘师培，以国学精湛，为世所称。相传清末张之洞开府武昌时，悬赏购党人，得师培，盖斯时师培亦同盟会健者也。之洞与语大悦，而于《左氏春秋》尤有得，之洞日夕就而讨议，客至则置之床下，既兼月，私以金纵之去。

不知究为章太炎事之讹传，抑文襄原善以同一方式来接待党人，则不得而知。此固可见其怜才爱士之心之难能可贵，然亦不能不使人得以一窥这位大臣首鼠两端、摇摆不定的政治态度，不像曾经长年跟随他的幕友梁鼎芬那么死心塌地，始终只甘心做一个殷之顽民也。

梁鼎芬（1859—1919），字心海，一字星海，号节庵。书室名葵霜阁，故亦号葵霜，晚则号葵翁。广东番禺人。石遗应张之洞电邀，即节庵代发传语，初亦寓梁家。梁后来成为逊帝宣统的最后一任师傅，兼督办光绪陵寝，奉安崇陵。后即守陵种树，久旅梁格庄，颜所居曰"种树庐"。迨梁卒，亡国之君竟赐其谥曰文忠公。其实此时之谥早已与时俱逝，半文不值了。但遗老遗少之辈尚以是荣之。

关于梁鼎芬的历史，近人王森然有《梁鼎芬先生评传》（《近代名家评传》二集），从各个角度加以评述。大抵在清亡前，毁誉俱载，细大不捐；清亡后则特表其忠于故主之忱，颇可一阅。但须补充的是，梁乃先师余越园绍宋之表伯，师少年时常在其寓，于书画的鉴别受诲良多；且知其搜集清人遗集几全，但有一偏见，独剔去《随园三十六种》与《龚定庵集》而不藏，以为这两人的人品、文品与诗品都不值一顾。而我少年时原好清诗,于此两家也都有特嗜;师或因受其表伯影响,故于袁、龚皆无好感,以是与之谈艺论学,多有争执。幸而师尚恕其狂妄,肯予耐心倾听,要是遇到梁公,恐怕就没有这么好商量,也要以大杖扣其股了吧?今人都知邓之诚、张舜徽收藏清人集部之多,而不知梁氏之拥有尤为富足也。可惜身后遗藏不知流落何处,亦可为一叹。

梁卒后有《梁节庵先生遗诗》六卷,即为先师所编,限于时间和当时环境,未能收全。而目空一切的林庚白,于并世诗人少所许可,然亦尝最推郑海藏,以为"今人第一";但又说"逊清同、光以来诗人,余雅好梁节庵""盖节庵诗,绝似二十许女子,楚楚有致"(《孑楼诗词话》)。汪国垣的《光宣诗坛点将录》拟之为天满星美髯公朱仝,或亦因其丰髯类例之。评云:"梁髯诗极幽秀,读之令人忘世虑。书札亦如之。"则所见与林庚白极其相近。

王森然《评传》说张之洞入北京任军机大臣,尝荐梁为湘抚而未果,梁生活贫困,"倚其表弟冯启钧济资以活",而不知其任逊帝宣统师傅,亦仅有空名并无实惠,经常靠先师接济以尽余年,坎坷困顿,实非一般友人所能想象。卒后陈石遗、沈子培、冒鹤亭等均有诗挽之,却不清楚这位少保梁文忠公,其箪食瓢饮居然拮据狼狈到如此地步也。梁安葬后,师为绘《梁格庄会葬图》,题诗题跋者有陈宝琛、康有为、陈师曾、黄节等胜流,二十余人之多。但不知此图尚在人间否也。今唯见《海藏楼诗集》卷十尚收存《余绍宋求题梁格庄会葬图(梁星海葬处)》一诗,姑录如下:

梁墓还依梁格庄,一时临穴比三良。人生死所真难觅,未许青山恋故乡。

二

章太炎炳麟(1869—1936),考其年要少石遗老人十二岁,应该是个后辈了。但太炎先生的名声,对石遗老人来说,却是后来居上,起了威慑的作用,使得这位目无余子的人不得不甘拜下风,不唯以其不曾诋及为幸,且感其相厚为荣。

1926年夏,《章太炎丛书》出版,章念旧日交往,寄赠其著。石遗老人收到后,不禁喜出望外,受宠若惊,而其复谢之书,亦最堪玩味。全书先为转录如下:

> 太炎老友足下:廿载阔别,辱承先施,念我之深,感叹何极。仆于奔走国事者,不敢辄问候起居,惧嫌攀援也。窃叹区区旧学、考据、词章数千年无能兼者,歧而二者,即已误矣。卜商、荀况,已属偏至,何论许、郑、杜、韩。君乡竹垞,颇识匡略,亭林浅尝,只可供梁鼎芬、林纾之仰止。足下学与年进,真善读书;见识高超,海内罕其匹。戴东原云:当世学者吾不能不以竹汀为第二人。仆不愿与汉以后学人较短长,今得足下论读书,吾不敢以竹汀待足下。此外考证有得者,尚有孙仲容,惜其《周礼正义》约寄商敚处而不果,镈缪弘多。仆旧刻十数册,皆少作,聊寄正之。《周官》《小戴记》等未刊者尚夥,年来纂《福建新通志》数百卷,约千余万言,皆出自一手,中《艺文志》百余卷,补正《经义考》《四库全书提要》者不鲜。已刻二百余卷。以官中欠钱,工程疲缓。仆

入民国后,惟间为大学教授,自以于事无补,能稍有裨于学子,藉赎素食罪过。季刚后来之秀,近在何许?念念。衍顿首。

读后不妨让我提出五点质疑。

第一,书中把太炎先生看作"考据、词章数千年"能兼擅的唯一大家,又引戴东原的话作一转折,则俨以自己为第二人无疑了。那么孙仲容(诒让)呢?其所著《周礼正义》由于"约寄商兑处而不果",所以留下"罅缪弘多",算不得数。殊不知太炎先生亦尝师事仲容先生,服膺其学,且居其家有半载之多也。对其人而贬其师,于礼可乎?

第二,书中说"亭林(顾炎武)浅尝",亭林一代大儒,岂得以"浅尝"薄之?殊不知太炎先生初名学乘,字枚叔,后更名炳麟。尝最慕昆山顾氏,顾本名继绅,更名绛,字忠清,明亡后乃更名炎武,字宁人。章因此又易名为绛,自署太炎。捧太炎而不知太炎之名字渊源及意向所在,何愦愦乃尔!于此可推论其于太炎诗文著作,亦未遑细览,不过耳食声名,盲从众誉耳。

第三,或曰:顾亭林怀故国之思,抱遗民之痛,尝七谒孝陵,六谒天寿山思陵,欲有所图而不果;梁鼎芬则终居梁格庄为光绪守崇陵种树以终;而林纾亦以遗老自居,不仕民国,尝十一次谒崇陵以寄其哀。石遗说"亭林浅尝,只可供梁鼎芬、林纾之仰止",当指此耳。然而上文明明是言考据、词章之相兼,忽插此一段故实,实两不搭界。果用意在此,则"浅尝"二字,亦于理扞格难通。何况太炎先生所主乃民族革命,崇敬顾炎武之气节则有之,与梁鼎芬、林纾之甘为顽民,更是毫不相干也。与之相提并举,岂非在做八比之"截搭题"乎!

第四,书中说"仆于奔走国事者,不敢辄问候起居,惧嫌攀援也"云云,亦是言不由衷的。在清代末叶,石遗居幕府,广交游,自不待言。入民国后,虽已"文武衣冠异昔时",然积习难返,若徐又铮、胡汉民、汪精卫、于右任、许世英、黄旭初、李厚基、王逸塘、陈仪(公洽)等等,都不乏交往,有的还很密切,甚至连一个小军阀林素周旅长也都肯经常与之周旋,则何尝能不予人以"攀援"之口实? 当然我们这样说,并不是要追查其复杂的政治历史,深文周纳,欲定其罪,一如延安时期或1949年以后的严格审查。但石遗老人这种故作高蹈的姿态,反而令人有欲盖弥彰之讥。

第五,钱公《石遗先生挽诗》自注有云:"先生尝语余其生平似竹坨者若干事,集中有诗言之,论清初学人亦最推朱,盖其博综略类。"石遗诗题为《题曹次岳竹坨图》,见《石遗室诗话续集》卷七。今福建人民出版社《陈石遗集》于其诗《续集》仅刊一、二两卷,余皆失收,这首五古自然也没有收入。诗既难得,不妨全录;因篇幅太长,特分列四段,以便观览:

  胜清数学人,总首朱锡鬯;经史既淹通,诗文复跌宕。阮亭与齐名,七言铿高唱。放笔为杂文,饤饾出醢酱。亭林茂华实,似可颜行抗;诗歌少兴趣,学杜得皮相。桐城暨阳湖,骈散各趣向。毕生专一技,兼营恐相妨。姬传亦选诗,妥帖乏悲壮。此外考据家,多闻兼直谅。注疏迈汉唐,宋元薄通畅,词章非所务,时或病冗长。鄂轩与伯轩,容甫共微尚;治经文具体,骈俪特偶觉。最后巢经巢,朴学空依傍。诗篇逼韩孟,音节促引吭;惜不出其乡,传作阻叠嶂。所以小长芦,一代绝辈行。

此图写曹霸,临水竹千桁。潞河尚飘冶,归思寄快快。曝书终著书,饮水老无恙。嗟余幼治诗,棹歌辄神往。绝代金风亭,雅志不自量。马卿慕相如,陶潜希元亮。十年举六经,颇识无尽藏。十七为骈文,馈贫设供张。廿二治许书,形义采诸状。因知音韵学,千古受欺诳。卅五刊《考工》,算率核图样。《周官》并《戴记》,纤悉逮醴醯。《尚书》今古文,评议敢孟浪。经解乃治史,本末纪最当。书局晚随身,方志修实创。百卷志艺文,解题备相觊。旧闻《经义考》,持较未敢让。其他千百卷,甘蹈詅痴谤。

孝标与敬通,身世更堪况。江湖老载酒,千首付浩荡。井梧寒蜡炬,雄索几摒挡。功名似马周,日者桥边访。何须羞绛灌,淮阴屈将将。晚年亡共悼,亦复子同丧。《萧闲》三百韵,约略《风怀》仿。曲那比笛渔,垂老失禄养。故乡有小园,楼阁几手创。遍杭碧琅玕,好山列屏障。试较南北垞,稍觉逊清旷。竭来聿来堂,小种亦张王。独有已刊书,可载车几辆。此事意差强,窃比当非妄。早岁曾倚声,湖海独惆怅。壮年弃去之,偷减法久忘。欲和《百字令》,出笔恐太放。狂言殿纸尾,雷塘遥相望。

吾友王息存,藏此书画舫。沈朱各题词,此道诩宗匠。零落尽山丘,易主定恨恨。亡弓子既得,春雷好绣鞴。

这首诗首段开明宗义,即尊朱彝尊为清代唯一能学人与文人并兼之"绝辈行"的大师,略举几个重要的同行,提出他们的不足,一个个把别人比下去。却偏偏忽略了钱竹汀(大昕)、孙渊如(星衍）、洪稚存（亮吉）、纪晓岚（昀）、阮芸台（元）这些人的存在，也忘却了近代还有李越缦（慈铭）、王湘绮（闿运）、王静安（国维）、刘申叔（师培）、梁任公（启超）这么一些后起之秀。即在前录《复章太炎书》中，也没有道及，难道这些人都算不上兼擅之人吗？

照理说，像梁任公这样的人，是老人最不应该忽视的。《石遗室诗话》卷二即云：

> 余因暾谷识梁任公，当时任公刚弱冠，见者方疑为贾长沙、陆宣公、苏长公复生，而暾谷言其将深探释典。未几，暾谷寄余一诗《莲池大师塔下》。作者诗意悲苦，心甚恶之。自是遂成佛升天，万古一暝矣。任公一去十数年，世界学问，无所不究，叹其心血何止多人数斗。

既有称誉在前如此，何以倏焉善忘其后？或曰：其《诗话》卷九有云："学问之道，唯虚受益；又曰有若无，实若虚。余测交海内数十年，能虚其心者，林暾谷、赵尧生、罗掞东、梁任公数人而已。""至于鄙人，老大颓废，耳冷心灰，尚有文字禅，未能空诸言说耳。任公乃哀其生平所为诗数百首，使纵寻斧，鄙人遂居之不疑，字斟而句酌之，盖所以待暾谷、待尧生、待掞东者固如是也。"那么，老天不妨成全阁下的谦逊，有若无是亦无为有，实若虚则亦虚为实，让公就在虚中大受其益，岂不美哉！一笑。

让我们继续看诗的第二、第三段。除第四段数句是点明题意作结外，这两段完全是将自己与朱竹垞相提类比：第二段以自己的学问与著作，第三段则以自己的阅历遭际，兼及诗词与著述的数量，即所谓"独有已刊书，可载车几辆。此事意差强，窃比当非妄"。这里固然尚保留了几分客气与谦逊,可在分量和质量的自我感觉如何呢? 我们只需拈出《复章太炎书》所说的"君乡竹垞,颇识匡略"这几句,则言下之意自然是及不上自己的内探精微了。由此看来,有清一代学人、文人而能两擅之通人,理所当然该数石遗为"老子天下第一"也。不过只是在遇到章太炎先生后,顿有"小巫见大巫"之惭,只能退居第二了。至于与朱竹垞的较量方面,别的不说,且看《福建通志》中的《艺文志》,果能与朱氏《经义考》相抗乎?《萧闲堂三百韵》,见收《石遗室诗集》卷四,仿朱氏《风怀二百韵》,竟还要增加一百韵,算得上是我国第一首最长的五排,也是我国有诗以来第一首最长的诗篇了。朱氏《风怀》最有名,自己也最重视,有"宁愿不食两庑鸡豚,不愿删去《风怀》诗"之誓。后来四库馆臣违背其愿,将《曝书亭集》收入时仍予削去。然观其所作,对仗已多牵强,趁韵亦有不少,且有重韵一处。清林昌彝《海天琴思录》卷三即曾指出,夸多斗富,实已不足为训;《萧闲堂三百韵》,直欲隔世效颦,妄图后来居上,但以獭祭堆垛为工,而生硬凑拼,情韵哀思,去之弥远,实不如写散体更能委婉动人之为得计也。

三

再转过来看章太炎、黄季刚师弟,是否"遇余(石遗)均极厚"呢?

太炎的确与老人有较长时间的交往,1932 年后,章在苏州与张仲仁(一麐)、李印泉(根源)、金松岑(天羽)等成立国学会,出版《国学论衡》，即由石遗老人主编。故老人八十诞辰之日，太炎亦前往庆贺，并用陈姓故事，贺以联云："仲弓道广扶衰汉，伯玉诗兴启盛唐。"石遗大喜，此事前已及之。

但是应酬之作，不乏米汤。还是那句话：共事未必相知，相好也未必相推。倒是相讥反而有时会相重。如太炎之于刘师培，既鄙其行，又以其文本不工，但却独重其经学。于湘绮老人，尝改其《游仙诗》五首之前四首，并加注以讥之（见刘成禺《洪宪纪事诗本事簿注》）。但正经正规论起文来，则近世唯首推湘绮，次则吴汝纶、马其昶，而讥斥严复、林纾极酷。其《与人论文书》有云：

> 并世所见，王闿运能尽雅，其次吴汝纶以下，有桐城马其昶为能尽俗（萧穆犹未能尽俗），下流所仰，乃在严复、林纾之徒。复辞虽饬，气体比于制举，若将所谓曳行作姿者也。纾视复又弥下，辞无涓选，精采杂污，而更浸润唐人小说之风；夫欲物其体势，视若蔽尘，笑若龋齿，行若曲肩，自以为妍，而只益其丑也；与蒲松龄相次，自饰其辞，而只敬之曰：此真司马迁、班固之言（纾自云："日以《左》《国》《史》《汉》《庄》《骚》教人。"未知其所教者何语也。以数公名最高，援以自重。然曩日金人瑞辈，亦非不举此自标，盖以猥俗评选之见，而论六艺、诸子之文，听其发言，知其鄙倍矣。纾弟子记师言，援吴汝纶语以为重。汝纶既没，其言有无不可知。观汝纶所为文辞，不应与纾同其缪妄，或由性不绝人，好为奖饰之言乎）。若然者，既不能雅，又不能俗，则复不得比于吴、蜀六士矣。（见《太炎文录》初编卷二）

这自然要引起任气好辩的林琴南之反击。在《与姚叔节书》（见《畏庐续集》）、《慎宜轩文集序》（见《畏庐三集》）中，都有所回应，虽未点名，也呼之欲出的了。兹节录最后一文要语云："今庸妄钜子，饾饤过于汪伯玉，哮勃甚于祝枝山，用险句奇字以震眩俗目，鼓其膂力，斥桐城不值一钱，而无识之谬种，和者噪声彻天。余则以为其才不能过于伯玉，而其顽焰所张，又未能先枝山也。""吾亦但见其黔黑凶狞而已，不知其所言之为文也。"

这种因师承不同而导致美学观点的差别，且夹杂了意气用事的纷争，我们此处可暂置勿论。但无论如何，在太炎先生眼中，毕竟还有严、林二人不可忽视的存在，即于康、梁、胡适，亦均有他文言及。可是对石遗老人呢？"并世所见"者难道忽然把他遗漏了吗？这不由得不使人联想起汪容甫的话来："吾所骂者，皆非不知古今者，惟恐莠乱苗尔。若方苞、袁枚辈，岂屑屑骂之哉！"（见江藩《国朝汉学师承记》卷七《汪中》）

石遗老人晚年生活似亦较为拮据。据夏承焘《天风阁学词日记》，夏去苏州，访金松岑，金"谓某翁近颇宽裕。为杜月笙撰《杜氏祠堂记》，得润笔五千金，其余数千一千不等；为段祺瑞寿序，比之郭汾阳，似亦得三千金。其近所为文，甚不经意，一如笔记，与旧作大异。石遗润笔，一文仅数十金，两百金为最高价。其嗣者长大者，死丧殆尽，而近年继续举幼子，家况甚窘。以七十八九老人，犹仆仆赴无锡国学专修学校讲课，所获亦甚菲，与太炎菀枯大异也。"（1934 年 11 月 30 日）

这里所说的某翁，即是太炎先生，观末句其名已现。夏先生用笔，实有藏头露尾之妙。太炎先生文价，的确高昂。《黄侃日记·量守庐日记》尝记一可笑之事云："晚饭时，惕庵言其亲家翁荆姓欲为其母求铭于太炎(先已求之吴闿生),嫌其价大,拟倩予作之而署太炎名,以五百元归予。予聆之不禁怒且笑也。"(乙亥五月十八日己丑)即以五百元而论,也要比石遗老人的最高价贵一倍半了。

另就记忆所及,军阀孙传芳为施剑翘女士报父仇而刺于佛堂后,其《墓志铭》亦太炎先生所为,家属竟报以万金。孙虽残暴成性,吾浙人及闽人都极恨詈之。但孙大权在握自封为五省联军总司令时,对先生倒是敬礼有加,尝筹备为投壶之戏以迎悦先生,借以宣扬自己之能礼贤下士。也许就此之故,北伐胜利后,曾一度将先生的财产籍没,但不久即行发还。那时初则昌言种族革命,继则高喊铲除军阀,但壁垒并不分明,立场亦甚模糊。太炎先生的举措,讥诋者固亦有之,但造不成声势;"汉学家好货",毕竟还是区区小节而已。这我们也可丢开不管,姑就卖文市场行情而论,面对的虽是世俗的市侩尺度,石遗老人也不能不尴尬无奈,一再缩水,矮他人一大截了。

或者有人会怀疑:石遗老人总还是自负不可一世之人,在卖文这一端,何以竟如此自贬其值,不顾声望了呢? 鄙见以为陈汝翼的经验给予老人的感受或许是关键所在。《石遗室诗话》卷十一云:

> 癸未春挈眷入都,小住陈汝翼编修处。数遇李莼客户部(慈铭),貌古瘦,读其为某封翁所作墓志铭,散行中时时间以八字骈语,殆所谓阳湖派体也。汝翼笑言,此莼老谀墓之作,非百金不下笔者,吾则十金以上即售。然价廉市易,有时岁入转多也。(汝翼名矞,乃陈弢庵宝琛之族孙)

石遗老人后来是否也在效其故智了呢？不知他的粗作贱卖究能达到薄利多销之目的否？若与太炎先生相较,恐怕还是无法以多作取胜吧。

这里还有必要说明两点：

一是石遗于三十六岁在上海时,《年谱》中已尝载其卖文情状说：

> 凡称觞诔墓之文,岁百十篇,篇不过三十金至五十金,然以当时物力与近日较之,三四十金可依一二百金矣。旅食赖以不困。又文皆散体,数时许可成一篇。若要骈体,则非百金不就。

据此,则石遗也深知骈文之难,要胜于散文体倍蓰了。高悬其价,求者不来,岂我不能为而人吝于金乎？然则借此藏拙,不亦可乎！倘竟有人不惜巨资,以求一文,难道石遗就不怕"伤诗、古文之格"了吗？毋怪《冒鹤亭日记》要说"我不似陈石遗认钱不认人也"。

二是据宁友写的《陈石遗先生与无锡国专》一文的记载：

> 唐蔚芝校长以每课时大洋二十元的高薪聘他,不但在国专是特例,在其他各大学中也属罕见。据老校友回忆,当时别的教授的讲课费为每课时二元,而学生每学期的伙食费为二十四元(一日之资)。(见 1986 年 6 月《文教资料》)

则前引夏先生日记所说"所获亦甚菲"云云,虽比之太炎先生一文的数千,甚至五千一万而言,自然是微不足道,但与一般大学教授攀比的话,已不是"甚菲"而是"特厚"了。倘这样的收入还告家况窘促,其他的高级知识分子的日子还能过得下去吗?固然家庭负担之重是一个原因,不过这与他的一生好精治庖厨、人皆称羡的浩大开支恐怕也不无关系吧!凡不量入为出者,无论是公子哥儿还是美人名士,往往都会因锦衣肉食而不治生产,弄得经济难以周转的。这自然是我的一点猜想。

现在再继续谈季刚先生。的确有如石遗老人所说,先生也是"矜心好诋"的。但与乃师的意见也不一定完全一致。如对王闿运,两人固多非议其为人,而太炎先生盛誉其文能"尽雅",季刚先生却不以为是,谓其"所作文词,皆摹虚调,非无古色,真宰不存焉"(见《黄侃日记·阅严辑〈全文〉日记》卷二,戊辰五月十一日己亥)。

又张之洞尝以王闿运与李慈铭之名并提,称王诗幽奥,李诗明秀。李大为不满,遂对王连篇累牍进行攻击,说王的诗"粗有腔拍,古人糟粕尚未尽得者"(详见《越缦堂日记》同治十一年壬申四月十六日)。

这样的评论与季刚先生所言略近,总该认为是同心之言吧?不意先生乃称之为"妄人",说得李一无是处:

> 今日在伯沆处见《玉井山馆文集》,……其诗文中涉及吾家者极夥。海秋先生诗文皆安雅峻洁,其《哭杨汀鹭》诗,尤沉痛苍凉,自是咸、同间一名家。妄人李慈铭顾深诮之。予观慈铭生平,大抵以汉学考据、骈文、唐诗为微褚,然其汉

学除獭祭经解外，往往忘忽正文，如云"夏、殷无尸"，"春秋不出吴子乘卒"（于史亦然，如谓《三国·吴志·步骘传》中载"颍川周昭著书"以下为裴氏注文，而于传后评语竟未寓目），皆极可笑。其骈文袭常州腔调，不古不今，诗不由鸿词人入，毕世无真诗，乃轻忽凌傲，无日不骂人，无人不被骂，而于咸、同朝士尤痛恨，则以慈铭时由诸生为赀郎，于当时科甲中人不胜妒愤也。因其于海秋先生有轻诋语，故于此辨之。（同上五日癸巳）

提起这些清季老辈，或许年代稍远了点；那么姑且看季刚先生对王静安先生的意见吧：

> 国维少不好读注疏，中年乃治经，仓皇立说，挟其辩洽，以眩耀后生，非独一事之误而已。……要之经史正文忽略不讲，而希冀发见新知以掩前古儒生，自矜曰：我不为古人奴，《六经》注我。此近日风气所趋，世或以整理国故之名予之，悬羊头，卖马脯，举秀才，不知书，信在于今矣。（见同上己丑朔）

这自然是对发掘地下文物进行研究的偏颇之见，然倘或顾彼而失此，或得此而舍彼，都未免自照隅隙，未为得计也。不过像如此高自位置的人，却能对石遗老人遇而极厚，设无特定的历史渊源，是令人难以置信的。徐一士有《太炎弟子论述师说》一文，记录姜亮夫（寅清）、孙思昉（至诚）往还书札，于太炎先生斥责今人"以今文疑群经、以赝鼎校正史、以甲骨黜许书、以臆说诬诸子"四端，反复申说，最堪玩味。其文收于《一士类稿》，可以参阅。近又见夏承焘先生《天风阁学词日记》1948 年 11 月 21 日记黄宾虹先生谓"端陶斋以五千金购太炎，申叔夫人乃以一女伶介见陶斋自鬻。又太炎不信龟甲文，由已老无精力习此，故意诋之"云云，志士谋略、学界偏心，是耶非耶？都是可备一说的。又《黄侃日记》癸酉四月廿七日丁亥，记"云南人姜寅清来，尝称从予讲，省记良是。其人盖用心于龟壳子者，王忠悫之徒也，非吾徒也"。是则比乃师还要固执了，此又何耶？以上种种，亦足资吾人谈助，故特附而及之。

譬如就学术宗尚来说，前引《石遗室诗话》，知老人向张之洞举及海内文人，尚有皮鹿门其人。依我看来，老人对这个今文学家的认识，也不过是从耳食牙慧而来，未必真知其学其人。殊不知同样受过今文学影响的梁启超，即尝目之为"陋儒"，观感大不一样。太炎先生更不必说，《太炎文录》卷一，就有《驳皮锡瑞》三书，而在为季刚先生作《量守庐记》中，又借题把皮氏痛骂了一通。季刚先生则较早认定皮氏"《今文尚书考证》颇有臆说，未为良书也"（见《戊辰日记》正月廿九日丁亥）。或以为这只是学派不同使然，然而如何解释太炎先生于今文学大师廖季平颇能赏其异量之美，刘师培亦同样能有以重之（详可参见拙著《寄庐杂笔·谈今文学的殿军廖季平大师》）。石遗先生何以一无所知耶？

再就诗学诗艺而论，老人每以朱竹垞自况，且以为是有清之一人；季刚先生则云："略观竹垞诗，'斗靡夸多费览观'，此之谓也"（同上正月初七乙丑），把赵秋谷所说"朱贪多"的弊病作了更具体扼要的批判，可见彼此志趣之异。说其能"遇余均极厚"，亦不能不使人有所疑惑也。

读石遗老人《复章太炎书》，似觉老人于黄颇为关心。的确两人往常曾于公众场合见过几次，但一面之交不见得就倾盖如故。季刚先生不像乃师有过去的一段历史渊源，所以也不肯贸然与之酬应。他不仅学问有独见，诗、词与文章亦多能独树一帜，自成一家。难道石遗老人不知其亦为兼擅之通才乎？《复章太炎书》中仅提其名而未与乃师并重，何欤？

及至读王森然《黄侃先生评传》，则其中有云："先生尝取阅陈衍《近代诗钞》而连呼曰'不通，不通'，遂立弃之。陈编《诗钞》，固有乡曲之私，而未列入先生之诗，亦一因也。"

不仅如此，《石遗室诗话·续编》之收诗收人亦极泛滥，而独不取先生之诗，难道亦不以其诗许之吗？又《近代诗钞》未选章士钊之诗，故章氏《论近代诗家绝句》尝予讽咏兼为自己泄愤解嘲云：

> 众生宜有说法主，名士亦须拉缆人。石遗老子吾不识，自喜不与厨师邻。

方湖（汪辟疆）注云："石遗编《近代诗钞》，大半与己唱和之作，以厨师张宗扬之诗殿焉。"（见《光宣诗坛点将录》）查《石遗室诗话》述及其厨师张宗扬并录其诗篇亦夥，而仍不及行严一字，毋怪此公要笔伐而形诸诗，则似更甚于季刚先生之口诛于声也。

萧华荣的《中国诗学思想史》，是一部甚有见地的书。但在叙写清代乾隆中叶袁枚与沈德潜诗派的争执时说："沈德潜晚年编选《清诗别裁集》(《国朝诗别裁》)不录袁枚诗，袁枚也极力攻击沈德潜的诗论。"（见该书 353—354 页）沈德潜难道是器量如此褊狭的吗？非也！须知这与石遗老人之不选、不谈季刚与行严诗，原是完全不同性质和取舍的两回事。沈氏的《国朝诗别裁·凡例》已明确指出："人必论定于身后，盖其人已为古人，则品量与学识俱定，否则或行或藏，或醇或驳，未能遽定也。集中采取，虽前后不同，均属已往之人。"著者何以竟未曾一读？须知沈（1673—1769）、袁（1716—1797）虽为同科进士，且都享高年，但沈要年长袁四十三岁。沈卒后袁有《同年沈文悫公挽词》五律四首哭之（见《小仓山房诗集》卷二十一），《小仓山房文集》卷三又收有《太子太傅礼部尚书沈文悫公神道碑》。两人诗识诗趣虽形同水火，但私交还是相当不错的。若要沈选诗自破其例，入选未死之袁诗，又如何有此可能呢！再说袁之三妹袁机素文，不幸早卒于沈前，沈不是即选登其五律二首于卷二十二中吗？小传且有"女子中苦行无与此也"的赞叹，著者也何以未曾一检？

且沈氏选诗不录尚存人诗，原是旧时的一种传统，按纪昀《四库全书总目提要》卷一八六于唐芮挺章编《国秀集三卷》中有考议云："唐以前编辑总集，以己作入选者，始见于王逸之录《楚辞》，再见于徐陵之撰《玉台新咏》。挺章亦录己作二篇，盖仿其例。然文章论定，自有公评，要当待之天下后世，何必露才扬己，先自表章，虽有例可援，终不可为训。至旧序一篇，无作者姓氏，陈振孙《书录解题》谓为楼颖所作。颖天宝中进士，其诗亦入选集中。考梁昭明太子撰《文选》，以何逊犹在，不录其诗，盖欲杜绝世情，用彰公道。今挺章与颖，一则以见存之人采录其诗，一则以选己之诗为之作序，后来标榜之风，已萌于此。知明人诗社痼习，其来有渐，非一朝一夕之故矣。以唐人旧本所选，尚有可采，仍录存之，而特著其陋，以为文士戒焉。"沈德潜之选，实遵昭明之旨。鄙意则以其针砭立论,至今尚有借鉴之道,故不惮烦琐,不顾累赘而附及之。

再说其时早已蜚声海内的胡适之先生虽提倡白话文,写白话诗,但旧体诗却也有写得很不错的,至少比某些滥入《诗话》的篇章要高明得多。然而老人未尝一顾,好像世上从未有过此人似的。这么一位广善交游的老名士何所见之褊隘,反不如其弟子黄秋岳之能更通声气!黄所著《花随人圣庵摭忆》即多处记述其与适之先生的交往通问,难道老人竟一无所知,抑不屑一问乎?

言归正题,近读《黄侃日记》,得知季刚先生与石遗老人之间尚有一重间接公案可说。先生于《阅严辑〈全文〉日记》有云:

> 正点汉文,陈斠玄来(托写单条)嘱书陈衍赠彼诗,殊不
> 见通,予不肯书。(见卷一,四月廿二日庚辰)——衍按:"托
> 写"原排作"托想",千帆先生以"托想字或有误"。实乃
> "写"字,因涉草书形近而误识误排。

这里又是一个"不通"了。陈斠玄即著名教授陈钟凡,时既投石遗门下,又拜先生为师,故有此请。殊不知季刚先生是绝不会随便应允的。其诗题为《长句一首赠斠玄》,诗云:

> 季常昔称吾道东,伊川又称吾道南。孔丘孟轲皆东产,
> 何来北学夸再三。自从游夏厮两派,北擅经史南空谈。选
> 楼揭橥在文藻,六艺诸子希窥探。大成却集郑高密,一洗海
> 右空疏惭。文章朴质不多见,华实并茂谁醰醰。子今研究
> 遍四部,考订著作双沈酣。泰山徂徕洎安定,师道溉被肩方

担。时贤祈向在六代，英华宁不咀而寒。二刘(刘毓、知几)模范奉科律，如书印版日印潭。孟坚辞赋工骈俪，瓠史体格试开函。英辞高义直诗句，少奇多偶君何贪。诗文传经本同物，吾道北矣子其堪。(见《石遗室诗集·续集》卷二)

我不知当时斠玄先生有何想法，乃弟钟浩先生亦攻文史，与我同居上海文史研究馆，且以前尝得高岳生(方)丈持函绍介，与之通函多次。惜今以期颐之年已归道山，无缘从侧面一探其兄隐情了。不过于此却可断定，石遗老人的谬托相知，太炎先生尚有表象可征，于季刚先生一边则所谓"相厚"云云亦未免自作多情，一厢情愿了也。

四

说到黄季刚先生，文化界、教育界流传他的趣事、奇事、怪事实在太多，难保没有添油加酱甚至向壁虚构的成分。有的未必十分可靠，我们只能存疑不论。但为大家所最关注的，且传诵也最广泛的，无过于先生与吴瞿安(梅)的两贤初虽相重而终至相厄，甚至动武的事了。我曾记施维彩先生在课堂上所说的话，又见程千帆先生的《忆黄季刚老师》文，则说两贤并无芥蒂，绝未动武，仅发生过一点口角。疑莫能明，并认为异说并存可也(详见拙著《寄庐杂笔·黄季刚大帅轶闻》)。如今《黄侃日记》和《瞿安口记》(收在《吴梅全集》内)都已先后出版，读后，则知此事不仅凿然有之，且非一次而罢，其间的起伏反复，心态的多样变化，几乎可以当作小说来观赏的了。今特各摘其要,对照而观,亦颇可资谈助也。

先看《黄侃日记·寄勤闲室日记》所记如下:

[癸酉五月]十一日庚子……晡,旭来同至老万全,应毕业生之请,照相、吃饭。酒阑,吴梅至,已被酒,复引。席间,予方慰荐其子有狂疾未愈,令善排遣;不意梅误以为论文,说自云散文第一,骈文亦第一,种种谬语。至是,予乃知其挟有成见,与予寻衅耳,遂不得不起而应之,径欲批其颊矣!人披之出,乃已。予素不轻赴宴席,此次破戒,遂受此辱。左胫触几伤皮,尤可恨也。向后,除必有延人之事常(衍按:"常""尝"二字古通用,并非"当"字之误)作主人外,一切饮席,誓永永谢却之。

这段稍有含糊的记述,亦近似被酒人语,令人真意难明,真情难测,但彼此都动起了武,确是一清二楚的。

吴先生的《瞿安日记》卷五则一连有五日都记述此事,现摘有关之语如下:

[癸酉](1933年)五月十一日[西3日]午后访刘三,留晚饭,又赴万全,应毕业生之召。余已醉,遂与季刚破口,思之可笑。两生送归。

十二日[西4日]今为休沐日,疲乏不堪,酒能害人,信然。晨间马宗霍、冯欣侯陆续至。午后常任侠来,因闻昨日与季刚事，来候我，是可感矣。至四时方去。余往访余晓湘，方知昨日几乎用武，可谓酒德不佳矣。

十三日[西5日]早看旭初，告以前日事，即托其解围。

十四日[西6日]旭初来，述前日醉中事，虽各有不是，但季刚确未先骂，嘱余向其道谢。余不允，且曰："渠骂人多矣，宁不能受人一骂乎？况余已沉醉，一切不知。渠若哓哓，亦不惧焉。"旭初云："然则致书于吾可乎？"余不得已而允之。即起稿，末云："陶诗'但恨多谬误，君当恕醉人'，请为两兄诵之。"旭初笑持去。（衍按：黄此日日记云："旭初以吴梅书来谢罪，即复言不再与之共饮，斯已矣。"）

十五日[西7日]赴校则中文系诸生，交相慰藉，余愕然。询之，知又为季刚事。余一一答谢。课毕归，则李和兑持季刚复旭初书至。阅之则云："瞿兄廿年老友，岂以醉饱过差而失之乎？雨过天青，正把臂时光景。"余初甚怒，继以和兑诸人在座，遂含忍之。彼既不较，余亦作罢矣。

这里可以看出，其时瞿安先生的确已是醉上加醉，连究竟为了什么事自己都搞糊涂了。而据季刚先生所记，也载明吴来时就"已被酒"，所说的话不过是"自云散文第一，骈文亦第一，种种谬语"而已。自负所长，以为"老子天下第一"本是旧日文人习气，原不足为怪，何况还是酒后之狂言，然而在季刚先生面前，就容不得他这么大夸其口了。

据此,则我们不妨作如下类推:要是石遗老人将《复章太炎书》也在某个宴会上公布于大庭广众之间,而上述诸公适然在座的话,对于老人推崇太炎先生学问文章天下第一,而公然自居第二的这番言词,恐季刚先生也肯定会忍耐不住石遗老人的天下第二,不仅要"径批其颊",还当继之"饱以老拳"呢!

当然,惺惺惜惺惺,彼此能互相推服的胜流,固不乏其人;而"话不投机半句多"的情况,亦时有所闻,特别是那些声名显赫而又各有大成就者,或在特定的场合下,甚或邂逅时,往往会就某一问题针锋相对,相持不下,我们实在用不到为尊者讳、为长者讳,以及为贤者讳的。如清初之毛奇龄西河,全祖望曾记其事云:

> (西河)其于百诗(阎若璩)则力攻之,尝与之争,不胜,至奋拳欲殴之。西河雅好殴人,其与人语,稍不合即骂,骂甚继以殴。一日,与富平李检讨天生会于合肥阁学座,论韵学,天生主顾氏亭林《韵说》,西河斥以邪妄。天生秦人,故负气,起而争,西河骂之,天生奋拳殴西河重伤。(《萧山毛检讨别传》,见《鲒埼亭集外编》卷十二)

他如洪亮吉则有一文一诗涉及汪容甫与人争执动武的情事。文为《又书三友人遗事》之三《汪苍霖》有云:

> 尝以公事赴吴门,回舟与汪明经中同载,二人者性并傲,且其始皆歙产也。泛论世次,忽谓中曰:余长君两世。中曰:君误矣,余实君大父行也。苍霖恚甚,欲缚中掷扬子江,以救获免。(见《更生斋甲集》卷四)

仅仅为了一个辈分的戋戋小事，竟会闹得如此不可开交，岂不太可笑了吗?

诗为《续怀人诗·章进士学诚》:

> 鼻窒居然耳复聋，头衔应署老龙钟。未妨障发留钱癖，竟欲挥刀抵舌锋(君与汪明经中议论不合，几至挥刃)。独识每钦王仲任，多容颇晋郭林宗。安昌门下三年住，一事何尝肯曲从!(君性刚鲠，居梁文定公相公客邸三年，最为相公所严惮)(见《卷施阁集》卷十五)

"议论不合，几至挥刃"的事，在交好的友人之间，甚或也会难免，较早于章学诚与汪中之前的诗人丁耀亢与丘石常，即是一例。王士禛渔洋尝记其事云:

> 诸城丁耀亢野鹤与丘石常海石友善，而皆负气不相下。一日饮铁沟园中(东坡集有《铁沟行》，即其地)，论文不合，丘拔壁上剑拟丁，将甘心焉，丁急上马逸去。(见《古夫于亭杂录》卷五)

好在丁尚能退让逃逸，不致酿成大祸，故事过境迁后，尚不失其情谊。丘先逝世，丁尚有诗伤挽之。至于钱公与林非先生的争执，那又是另一回事了。及今观之，委实不可判定谁是谁非。而今十年动乱早已过去，死者已矣，未死者及当事者下一代似可心平气和，悟其所由，该是能够"相逢一笑泯恩仇"的时候了吧!

季刚先生好辱人骂人之事传说多矣，即就《黄侃日记》所自记，知与胜流相交而最终不欢而散的，也不仅仅瞿安先生一人而已。其间当然也有过失不全在季刚先生这一方面的。如《读战国策日记》己巳（1929）10 月 30 日己卯有记云：

> 午赴觉林汤锡予之招，晤欧阳渐、蒙文通。余与渐论学不合，致渐向余长揖而去。轻赴人招，致为伧父所侮，可戒也。

欧阳渐（1871—1944），字竟无，后以字行，江西宜黄人，人称宜黄大师。尝两度随杨文会仁山学佛，并继其遗志经营金陵刻经处，对佛学中的"法相宗"最有研究，认为"法相、法性是一种学""唯识、法相是两种学"。又认为"佛教是包罗人生各门原理的独特体系，非宗教又非哲学，而却为今时所必须"。著有《竟无内外学》二十六种。梁任公于 1922 年 10 月末赴南京东南大学讲学时，每星期一、三、五都要去听其讲唯识，而"方知有真佛学"（详见《梁任公年谱长编》于这一年所载与各友人通信），可见欧阳竟无的影响之大。但不意这个佛学大师，脾气竟是如此不好。其对季刚先生的长揖而去，可谓是有礼貌的愤怒与轻蔑。至于"论学不合"，其"不合"又在何处呢？汪东旭初的《一怒只为玻璃杯》中略有叙说，且兼叙其另一突出个性之事，其大要如下：

> 竟无佛学宏通，而性偏善怒。尝于汤用彤席上，与季刚同坐，极诋训诂考据，谓非根本之学。季刚不肯让，遂致忿争。又江问渔、张轶欧分长江苏实业教育两厅时，暑日觞

宾，延竟无上座，侍役进荷兰水，递至玻璃杯客前，杯不足用，即以瓷瓯进竟无。竟无拂袖去，主人追及门外，亟谢，勿顾也。（见《寄庵随笔》）

这可又多么不近人情啊！汪东先生在文中又续赞之云：

至其大节，皭然不污。避寇入蜀中，选古人诗词之音节亢厉者为甲编，以作民气。子某，以事见法，终亦无怨。愚读其《楞伽疏诀》有云："圣教为恶取空者说，宁可我见如须弥山，不可空见怀增上慢。"虽救偏之言，岂非所自澄者亦如是耶！（同上）

然而不论是信仰佛教还是崇尚佛学，其总原则、大方向无外乎"普度众生"这四个字吧，即所谓"渡尽众生，然后成佛"者是也。许愿如此之大，所行如此之激，这个矛盾竟该如何统一才是呢？欧阳大师后尝在扬州与孙思昉言及此事说："余杭负气之说，特复露门墙耳。前其弟子黄君季刚求见……尝谓学者贵笃敬，以其轻儇无礼，遂拂袖去。"难道此话能消释太炎先生"负气"之责吗？这岂不成了自编自演的一场自我讽刺的闹剧了嘛！

再看世上竟还有"爱友如命"的人，只不过了对小说中人物的看法有分歧，与相知者几乎动起武来的奇事呢！且看清邹弢的记述：

许伯谦茂才绍原，论《红楼梦》，尊薛而抑林，谓黛玉尖酸，宝钗端重，直被作者瞒过。夫黛玉尖酸，固也，而天真烂漫,相见以天,宝玉岂有第二人知己哉,况黛玉以宝钗之奸,郁未得志,口头吐露,事或有之。盖人当历境未亨,往往形之歌咏,《诗》三百篇,大抵圣贤发愤之所为作也。圣贤皆如此,何有于儿女?宝钗以争一宝玉,致娇揉其性:林以刚,我以柔;林以显,我以暗。所谓大奸不奸,大盗不盗也。书中讥宝钗处,如丸曰冷香,言非热心人也;水亭扑蝶,欲下之结怨于林也;借衣金钏,欲上之疑忌于林也;此皆甚大作用处。说"杨国忠"三字,明明从自己口中说出,此皆作者故弄狡狯处,不可为其所欺。况宝钗在人前,必故意装乔,若金谷无人,如观金锁一般,则真情毕露矣。己卯春,余与伯谦论此书,一言不合,遂相龃龉,几挥老拳。而毓仙排解之,于是两人誓不谈《红楼》。秋试同舟,伯谦谓余曰:"君何为泥而不化邪?"余曰:"子亦何为窒而不通邪?"一笑而罢。嗣后放谈,终不及此。君狂放不羁,好辨善饮,而爱友如命,与余交,每以古谊相勖,亦今人中之古人也!(见《三借庐笔谈》卷十一《许伯谦》)

好在其时还没有把学术问题、思想倾向问题和政治立场问题捆绑在一道的气候和环境,所以读来很是感觉轻松可笑,全不像1953年批判俞平伯《红楼梦研究》时的一声令下,万弩齐发,弄得那样紧张可怕。

《黄侃日记》中还有记与钱玄同的嘲谑争辩(见《避寇日记》壬申[1932]二月六日)、愤极痛呵张溥泉继(见《寄勤闲室日记》癸酉[1933]九月六日)等,在此不再一一细表。还是让我们回到黄、吴"两贤相厄"的本题上来。

且说那场纠纷虽承汪旭初的好意,既从中调解,又保全了两家面子,用心可谓良苦。但观两家记述的语气,似乎都不够平静。黄说"除必有延人之事常做主人外,一切饮席,誓永永谢却之",吴则"见伍傥有请帖至,邀明日晚餐,询之,有季刚在座,不欲往矣"(见甲戌[1934]正月廿一日[西7日]日记),则虽未免"因噎废食",倒也可相安无事了吧?殊不知同年四月初三日[西15日]的日记,又在痛骂了:

> 陆恩涌来,谈季刚之谬,令人欲呕。今年金大依然不常去,命向生某,在黑板上大书黄某不到,可以蒙蔽教务处,此真无耻之尤者矣。

陆恩涌所谈何事,没有记录下来。自不好下断。但仅凭后一事,即遽而斥之为"无耻之尤",实在帽子扣得太重了吧?瞿安先生在与季刚先生"相厄"以前,不是不知道季刚先生的脾气和作风的,《日记》中记小石先生与其谈论颇多,虽也有"无赖""嗤鄙"的字眼(见壬申[1932]十二月十五日[西10日]),但主要都以"极可笑"(同上),或"真足令人失笑矣"(见癸酉[1933]正月十八日[西12日])等旁观之心态视之,从不曾有这么猛烈的言辞予以斥责的。可见旧恨仍深,余火犹炽也。

两贤都信誓旦旦地说彼此不再相见饮酒了,不意却鬼使神差,竟会因某一种机缘的巧合,又把他俩凑合到一起来了。《瞿安日记》卷八甲戌[1934]九月廿六日[西2日]记云:

> 叶楚伧招晚茶,驱车东山高娄门,已饬汽车候我。及至

叶宅，旁无他客，止汪旭初、黄季刚二人，并坐食蟹。谈年余未见，其意诚挚，此真出于意料之外。酒毕，更出二律赠楚伧，谒孔林作颇佳。余达前年醉后失言之歉，渠谓是广东学生怂恿，其实非是。余以初次和好，亦不与之辨也。

这一天季刚先生也有日记，但未提及瞿安先生也在叶楚伧家事。看来这一纠葛总可从此解开了吧？谁知并不然。先是，初读季刚先生九月廿八日己卯的日记，发现有一段颇难解读的隐语：

尚笏来，邀至老万全，赴学生之会。酒半，摆子忽伪醉，以语凌人，正言呵之。袍哥在侧几欲佐斗，闻言而止。酒后与二刘游淮。登岸时，一足堕水中，袜已沾湿，幸即跃起。群饮再宜戒，饮食必有讼，不能坚守圣言，可谓饕餮无耻之人，真可悔痛也。

而这一日的《瞿安日记》则有如下记载：

今日为金大研究班诸生公请各师长。余亦往食，在贡院万全，先至庐山照相馆摄影，计师六人：黄季刚、胡小石、刘衡如、刘确果、胡翔冬及余。入座后，余与翔冬、小石就东席，二刘及季刚在西席。始而尚好，继而季刚嘱高生名文，拉余至西席，余雅不欲拂其意，即就西席劝一卮。即返座。渠即破口大骂，喧哄不可辨，惟有一语云："天下安有吴梅。"于时小石即欲揎拳起，余捺之坐。翔冬云："今日为学生请先生，快饮酒！"小石云："秦王击缶，赵王亦击缶，君不能至东席耶?"渠稍气沮,而呶呶呓语,不知所云,继而悻悻去,而向生映富亦即离席蹑踪去。余始终忍耐,不发一言。因思前日楚伦家一叙,渠谓行年将五十(渠今年四十九),老友日少,醉饱过差,诸勿介意。岂意相距一日,即有此举耶?渠去后,复与翔冬饮二小壶。陆生思诵、宰生萸荪送我归。事后颇愤懑,未进晚餐。

据此,才知黄日记中所说的"摆子"指的就是瞿安先生,袍哥则隐指小石先生。盖"袍哥"者,自是指斥其为流氓行为;至于"摆子"的取义,难道是形容吴酒后走路摇摆不稳的模样吗(以前日记,则有称摆翁者)? 小石先生不知何故非但不予劝解,反而欲先行动武呢? 阅《黄侃日记》,似乎他俩之间关系一直很好,过从也极密切,也找不出任何存有芥蒂的话语来。不过我也曾听施维彩先生说起,在教师休息室里,同学们常给季刚先生送些酒菜,先生则边饮酒边与同学讲说。但一看到小石先生进来,立刻就停顿下来,等他离去后,才又轻轻说一句:"不能让他偷听了去。"然后接着再讲。是否时间一长,小石先生已知其事,早就愤愤于心了吧? 这自然是我的姑妄猜测而已。至于瞿安先生说"岂意相距一日,即有此举耶"的疑问,实亦易解。盖发脾气也当视一定场合也,在"钜公"府上,且仅此寥寥四人,"不看僧面看佛面",岂可冒失造次乎!

但从此以后,瞿安先生联想迁怒的事情可就多了。次日(廿九日)有记云:

往访旭初,告以昨日事,声明余未开一口,其曲在彼。

旭初略作慰语而已。盖旭初与季刚同为太炎门人，吾虽同乡，不及同门之谊，万事皆袒护季刚，余不过告以情形而已。饭后访小石，渠余怒未已，至言此后，须一决斗也。（四儿金中事被裁，亦季刚荐公铎之侄，致令张孝侯有杀人媚人事）余反慰之。……晚金大诸生高文、高小夫、尚笏皆来，竭力道歉。余谓诸君招饮，何曾开罪，开罪于我者，黄季刚耳。谈次，小石来，仍愤愤，余复慰之，上灯去。

三十日，瞿安先生左思右想，终于做出了一个坚决的打算。《日记》中记云：

> 早起，细思此次横逆，虽小石至诚慰藉，旭初亦作套词，但未损季刚毫末。事过两日，未便再有举动。最妙于昨晨往访金大、中大两校长，告以昨日受侮事，一面详作一函，历述季刚生平，力请罢斥，一面布告两校学生，公评曲直。余则闭门待命，彼去我留，彼不去我从此逝矣。如此堂堂正正之师，渠必不能觊觎皋比也。此后遇横逆，即如此办法。

看来此事可要越闹越大了，其后将何以发展？读《瞿安日记》至此，颇令人忐忑不安。不意稍后却又有一插曲发生，原来与季刚先生过从最密也最好使酒骂座，又同时与胡适之先生势不两立的林损公铎先生，竟也与季刚先生吵起来了。乙亥［1935］三月十二日［西14日］，瞿安先生记其事云：

> 早起构思……正欲动笔，而林公铎至。言黄季刚昨夜

至渠处谩骂，以为公铎不通。两人于是破口。余闻之一叹。盖公铎弟子徐英，字澄宇，曾作《广论语骈枝》，于章太炎有微词。季刚以为公铎所嗾使，故有此举。实则公铎亦列季刚门下，未必有意晋太老师也。使太炎之言果无谬误，则徐生之毁，亦等于叔孙武叔，何损日月之明？使其言果谬，虽百季刚亦不能箝天下士大夫之口，多见其器小而已。

检《黄侃日记》，则十一日、十二日皆无有关此事之记载。但季刚先生之不以徐英的著作为是，却并没有说错。《寄勤闲室日记》癸酉十月十三日记："见徐英寄其论著第一集，甚愠；此人盖不知庚公之斯之事也。"次日又记云："与徐英书，斥其妄言。"不过要说季刚先生会处处都毫无原则地袒护太炎先生，却恐未必其然。盖太炎先生著《新方言》，季刚先生虽曾出力协助，而于《训诂学讲词》中，则谓其"非无一二精到之语，而比附穿凿者众"，是大不以为然也。又为音韵分部事，亦曾与太炎先生争执颇久，而终使老师从其说。但在太炎先生于《汉学论》下对其说有所纠正时，季刚先生亦无间言。可见师徒之间，论学但唯其是耳，务必精益求精，未尝有负气之争也。故可推知其与公铎斗口，或别有他因在焉欤？不过此事对瞿安先生而言，可能会起一点缓冲的作用。而事隔不久，季刚先生就归道山了。《瞿安日记》乙亥[1935]九月十二日[西9日]记其事云：

> 早赴校，三课毕。晤林公铎，惊悉黄季刚呕血而亡。余闻之骇然。询其详细，则云初九日尚登鸡鸣山，应重九故事。初十午饭食蟹，旋觉不适，方将延医而血已冲口出，于

是陆续不已，医至亦无术止。及十一日，延德医至，已无可挽救。下午五时，即逝矣。余本拟往一拜，尽朋友之谊，而南京风俗，忌讳颇多，且雨又不止，仅送吊礼，拟明日一拜也。闻公铎言，季刚临死时，语其子侄云："冤枉过一世，脾气太坏，汝曹万勿学我。"殆人之将死，其言也善欤。

人一去世，盖棺论定。等到一切都平静下来，反而念旧生情，语多伤感了。丙子[1936]二月二十一日[西14日]记云：

> 得旭初函，知《经典释文》已由季刚处取回，由季刚女婿潘石禅(重规)交出也。记此书借出时，在十八年之春，季刚移录校语，亦历三年而成，校毕宜可见还矣，而又靳而不与。余屡索之，则曰："俟吾离京，当还君也。"岂知去岁作古，归榇蕲水，"离京见还"之说，至此乃验邪？追念故交，不禁凄黯。平生使酒骂座，及种种不近人情事，略而不论可也。计还书上距借书日，正七年矣。

因此在季刚先生周年忌日，瞿安先生又写诗悼念。其诗见张宪文整理的《林公铎藏札二十九通》之二四《吴梅瞿安致林公铎书并诗》云：

> 民国廿五年丙子(1936)
> 今日为季刚周忌，得大作，次韵奉答：
> 开缄如与故人语，重九登高兴有无？襟上酒痕定如许，黄垆一恸泪同枯。

其实早在季刚先生逝世之日，瞿安先生就已经反复推敲，认真拟写挽联，其初拟为："平生手稿，较《述学》为弘，惜年齿更少容甫一岁；日下肩随，举《旧闻》独富，知藏弆足傲锡鬯千秋。"当时自觉"上联尚好，下联须换，因余到北平时，季刚尚详论京中胜景也"云。到十六日，"早起阅前作季刚挽联，尚不惬意，重作云：'宣南联袂，每闻广座谈玄，可怜遗稿丛残，并世谁为丁敬礼？吴下探芳，犹记画船载酒，此际霜风凄紧，伤心忍和柳耆卿！'似此较贴切，且追念前岁光福之游，文情亦斐然矣"。又十一日记小石先生挽联云："所学合儒林文苑之长，莽莽神州，饱简刚逢龙起蛰；相知在庄周惠施为近，冥冥修夜，招魂应有鹤归来。"鄙意以为述评似更合拍，惟末句累于与上联对仗，未免有落套之病。然倘要改作，亦难矣哉！

其次对先生的学问、成就和作用，亦确实表示了十分的倾倒。如十四日记"饭后冀野来，谈海上事甚悉。又云中大文学院，所以能崇旧学者，以有季刚耳。此后恐新派人物，将乘机而起矣。余颇韪此言"。次年，即丙子[1936]九月十二日[西26日]记："下午课毕，送到《文艺丛刊》，专载季刚撰述。读《礼学略说》一篇，议论平恕，足为后人治礼之资，深服用力之毅，非今人所及也。"十二月初五日[西17日]，又对季刚先生有了更深层次的认识：

早阅黄侃《集韵声类表》，纵为韵（依《六书音韵表》），横为声（依三十六字母），每行分四等，取《集韵》中字按类排比，故云《声类表》，其用力至勤，可佩也。前在旭初斋中，见其《六祝斋日记》，日日读书，记录甚详。其卷三论《禹贡》，东迤北会于汇条，足为文达诤友，始知其目空一切，非无故也。

唯其由于过于重学之故，所以瞿安先生认为"太炎志季刚墓"，就有"详于革命，略于治学，不可存也"的看法（乙亥［1935］十月十七日［西 12 日］日记），却未能体会太炎先生其中的微意所在。当初太炎先生为推翻满清帝制投身革命，原是意气风发，锐不可当的，而后则对革命党人的种种做法，对孙中山、黄克强和蒋介石，几乎都有意见，对"国父"的称谓，尤觉刺耳。故在孙中山逝世后，设灵碧云祠，而这正是过去魏忠贤的生祠，故寄挽联刺之云："举国尽苏俄，赤化不如陈独秀；每朝皆义子，碧云应继魏忠贤。"又在定都南京时，撰联云："群盗鼠窃狗偷，死者不瞑目；此地龙盘虎踞，古人之虚言。"后来有些为尊者讳、为长者讳的人觉得有些话太损害中山先生的形象了，遂一概认为是他人的伪撰。殊不知季刚先生虽与国民党的若干元老及其他上层人士交往甚密，却于中山亦不以为是。其甲戌［1934］六月十八日庚午日记有云："曲阜祭先圣文，有'唯我国父，独喻此旨'之言，侮圣若斯，何贵一祭乎！"此可为证。再说我曾听过去中学同学潘芝龛老先生说起，他证实这些联语都是太炎所作，是完全可靠可信的。潘先生也是章氏早年弟子。太炎先生担任大元帅府的秘书长时，曾带潘去做秘书。不意这一职务后来竟也成为历史污点。我在与其同事时，在文字训诂方面可受益不少。及我调入上海市教师进修学院，也曾想请他来编审教材（潘对新教材尝指出许多注解的错误），但当时中学以所谓"老朽无能"，不肯放人，更指责我不以思想尺度去衡量人。1957 年他也被戴上帽子，遣送回乡，不知所终。从以上的对联可见，太炎先生为季刚先生作墓志之所以"详于革命"，正是意在贬斥并讥刺那些靠革命而安富尊荣的人。

瞿安先生另外还有两处提到了太炎先生的文章。一是乙亥[1935]四月廿六日[西 28 日]的日记：

> 公铎送来瑞安《姚雁秋墓志铭》，为太炎笔，酬金三千元，读之殊不见佳。所书篆文，又古今夹杂，而自负不浅，岂天下皆聋瞽邪？一笑。

另一是丙子[1936]闰三月三十日[西 20 日]记云：

> 归寓阅《制言》第十七期，太炎文今日愈坏，此未可掩饰也。季刚《量守庐诗》亦不见佳。可知以虚骄服天下，势必不能久也。（按两贤未相厄之前，季刚先生于癸酉[1933]四月廿六日日记有云："夜看吴梅《霜崖三剧》，乏趣。"盖传奇杂剧难于与前人争席，是势必其然的吧。）

窃谓若以最高要求来说，《量守庐诗》自尚难与昔贤和胜流抗手。但其措辞律理，仍都十分稳健，与时流之连半瓶醋也谈不上而偏好卖弄文墨者异矣。特别是学人而达此境界，尤见难能可贵。至于太炎先生文，则自有其不可磨灭处，但"老手颓唐，才人胆大"，其晚年作文之漫不经心，率意而定，亦人所有目共睹，何况能文善诗者，其下笔之际，亦未必篇篇惬心尽当乎。所谓"文章千古事"，瞿安先生作文常常不留其稿，免得世人嗤点流传，这也原乎其得失寸心之睿智。后人则好为前贤搜辑遗佚,往往牛溲马勃,细大不捐,实违著者本人之旨。这种"可怜无补费精神"之举,近今钱默存先生讥之,启功先生亦尝告戒于人。瞿安先生则于诸文注明某篇可存、某篇不可存之语在先,实亦有感于此,而比时贤早行一步,且更彻底的了。可佩可佩。不过就太炎先生的《黄季刚墓志铭》而言,我再三揣摩,却有不同的看法。鄙意此文还是精心结撰,面面俱到,且简要得体,实属可存、能传,而不可毁,也无可替代之作也。故特移录于下,以分共赏共析之乐:

> 季刚讳侃,湖北蕲春人也。余违难居东,而季刚始从余学。年逾冠耳,所为文辞已渊懿异凡俗,因授以小学经说,时亦赋诗相倡和。出入四年,而武昌倡义。其后季刚教于京兆、武昌、南都诸大学,凡二十年,弟子至四五传。余之学不能进以纂,而季刚方颖骏发,所得视曩时倍蓰,竟以此终。

> 世多知季刚之学,其志行世莫得闻也。黄氏出宋秘书丞庭坚,自徙蕲春至季刚如干世。考讳云鹄,清四川盐茶道,署按察使事,以学行著。所生母周。季刚生十三岁而孤,蕲春俗轻庶孽,几不逮学,故少时读书艰苦,其锐敏勤学亦绝人。既冠,东游学日本,慨然有光复诸夏之志。尝归集孝义会于蕲春,就深山废社说种族大义及中国危急状,听者累千人,环蕲春八县皆向之,众至数万。称曰黄十公子。清宣统三年武昌倡义,季刚与善化黄兴、广济居正往视,皆曰兵力薄,不足支北军,乃返蕲春集义,故谋牵制,得三千人。未成军,为降将某所袭。亡去,之九江。未几,清亡。季刚自度不能与时俗谐,不肯求仕宦。尝一为直隶都督赵秉钧

所迫,强出任秘书长,非其好也。秉钧死,始娉以教授自靖。民国四年秋,仪征刘师培以筹安全招学者称说帝制,季刚雅与师培善,阳应之,语及半,即嗔目曰:"如是,请刘先生一身任之!"遽引退,诸学士皆随之退。是时微季刚,众几不得脱。

初,季刚自始冠已深自负,及壮,学成,好酒,一饮至斗所,俾倪调笑,行止不甚就绳墨,然事亲孝。丧生母,哀毁几绝,奉慈母田如母。尝在京兆召宾友会食,北方重蟹羹,庖人奉羹前,季刚自垣一方问母得蟹羹不,母无以应,即召庖人痛诃谴之。世以比茅容、阮籍云。性虽傲异,其为学一依师法,不敢失尺寸,见人持论不合古义,即盱视不与言,又绝类法度士。自师培附帝制,遂与绝,然重其说经有法,师培疾亟,又往执挚称弟子。始与象山陈汉章同充教授,言小学不相中,至欲以刀杖相决,后又善遇焉。世多怪季刚矜克,其能下人又如是。

为学务精习,诵四史及群经义疏皆十余周,有所得,辄笺识其端,朱墨重沓,或涂剟至不可识。有余财,必以购书,或仓猝不能具书簏,即举置革笥中,或委积几席皆满。得书,必字字读之,未尝跳脱。尤精治古韵。始从余问,后自为家法,然不肯轻著书。余数趣之,曰:"人轻著书,妄也。子重著书,吝也。妄不智,吝不仁。"答曰:"年五十当著纸笔矣。"今正五十,而遽以中酒死,独《三礼通论》声类目已写定,他皆凌乱,不及第次,岂天不欲存其学耶!于是知良道之不可隐也。

配王,继娶黄。子男八:念华、念楚前卒,念田、念祥、念慈、念勤、念宁、念平。女子子二,长适潘。季刚以二十四年十月八日殁于南都,以十一月返葬蕲春。铭曰:微回也,无以胥附;微由也,无以御侮。繄上圣犹恃其人兮,况余之庸腐。嗟五十始知命兮,竟绝命于中身;见险征而举踵兮,幸犹免于逋播之民。(见《制言》第五期,1935年)

唯文中言"尝一为直隶都督赵秉钧所迫,强出任秘书长,非其好也"云云,颇有疑窦。检《黄侃日记》中屡称赵公,似甚为尊重,亦丝毫不见"所迫"之迹。窃意当缘赵后来沦为袁世凯的忠实走狗,早已不齿于舆情,不知是否有为黄开脱这一干系的好意存乎其间呢?

上面说了吴、胡两先生挽季刚先生之联,但若说文情并茂、意远思深,则当推王伯沆先生之作。盖瞿安先生虽着力修改,有所点缀,自觉亦颇满意,尚不及王作之沉郁伤痛也。特录《瞿安日记》当年九月二十六日[西24日]所记兼及其事如下:

> 伯沆课罢纵谈,渠挽季刚联至佳,录下:"情深文跌宕,气迈酒波澜,白眼看天,世有斯人容不得;生感雀张罗,死拼蝇入吊,青山归远,我来思旧黯相呼。"盖季刚父翔云先生,伯沆曾受业门下,故末语云云也。又言平生不轻作挽联,少时挽老辈数联,群目为狂,因举数联,一云:"读书破许慎五百部,生子迟商瞿三十年。"盖其人治小学,且八十生子也。一云:"先生无爵清慎勤,虽士亦贵;有子如龙头腹尾,他日能贤。"盖其人未达,有三子负时誉也。一挽汪衮甫云:"持节壮篷瀛,辰告远猷,家有传、国有史;著书继扬马,深文雅

训,人可传、山可藏。"又言少好深湛之思,下笔皆剥削存液,视并世老辈,可少否多,遂得狂名。晚遇季刚,初不知翔师之子,执手垂问,知有世谊,是以数年往还,事事让步,所以全交也,亦所以永师恩也。长谈至十二时散。余敬之重之矣。

这也真是一个极为难得的有道之士,乃今之古人也。辞让之心如彼,焉得云狂。若人人都能如伯沆之待季刚先生,或扩而充之而待友人,纵欲"翻手为云,覆手为雨",亦难有可乘之隙矣。人世纷攘,如斯人也,真所谓可遇而不可求者矣。可敬,可敬!

五

人称"刘麻子"的刘禹生先生,是与季刚先生交好的极少数不曾有过口角的友人之一,其所著《世载堂杂忆》记季刚先生轶事和言说不一而足。其中《记黄季刚趣事》一篇说"黄季刚平生有三怕:一怕兵,二怕狗,三怕雷",这在《黄侃日记》中都可得到证实的。但禹生先生恐怕不知季刚先生还有比这"三怕"更严重的"二怕":一是怕枭声,二是怕语谶。盖兵来可先期避走,狗在都市中也不常见,而打雷之日毕竟不多,独此二者却是防不胜防的。先说枭声,《寄勤闲室日记》《量守庐日记》中有此记载者凡八处,最惊恐的有两次,一次记"终日闻鸮喧吼,致失音,汗流浃背,慎矣"。又一次记欲避走于其侄处。《楚辞·七谏·初放》:"近习鸱枭。"王逸注:"枭一作鸮,恶鸟。"在我们家乡,也有夜闻枭声,一月之内必有人丧命之朕兆。莫非季刚先生也有这种习俗的干扰乎？这且不必细表。再说到语谶,其可怕之处在于往往会不期而至,以至长期扰乱他的心绪。这一点似乎与瞿安先生、小石先生,甚至太炎先生都有同识,且同感于其事之不可思议。现在说来,也真可令人谈笑玩索的。

按黄焯敬述《黄季刚先生年谱》于1935年(民国二十四年)乙亥五十岁后有云:

> (二月)二十九日,先生五十生日,太炎先生贺以联云:"韦编三绝今知命,黄绢初裁好著书。"先生见有"绝"字,殊不怿。

这是先生自己见此贺联后,心中就留下了"语谶"的阴影了。

汪辟疆先生在《悼黄季刚先生》一文中也半明不暗地叙及了其事:

> 今年春间为先生五十寿辰,太炎先生由苏寄联为寿云:"韦编三绝今知命,黄绢初裁好著书。"见者咸叹其工丽,而不虞龙蛇之谶,即隐寓其中。岂生死果有定数耶？(见《制言》第七期,1935年)

《瞿安日记》则于这一类事的记载和剖析则更详细。先是,乙亥九月十二日[西9日]有记云:

> 晚饭后视公铎,其侄景伊,示我季刚九日登高诗,时广

尚未作也。索诗观之,衰飒太甚,殆谶语乎? 诗云:"秋气侵怀正郁陶,兹辰倍欲却登高。应将丛菊沾双泪,漫藉清樽慰二毛。青冢霜寒驱旅雁,蓬山风急抃灵鳌。神方不救群生厄,独佩萸囊未足豪。"末联更奇,岂逆知神方不救乎? 此亦奇矣。

《量守庐日记》乙亥重九日也录下此诗,题为《乙亥九日》,其后有永坤案云:

> 此诗乃就日记初稿改成,今将初稿具录如下:"秋气侵怀气不豪,兹辰倍欲却登高。应将丛菊沾双泪,岂有清樽慰二毛。西下阳乌偏灼灼,南来朔雁转嗷嗷。神方不救群生厄,系臂萸囊空自劳。"又案:抄本此诗下有黄焯先生附载章太炎先生评语云:"此季刚绝笔诗也。意气未衰而诗句已成预兆,曾不知其所以至此。章炳麟。"

现在就让我们再看瞿安十五日[西 12 日]之所记,是如何解释太炎寿联并兼及其他种种忌讳的吧:

> 往季刚处一吊,知念田哭父过痛,略有颠状,因嘱伊侄耀先好好护持。小石亦至,共坐一小时,谈次,见季刚斋中,悬其师章枚叔一联,为寿其五十者,上云"韦编三绝今知命",下云"黄绢初裁好著书",并注云:"季刚勤学不倦,自云年过五十始著书,今正其时,书以勉之。"小石云:"三绝与知命并用,是绝命之显著也。绢亦绝字,裁亦不祥语,是绝命

之暗示也。岂非谶语乎?"余闻之,真可诧异,顾无以难也。又言:"季刚破千二百金,买《道藏》全部,因将月俸支空。抑知自来阅《道藏》者皆不吉。如俞理初(正燮)客死北都,文芸阁(廷式)功名不振,沈子培(曾植)垂老无子,季刚奈何举债易此乎?"是说也,亦无以难也。

习俗相传,凡通《易》者皆不吉,大约以文王因,京房诛,虞翻徙,管辂、王弼、孔广森早卒,以为皆是因泄露天机,遂为造物所忌之故,所以有些人就惮于致力。实际上只是拈出了几个特例,并不能涵盖全面的。至于说购买《道藏》即有疾厄降临,悬为禁忌,却未之前闻。要之,也不过是举其一隅而终不能以三隅反者也。如何能说"无以难也"?

季刚先生等之信"语谶",还可以证之于丙子[1936]九月十一日[西25日]之《瞿安日记》:

> 今日休沐,又为季刚周年,因往量守庐一拜,见汪旭初、黄离明。旭初指所集词联语余:"此地宜有词仙,山鸟山花皆上客;何人解赋清景,一丘一壑也风流。"自谓颇工,盖量守庐成,写此落之也。季刚以"此地""何人"为不祥,置之不复悬。去岁重九,自题一诗云:"此地何人不用疑,蓝庄蒋巘自迷离。先生一醉浑无事,上客为谁也不知。"越二日而即逝矣。此又与太炎"韦编三绝今知命"一联,可入笔记者也。

为什么这些有很大成就的学人会有如此匪夷所思的禁讳和

拘忌呢？我想这是与我们传统的思想方法和推理逻辑的越出常规有关。《周易·系辞》有云：

> 是故君子所居而安者，易之序也，所乐而玩者，爻之辞也。是故君子居则观其象而玩其辞，动则观其变而玩其占，是以自天佑之，吉无不利。

又云：

> 引而伸之，触类而长之，天下之能事毕矣。

我看各家各派的易学研究，无非都在"玩辞"和"玩占"上下功夫，说穿了无非都是一些排列组合的游戏。究竟谁说得最得体、最圆满，就是看谁的组合规程最巧妙。所谓"自天佑之"云云，不过是一种装点、一顶桂冠，彼此原是毫不相干的。"引申触类"，实亦有一定的限度，再向前跨出一步，就不能不穿凿附会，几同呓语了。说"天下之能事毕矣"，不妨也来别解一下：毕，岂不是完结、完蛋了吗？

然而历代以还，人们都是沿袭着这条思辨之路走过来的，虽贤者亦有时不免，而自误并用以误人也。且看《瞿安日记》卷三壬申［1932］八月十七日［西17日］所记：

> 席者谈及章太炎（炳麟）讲学，雅多新颖语，如说易震为东方卦，故日本多地震；艮为山，为东北，即是长白山，可云想入非非。又言六十四卦次序，皆有深意，不依汉儒诸说，

又不探索序卦之意。谓乾坤开辟，举世屯蒙；人事供养，各有所需，所需不遍，于是有争；争则讼，讼则举众以力争，故有师。如此望文生义，竟如婴儿呓语。

这不是也在自是其是吗？是而不惬于人，就是不曾说得成熟而圆满吗，所以就变成笑话了。但若从思维程序的逻辑来说，与其他"玩辞""玩占"，这只不过在同一条路线上基于同一规则的竞赛或游戏而已。我们不妨再看看季刚先生因其自信而受诒之事。前引刘禺生先生文有云：

> 季刚晚喜易数，以爻卦卜牙牌数，自诩别有会通，可以致富。一日，卜得三上上，往购彩票全张，揭标中头彩，曰：今日所获，稽古之力也。乃以所入购建蓝家庄房屋，另建新庐，落成，大乐。忽有征发蓝家庄一节为要案之议，季刚又大惧。予曰：盍延大堪舆家萧萱谋之。萧至，易其门户方向，包管无事，而不知萧实出奇策得以免也。

可知在这方面的思维形态乃至行事方式大都不曾越此范围。又如刘师培有一篇《定命论》，骆鸿凯的《文选学》附编一曾大加推崇，认为其"析理精微，过于顾、刘，文亦仿佛晋、宋"。顾指顾愿的《定命论》，文载《宋书》本传；刘指刘孝标峻《辨命论》。那么师培此篇当是古来论命之最佳之作了。但其文中有云：

> 晚近俗谶，有《推背图》《烧饼歌》《黄檗山人诗》，故姓所储，祀逾《三百》，推案时变，罔不奇孚，其在《诗》之卒章

曰:"豕后牛前耀德仪。"德为景陵帝废号,仪则末帝名也。

又其文后所附讲学辞有云:

> 如"亡秦者胡""刘秀为天子""当涂高"之谶,皆在事前,较然可证,疑即孔子所为,谶文非后人附会,则前定确矣。或以此为古书,不可尽信,然近日所传《烧饼歌》等,往往奇验,是古谶今谶,两皆可为有命之铁证。(见《刘申叔遗书》第五十三册《左庵外集》卷十五)

查《黄侃日记》戊辰[1928]十二月日记《附十·杂识》有云:

> 《烧饼歌》有"蓬头女子蓬头嫁"之语,今而验矣,亦一奇也。

而《瞿安日记》于辛未[1931]九月十七日[西10月28日]记《推背图》,其兴致竟是十分浓厚,且大放厥词而为之诠释,亦颇资助谈,今照录如下:

> 苏州振新书社贾人来,送到《中国预言》七种。中《推背图》一种,余儿时曾见过,书为先祖手钞,今不知流转何所。先祖为小舫公,钞时当在道光之季,时洪杨乱事,尚未知也。今复按诸图,至清初以至于亡,皆历历实验,鼎革后则未可知矣。今释于下:
>
> 第三十三象丙申。巽下兑上大过。图中一船,共坐十

人，船顶有旗八。识曰："黄河水清，气顺则治。主客不分，地支无子。"颂曰："天长白瀑来，胡人气不衰。藩篱多撤去，稚子半可哀。"释云：旗八，指八旗甚明。舟中人满，隐射满洲名也。坐有十人，自顺治至宣统，正十传也。"水清"谓国号，而"顺治""长白"，又点出清楚。

第三十四象丁酉。巽下巽上巽。图中洪水，有禾苗丛生，旁卧骷髅二具。识曰："头有发，衣怕白。太平时，王杀王。"颂曰："太平又见血花飞，五色章成里外衣。洪水滔天苗不秀，中原曾见梦全非。"释云："头有发"，即长发也。"衣怕白"，色尚红也。"太平"为国号，"王杀王"谓杨秀清、韦昌辉之祸也。颂中洪秀全三字全见，尤奇。

第三十五象戊戌。震下兑上随。图画城门雄楼，三兵负弓出，二兵并行，先，一兵稍后。识曰："西方有人，足踏神京。帝出不还，三台扶倾。"颂曰："黑云黯黯自西来，帝子临河筑金台。南有兵戎北有火，中兴曾见有奇才。"释云：此指文宗热河晏驾也。"西方"谓西洋各国。"帝出不还"即指文宗也。颂中"临河"二字，即临幸热河。南兵谓洪杨。北火则焚毁圆明园也。"中兴曾"，盖谓文正焉。

第三十六象己亥。乾下巽上小畜。画中一女将乘马疾行，一丫鬟持纱灯前导，旁一僧跪道边。识曰："纤纤女子，赤手御敌。不分祸福，灯光蔽日。"颂曰："只拳旋转乾坤，海内无端不靖。母子不分先后，西望长安入觐。"释云：此指拳匪之乱，两宫西狩也。"赤手""灯光"，即红灯姑娘也。曰"只拳"，明言拳祸。曰"无端"，谓端王无识也。曰"母子""长安"，又明言西狩也。

第三十七象庚子。震下巽上益。图中大海,出巨鬼半身,手捧人头一。识曰:"汉水茫茫,不统继统。南北不分,和衷与共。"颂曰:"水清终有竭,倒戈逢八月。海内竟无王,半凶还半吉。"释云:此指清亡武昌起事也。"汉水",明言武汉。"不统",谓宣统不克承统。"继统",谓总统可以接统也。此语最为巧妙。"和衷与共"是明言共和也。颂中如"清终""倒戈八月""海内无王",更明晰矣。

以上五图,皆过去事,可以意会。此下各图,则无从猜度,惟细加研讨,恐日本必有入寇之事。今记至四十象止。此后吾辈决不能目见矣。

第三十八象辛丑。震下离上噬嗑。图中一墙,门开,门外卧尸五,四男一女。识曰:"门外一鹿,群雄争逐。劫及鸢鱼,水深火热。"颂曰:"火运开时祸蔓延,万人后死万人先。海波能使江河浊,境外何殊在目前。"释云:此无从臆度。历数鼎革后二十年,无一事可以比附者。或云指欧战,不过就"境外何殊在目前"句推论耳,不足信也。

第三十九象壬寅。震下艮上颐。图中高山一,山巅立一鸟,旁旭日方升。曰:"鸟无足,山有月。旭初升,人都哭。"颂曰:"十二月中气不和,南山有雀北山罗。一朝听得金鸡叫,大海沉沉日已过。"释云:此亦无可悬解,姑凭臆说,录供嗢噱。鸟部无尾,形诸字独伯劳、吐绶、秦吉了、精卫四种耳。党国中以汪精卫为钜子,近方力谋和平,或隐射此君耶?"山有月",不详所谓。"旭初升"二语,恐日本肆虐也。颂中首句"十二月",当作十月及二月解。"中气不和"点明中和二字。日人方谋建设满蒙帝国,号中和国,是又一奇也。"南山雀"或指精卫。"北山罗"或俄罗斯有何举动耶？"金鸡"为辛酉,今岁辛未,尚距五十年,至是日人始败,所谓"日已过"也。此五十年中,受日人之凌虐,伊于何底,思之可惧。

第四十象癸卯。巽下艮上蛊。图中三小儿,南向者持二球,东向者持一球,西向者无,向南向者索取。识曰:"一二三四,无土有主。小小天罡,垂拱而治。"颂曰:"一口东来气太骄,脚下无履首无毛。若逢木子冰霜涣,生我者猴死我雕。"释云:此亦无可解。"小天罡"或是袁姓,颂中"生我者猿"可证也。李为"木子",或有李姓者应运起耶？友人某君云:此与三十八象当是互误,此指袁世凯也。余心不谓然。袁氏帝业未成,安得云垂拱而治耶？又有谓"天罡"二字,安知非今东北之袁金凯,更可解颐矣。

此书共七种:一、《万年歌》(假托吕望)。二、《梅花诗》(假托邵康节)。三、《马前课》(假托武侯)。四、《烧饼歌》(假托刘伯温)。五、《推背图》(假托李淳风)。六、《黄檗禅师诗》(此真)。七、《藏头诗》(亦托淳风)。诸作虽多假借,顾皆非清人伪造,而时多应验,则亦神秘之至矣。余雅不信术数家言,第清代兴亡如灯照龟卜,安得不令人咋舌耶？

试问,既称自己"雅不信术数家言",而又明知其为"假托",只不过以其皆非清人伪造,就可以征而信之了吗？这还不是自己的思维逻辑误入狭窄的迷宫小径而有以导之！

再看其日记卷七甲戌年[1934]正月廿二日[西7日]所记晓湘(王易)对七种"预言"中的唯一真货《黄檗禅师诗》的推断吧:

晓湘为余言："黄檗师十绝句，辛亥至今，尚有三首未验，今可悟矣。"余曰："何谓也？"曰："宣统小名麟，故第八首起句'中兴事业付麟儿'。第二句'豕后牛前耀德仪'，'豕后牛前'为子年，今岁甲戌，至丙子而大昌。最奇者，'德'为康德新号，'仪'则旧名也。'继统偏安三十六'，此句言继统，明说继宣统而起，关外窃号，非偏安而何？惟'三十六'不可解（合下首言，似指年龄）。'坐看境外血如糜'，当指日俄或日美未来战事言之。第九首云'赤鼠年同事不同'，'赤鼠'即丙子。'中原好景不为功'，此句不明。'西方再见南军至'，此句亦不解，惟'南军'二字甚奇。'刚到金蛇运已终'，'金蛇'为辛巳，尚有八年，清运始告终，而溥仪年龄今才二十有九，再加八年，正三十六岁。上首'继统偏安三十六'一句，或即年寿止此乎？"晓湘之言如此。因记之，以俟他日验否也。

考宋岳珂《桯史》卷一，其记《推背图》事，说宋太宗接受臣下建议，故意把此书次序打乱，又掺杂各种伪语，使之在社会上流行。而后的书商又往往会揣摩天下大势，不断伪造增删，并以所谓的古本、真本名义予以推销。《烧饼歌》的情形也一样，只是在张中那首短短的《蒸饼歌》的基础上不断加工增添，并嫁名到刘伯温的头上的，实不足信。要是真能预测未来，则何以如孙中山先生这么一个推翻帝制的重要人物竟会一字不提也毫无暗示呢！尤其可笑的是，这些留存下来的所谓"预言"，本当是隐示历史发展的各个阶段的，索隐者都把它来解析眼前发生或即将发生的事件了。因此一个时代过去，而另一个时代来临后，同样的语句又可以变更为完全不同的含义。我曾见过一些各自都自以为是的剖解，其实都不过是另一形式的"玩辞"和"玩占"。依稀记得，如把上面三十四象"图中洪水"解为明清之际洪承畴，或者太平天国洪秀全者固亦有之，但后来却推到了民国黎元洪身上。岂不可笑！还有如四十象"一二三四，无土有主"，以前曾有人说这是宣统退位以后，虽仍拥有帝号，实质已是徒有虚名，这难道不是"无土有主"吗？而后来又有了新的解释，说前一句话是指新中国成立后的工、农、小资产阶级和民族资产阶级，又说"无土有主"，不就是土改后戴上帽子的地主吗？"一口东来气太骄"，"一"在"口"中，是"日"字，说这分明是日本帝国主义发动的侵华战争呀，——这真叫作胡说八道的了！然而人们就是以这种胡说八道的思维方式活过来的。特别应当指出的是，这种极端唯心的思维方式如果任其泛滥，其结果必然导致文字狱，深文罗织，影射比附，每一句谎言都可以成为真理，而真理也都可以说成谬误，真所谓神州大地，草木皆兵，欲加之罪，何患无辞了。难道这样的教训还少吗？瞿安先生批评太炎先生的说《易》是"想入非非""竟如婴儿呓语"，不知自己的解《推背图》，以及记晓湘先生的解《黄檗禅师诗》，还有我所看到的或听来的此类种种说法，难道不都是在一鼻孔出气，仿佛一个祖师爷教出来的吗！所不同的是，有时看他人比较冷静、清楚，也似乎客观一些，论到自己就未免"当局者混"了，由传统积淀下来的潜在意识以及顽固不化的这种思维模式长期作用，以至误把偏执、昏庸当作自信，太自以为是，终至不能自拔而后已。

陈石遗与冒鹤亭

一

《石语》曰：

> 为学总须根柢经史，否则道听途说，东涂西抹，必有露马脚狐尾之日。交好中远如严几道、林琴南，近如冒鹤亭，皆不免空疏之讥。

这里先说冒鹤亭，其他姑待另表。而《石语》又接着评道：

> 鹤亭天资敏慧，而早年便专心并力作名士，未能向学用功。前日为胡展堂诗集求序，作书与余，力称胡诗之佳，有云："公读其书，当喜心翻倒也。"夫"喜心翻倒"出杜诗"喜心翻倒极，呜咽泪沾巾"，乃喜极悲来之意，鹤亭误认为"喜

极拜倒"，岂老夫膝如此易屈邪？

钱公于后作有按语云："《小仓山房尺牍·答相国、与书巢》两札皆有此语，是随园已误用矣。"

又于眉端按云："孝鲁见此语予云：原函作'喜心倒极'。"又按："鹤亭挽石遗诗，遂有'我好名君好利'之语，盖反唇也。"又有杨绛季康注语："陈简斋《得席大光书因以诗迓之》云：'喜心翻倒相迎地。'"

为让读者知晓个中究竟，特先叙录部分背景材料，兼陈鄙见。

冒广生（1873—1959），字鹤亭，一字纯宦，晚号疚斋，其著述均以"小三吾亭"命名。冒氏系出蒙古，乃成吉思汗、忽必烈之苗裔，而最为世人所熟知者，则是明末四公子之一如皋冒襄（辟疆）的后嗣。先生少日即有神童之称，尝自信是冒辟疆的后身。也许其文采风流以及艺术气质得其远祖的遗传基因特别显著和强烈吧，读其诗文词曲，特别是诗，能使人感到有一种一脉相承的遗风远韵。

鹤亭先生要小石遗老人十八岁，应该是个后辈，却出道较早。1898年（光绪二十四年戊戌）春夏间，即由戊戌六君子之一的林暾谷（旭）介绍而与老人相识，初则颇相交好，且与之不乏唱酬。老人在京师赁居于上斜街，就是先生出面斡旋的结果。又为之推荐与各方胜流交往，如胡展堂（汉民）、陈协之（融）、黄旭初辈，皆是也。但老人对冒老的为人作风、为学所尚以及为诗品格却都不无微词。上录诸语，《石遗室诗话》卷四即有之，虽然没有私下谈话说得那么露骨。譬如说"季贶外孙冒鹤亭，早慧有声，长而好名特甚……癸卯始见君诗，佳句甚多，率笔者亦时有"。《诗话续编》

冒鹤亭书法

卷二有云："鹤亭当壮盛之年，即喜充老辈，留长髯称老夫，此皆名士结习，欧阳公称醉翁时，年尚未四十也。余尝告以老有何好处，君惟未老，乃喜老，若既老，则推之不去矣。"

这些话，当事者看后自然觉得有些刺目。所谓来而不往非礼也，于是冒老就回敬了几下。

我们知道，石遗老人是颇重其《元诗纪事》之作的。在《沈乙庵诗序》中，开笔即云："余与乙庵相见甚晚。戊戌五月，乙庵以部郎丁内艰，广雅督部招至南昌，掌教两湖书院史学，与余同住纺纱局西院。初投刺，乙庵张目视余曰：吾走琉璃厂肆，以朱提一流，购君《元诗纪事》者。"记此言似颇有洋洋自得之意。又《石遗室诗话》卷四云："丁酉余客上海，祥符周季贶诒访余于高昌庙寓庐，谈艺甚久，乞余所刻《考工记辩证》《元诗纪事》诸书去。旋同萧敬甫一报谒之。"

但夏承焘《天风阁学词日记》1938年12月25日则云：

> 三时半，(与鹤翁)同出坐车至维也纳茶室，李拔可翁踵至。鹤翁谈石遗所为各代诗纪事，谓早年以《元诗纪事》贻鹤翁，鹤翁旋以奉外祖周季贶翁。季贶诧曰：好大胆，未见耶律父子集，而敢作此书耶！后以转告，乃剜旧版增入。又其《辽诗纪事》仅取周春《辽诗话》一则，殆未见原书也。

两相出入之处，试参读相较，当知石遗老人之所忌讳矣。又1935年秋，陈协之六十寿诞，鹤亭先生因摘历代陈氏之能诗者百人，人各一句，人各一方，挽冯康侯奏刀百方为寿。姚粟若、李研山又合绘《颐园主客图》，冒老为文记之，最后着重落笔于石遗云：

石遗年八十，豪于饮啖，其言动皆足以惊座客。与客言，鞠其躬，袴中若挟婴儿。其论文声震屋瓦，口沫溅人面，又使酒善骂。自湘乡、桐城，上至昌黎所为文，皆所不屑。论骈体文，谓有清一代，不如其徒某某，能为三千言之寿文，汪容甫不敢也。又言史学如章实斋，当寸磔于市。同时称诗，某某所传，至多不三十年。有问业者，则举其庖人张宗扬之诗，以为可供揣摩。凡石遗所言，其好奇大抵类此，使人如见伏生支离之状焉。余无似，其粗解文章，即拘拘于义法，又不敢放言高论，此正如何景明云苏轼之文当置六等者，姑与韦乘之先以报协之，意吾石遗将有倚马之万言，推倒一世，以增兹国之重，无使能为三千言寿文之徒，有青胜于蓝之叹也。言未既，座客仰天大笑，群起为协之引满，协之亦轩渠，而主客皆颓然醉矣。作颥园主客图记。

这篇文字见收于《小三吾亭文丙集》卷三，是未刊稿，今从《冒鹤亭先生年谱》摘录。文中对石遗老人极尽戏谑和调侃，虽有漫画色彩，还不失为接近真实的写照。但考《石遗室论文》，于各家散体文似绝无"皆所不屑"的看法。我猜测，这绝不会是鹤亭先生的空穴来风，当是老人晚年定居苏州后，深受太炎论文观点的影响有以致之。按太炎先生《国故论衡·论式》即对两汉和唐宋之文均有所指摘：

然今法六代者，下视唐宋；慕唐宋者，亦以六代为靡。夫李翱、韩愈，局促儒言之间，未能自遂。权德舆、李温及司马光辈,略能推论成败而已。欧阳修、曾巩,好为大言,汗漫无以应敌,斯持论取短者也。若乃苏轼父子,则佞人之戋戋者。凡立论欲其本名家,不欲其本纵横。儒家不胜,而取给于气矜,游骜怒特,蹂稼践蔬,卒之数篇中,自为错牾,古之人无有也。法晋宋者,知其病征,宜思有以相过,而专务温藉,词无芒刺,甲者讥乙,则曰"郑声";乙者讥甲,又云"常语"。持论既莫之胜,何怪人之多言乎! 夫雅而不核,近于诵数,汉人之短也。廉而不节,近于强钳,作而不制,近于流荡,清而不根,近于草野,唐宋之过也;有其利,无其病者,莫若魏晋。……效唐宋之持论者,利其齿牙,效汉之持论者,多其记诵,斯已绌矣;效魏晋之将论者,上不徒守文,下不可御人以口,必先预之以学。

这里,岂不是把鹤亭所记石遗老人那些论文的话更具体化,理由也更充实完整了吗? 也许老人的座发狂言,由于是拾人牙后之慧,故没有如太炎先生的文字表达清楚全面,致累鹤亭也只能含糊追记耳。

至于说到章实斋的史学,后世尊重之者固大有人在。然近今史学家陈援庵(垣)先生则讥之为"乡曲之士",这大约是认为章"读书少"而"好发议论"(参见牟润孙《励耘书屋问学回忆》,见收于《励耘书屋问学记》),疏漏遂多,所谓游谈无根是矣。其实章氏为学之弊端,钱公《谈艺录》(增订本)所言已极概括而核审,兹节录其最精微之推论如下:

窃谓实斋记诵简陋,李爱伯、萧敬孚、李审言、章太炎等皆曾纠其疏阙；然世人每每有甘居寡学，以博精识创见之名者，阳为与古人梦中暗合，实则古人之白昼现形。此亦仲长统"学士第二奸"之变相也。实斋知博学不能与东原、容甫辈比，遂沾沾焉以识力自命，或有怵人先我，掩蔽隐饰。姑存疑以俟考定。（264页）

石遗老人既见过李爱伯，想来亦尝见过《越缦堂日记》，又与萧敬孚、李审言、章太炎等都有往来，必然习闻众说。耳食易得，至其本身是否另有真知灼见，因无文字作证，我们不得而知。大凡人之好恶爱憎，原本于各人的志趣，自亦有各人的自由，这都可以不管，但说章氏史学"当寸磔于市"云云，未免不共戴天，太过甚其词的了。相信此言亦绝非能向壁虚构，岂真所谓一时酒后狂言欤！然而《颐园主客图记》画龙点睛的关键之笔，是向石遗老人提出挑战，要他胜过其弟子写出石破天惊的长篇寿文来，则激之实亦讥之耳。但很遗憾，新出的《陈石遗集》，其附录固多有他家酬应之作，独未见黄秋岳那篇石遗七十寿序骈文，未知何故？

再说鹤亭的那篇挽石遗诗，因未曾付梓，亦无缘一睹全豹。不过"我好名君好利"之说，上引《冒鹤亭先生年谱》在同一年月下倒有一段"好利"的实证：

> 陈石遗从桂林返回广州，逗留数日，后乘四川轮北上，陈协之等人为其饯行。陈石遗作《别鹤亭》，诗云："驱鱼驱雀为渊丛，陆贾归装已过丰。倘有伤廉伤惠处，老夫只是信天翁。"先生答诗有"伤廉伤惠君休问，八十从无过岭南"之句。按：陈石遗此诗第一句用《孟子》"为渊驱鱼，为丛驱雀"

之典故，指先生为其介绍南游。"兹行得二千一百卅一元，又缴其仆之械，得九元。"说是得到丰富收入。本句中"信天翁"即指海鸟，谓鱼来才吃，不寻鱼吃，陈以此自诩。陈石遗素善戏谑，行前，人请其作书，书后送钱，又乞书一小斗方，求免钱。人去后，陈大骂说："买一口大棺材，还要带一口小棺材。"不一而足，姑作文化轶事。

这个既拿身份又贪蝇头之利的趣闻，真可谓是矛盾的统一，活画出一个老名士的真面目来了。

二

石遗老人每每批评冒老好名，难道老人自己真就是一个"排巢父、拉许由"的"逃名""肥遁"之士，还是如鹤亭挽诗所说只"好利"而不"好名"呢？然《石遗室诗话》多录他人于己身有关的酬应诗及奉承语，却是为何？编《近代诗钞》把"大半与己唱和之作"（汪辟疆语）充数入选，又是为何？章士钊《论近代诗家绝句》论石遗云："众生宜有说法主，名士亦须拉缆人。"我看这应是最确切不移的标准答案了。汪辟疆在《光宣诗坛点将录》中将石遗拟之为"地魁星神机军师朱武"，并注云：

　　石遗诗非极工，而论诗却有可听，自负甚至。余早年过于回子菅郑叔进座上，谈及编《元诗纪事》甚悉。及甲戌来金陵，一日余与石遗登豁蒙楼煮茗，因从容询曰："君于有清一代学人位置可方谁氏?"石遗曰:"其金风亭长乎?"时黄曾樾亦在座,因问余:"君撰《光宣点将录》,以陈先生配何头领?"石遗不待余置答,遽曰:"当为天罡耳。"余笑,石遗岂不知列彼为地煞星首座耶!殆恐余一口道破耳。时座中仅三人,想荫亭尚能忆及之。此一事与《点将录》有关,因记之以谂来者。

对自己的这个位置,石遗自然极度的不满,但又不便直接发作,只好借题发挥。譬如"谈《点将录》以散原为宋江,谓散原何足为宋江,几人学散原诗云云"(见夏承焘《天风阁学词日记》1934年11月30日)。但我看汪先生的这一拟配,名次虽低,评语却好:

> 石遗老人初治经,旁及许汍长,多可听。中年以诗名,顾非甚工。至说诗,则居然广大教主矣。
> 朱武在山寨中,虽无十分本事,却精通阵法,广有谋略。

这里不抹杀老人治经兼治小学的功夫,而说诗"居然广大教主",都很公允。但朱武虽号称"神机军师",却未见多大作为,说"广有谋略",未免誉溢其量。老人论诗虽有时偏激偏颇,而具创见卓识者亦多,实非朱武之所能敌。拙著多种,皆尝征引及之。不过其中亦偶有匪夷所思、故弄玄虚之处,如《石遗室诗话》卷十六有云:

> 宋诗人工于七言绝句,而能不袭用唐人旧调者,以放

翁、诚斋、后村为最。大略浅意深一层说，直意曲一层说，正意反一层侧一层说，诚斋又能俗语说得雅，粗语说得细，盖从少陵、香山、玉川、皮、陆诸家中一部分脱化而出也。

以下含混列举数诗，而不曾细加疏导，令人百思不得其解。或曰兵不厌诈，而谈艺亦犹如是者，岂非让人堕入五里雾中去耶！

若论其诗，实非所长，汪先生非故意抑之。即如夏承焘先生在 1937 年 11 月 26 日亦尝有记："早过天五谈，雁迅、耕天先后至，共读石遗诗，率易者多。"（《天风阁学词日记》）可见能诗者均有同感。汪辟疆又认为石遗"晚年为秋岳、缦簃、鹤亭辈所误"（《再评近人诗》，见《读常见书斋日记》），当指其接交要路而言。实则外因须通过内因而起作用，未许责怪诸人也。其为幕府清客，乃一贯行径，岂中少年时即为广雅所误耶？倘无诸家绍介，其学其诗，岂能更有所得乎？

又查唐文治先生《侯官陈石遗先生全书总序》，其中有云："近世诗家，先生与陈氏散原、郑氏苏戡，鼎足而三。论者推先生东坡，散原山谷，苏戡荆公，盖先生平生最喜东坡，间近昌黎，晚年多近香山。要之，奄有众美，不专一家，有欲求之，此其躅已。"为人作序，自当要说些好话。鄙意一直认为，散原于山谷，苏戡于荆公，都各有所突破，骎骎实有后来居上之势。石遗于东坡，实不相类。如以鼎论，则"鼎折足，覆公𫗧，其形渥"（《周易·鼎·九四》）矣。即以其自拟之金风亭长（朱彝尊）而论，不知时人又有谁予之首肯乎？

近今钱仲联先生编成《陈衍诗论合集》，其《前言》认为："汪国垣点将光宣诗坛，谓其诗非甚工，拟以水寨之朱武，阴加贬抑。

章孤桐论近代诗,更诬其挟张广雅以自重,而广雅初不许之。斯尤蚍蜉撼树,徒见其不自量而已。"一反两先生之论,而斥以"蚍蜉"。随即提出自己及其同好者的看法:

> 余故别撰《近百年诗坛点将录》,径以智多星吴用奉先生,盖谓其选诗与论诗,俱博大真人,不持门户之见者。吴江范镛撰《点将录》,更以及时雨宋江一座尊之,斯足征人心之同然已。

读后不禁大为诧异。是否仲联先生年事已高,连以往自己曾经排配过的座位都已淡忘了?考先生旧著,配"天机星智多星吴用"者乃陈三立,而非陈衍;奉陈衍者,分明是天闲星入云龙公孙胜也。吴用与公孙胜,座次仅相差一位,亦可谓高高在上矣。但在评语上,却是抑多于扬:

> "翩然一只云中鹤,飞去飞来宰相衙",此蒋士铨《临川梦》讽明人陈眉公语。陈衍似之,在清依张之洞于武昌,章士钊诮其以"依严"自衔;入民国,又为胡汉民座上客。《石遗室诗话续编》,连篇累牍,吹嘘胡诗。然陈氏为"同光体"之鼓吹者,寿逾八旬,影响近代诗坛甚大,所选《近代诗钞》及所著《诗话》,虽以"同光体"为主,然亦广涉各种流派,如湖湘派之王闿运、邓辅纶,诗界革命派之黄遵宪、康有为、梁启超、金天羽,南社之黄节、诸宗元、沈宗畸、林学衡等,亦皆涉及,盖尚非墨守门户之见者。

后一段话，前引汪辟疆语可以参看。是耶非耶，按之可见。至其开头的一段话，说来委实大不好听。及观安徽教育出版社所出的《当代学者自选集·钱仲联卷》，其中《近百年诗坛点将录》的编排名次，已多有更易；陈衍之名，确以智多星吴用奉之，且删除其中所有贬语，而又不标明这是"改定稿"。在该书《自序》中，更强调了石遗老人对他的影响：

> 我尤其感激两位年长于我几十岁的忘年交的薰陶鼓舞。一位是陈衍，是我二十多岁在无锡国专任教时的同事，曾经同居一宿舍。"同光体"的写作技巧对我颇有启发。《石遗室诗话续编》还采录了我的诗句，这对我的诗歌创作是一大鼓舞。另一位是金天翮(下略)

已全是怀旧的好话了。及至撰《诗论合集·前言》，亦同样自背前说，岂悔与汪、章辈同作蚍蜉，乃变更宗旨，倒戈相向欤？还是有意讳其前迹，食其所言欤？其实陈、钱两人彼此诗学观的分歧，原是不容讳言，也是极其正常的事。且看《梦苕庵诗话》即有如下两则记载：

> 陈石遗称戊戌六君子诗，以杨漪春深秀为最。余谓当以刘裴村光第为冠，林暾谷旭次之，又次为谭复生嗣同。石遗喜香山、放翁二家，故亟称漪春，而不知其论之不公也。
>
> 阅陈石遗《近代诗钞》一过，未能满意。石遗交游遍海内，晚清人物，是集已得大半。然名家如丘逢甲等皆未入选，而选录诸家，如魏源、姚燮、朱琦、鲁一同、王锡振、邓辅

纶、高心夔、黄遵宪、袁昶、沈如瑾、范当世、刘光第、康有为、金天翮，皆未尽所长；即郑珍、陈三立、沈瑜庆、陈曾寿诸家，名篇尚多，皆从刊弃。至于樊增祥之《彩云曲》、王国维之《颐和园词》，皆誉满艺林，无愧诗史者，岂得以"长庆体"之故，遂屏不录。况王闿运之《圆明园词》明明入选乎！此种不当人意处且不议，乃致有编辑之误，人人共见者。如张之洞诗，十九页载《中兴一首答樊山》，二十六页此诗又见，而省其题曰《中兴》；陈三立诗《正月二十二日通州南郊外会送肯堂葬》，既见于二十页，又见于二十五页。此虽小疵，无害大体，甚可委过于手民，然并可知选辑之未尽苦心矣。

当然这些都无关于人品。然而那些贬语之删，前引《前言》中对两先生之斥责，乃牵于俗情，不管自打嘴巴，不得不作此违心之举欤？可惜这些话石遗老人已经听不见了。

其实《点将录》之作，亦游戏文字之一端耳。若要将每一位诗人各配一头领自不易名实悉称，而生搬硬套，附会牵强，在所难免。因为天生诗人，各朝各代未必皆此一百单八之数，故诸公亦难按数凑对。但细数若干人的生平，倒也不无机缘拍合之处，看作者如何取用耳。即就石遗老人的匹配来说，各家原都各有其理。猜想起来，老人最不满意于汪先生之拟于朱武者，一则仅许以地煞之首，未免觉得逼人太甚；二则"顾非甚工""诗非极工""虽无十分本事"等语，更足以让老人扫兴。却偏偏没有注意到，能让老人一生低声下气的章太炎，汪氏只匹配与地默星混世魔王樊瑞，黄季刚则匹配了地走星飞天大圣李衮，名次远在朱武之下。纵然不能傲人一世，也总可以释怀一时了吧？然而目光所及，老人只牢牢盯住在陈三立之为天魁星及时雨宋江这一高位上，"其金风亭长乎"一语，正道出了他的内心向往和对汪氏的不满。

仲联先生之拟为天闲星入云龙公孙胜，也有其确切不移的所在。公孙胜乃一修道出世之人，原与世俗无涉，却偏又不能忘乎世情。而石遗之入清大臣之幕而不送门生帖，与遗老交往而不作遗民，与北洋军阀委蛇而保持身份，为民国高官座上客只打秋风而远离仕途，岂非高入云端之游龙乎？仲联先生尝与同教席，《点将录》中能避开其诗的工拙而不论，这是比辟疆先生聪明巧妙之处。据我看来，即使将老人比作公孙甚至吴用，也是未餍所欲的。须知其人其志岂在运筹帷幄、为人作嫁衣乎？只有范烟桥在苏州常与之往来，得窥其心，而奉及时雨宋江以媚之，"知我者小范也"，才能博得老人十分欢心、一时快乐吧？

何以见得？时间回溯到光绪三十四年，当时老人在北京高张诗人榜，第三名陈三立，第二名郑孝胥，第一名则暂付空缺。其空缺的理由，我以前认为老人的赏心所在，当是乃家陈沆（太初）《简学斋诗存》《白石山馆手稿》的诗风，虽然郑海藏既能继承太初而又能加以变化，唯其不是这一诗风的创始者，才让其屈居第二（详见拙著《寄庐杂笔·天下诗人谁第一》）。及今想来，真是太错觑了石遗了。实际上老人还是在玩戴东原"天下学人当以钱辛楣为第二"的故智，隐然以孟子"当今天下舍我其谁"为其自负之表白耳。

其实前引汪辟疆之论石遗诗，亦尝以"广大教主"予之，原也唯"及时雨"足以当之的，或许多方考量只是还不够这个格局吧？不过我们知道，譬喻原多是跛足的，取此一端，是褒；取另一端，也可能就是贬。若论武艺，说朱武"虽无十分本事"，则宋江、吴用又有多大能耐？公孙胜剑法似也平平无奇，不过倚仗几分迷幻咒语，以神通欺世而已，然神通非正法眼藏也。职是之故，若以此论老人，唯其广收徒众，能广通声气，造此声势，宁非神通也乎！所以我以为，不论比拟谁何，为朱武，为吴用，为宋江，抑为公孙胜，皆无可无不可。平情而论，不争名次席位，但看评语措辞，似乎更切合实际一些吧。

三

石遗认为为学不根柢经史者，就不免空疏，难道鹤亭真的于经史一无根柢吗？

老人不知，以经而论，冒老就有《周易京氏义》《京氏易传校记》《京氏易表》《大戴礼记义证》等书；以史而论，也有《史记律书释文》《唐书吐蕃传世系表》《蒙古世系表》等著；而致力于子部之书尤夥，未必会比老人逊色。特别在词曲方面的研究，更非老人望尘能及。如果这样的学养也叫空疏，我不知老人又将置自身于何地！

当然，倘以儒林、文苑分途来说，鹤亭虽曾两栖，尚只能立足文苑；石遗自诩通人，亦未许两占其位，只当以诗论家兼文论家论之耳。其经史方面，正如汪辟疆所说的"多可听"而已。至论声势规模，桐城派诸家不可不谓阔大矣、厚重矣，而若方望溪、姚姬传，下及吴挚甫、马通伯之辈，其学术著作亦可观矣，但时人与后人总还是以文人视之。以文人传而不以学人或不兼以学人传，则又何伤乎！

我不知石遗老人之根柢经史以为诗文者何居，今见《陈石遗集》其编集体例之四有云：

> 除说文因涉及文字，一律按原书字体，其余各书遇古体冷僻字者，以《康熙字典》改之。若该典查无实据者，仍如其旧。异体字表示细微差别者仍保留。避讳字及明显刻印错误者径改之。

何必要用古体冷僻字呢？当然太炎先生是执着于此的，这有他的一贯主张：保存原本字形以存其真兼可究其义，此犹可说也；不过太炎之文，虽尚字欲其古而其文亦古；踵而效颦者，前人亦早有字古而文不古之讥。在这里，我忽然想起明陶奭龄的《小柴桑喃喃录》卷上记有一则笑话：

> 元末闽人林弑为文好用奇字，然非所习，但临文拈出换易，使人不能晓。稍久，人或问之，并弑亦不识也。

同是闽人，难道石遗也感染了此乡遗风，还是借以炫耀自己的能多识奇字呢？前人则以古换今，而今又须烦人以今易古，这样改来换去，当初岂曾料及。而诗文原贵以相题行事，若专以填塞经史，又何取于妆点！这颇使我想起某教授之评判他人论文，总横加挑剔，口口声声说什么思想性不足。迨其指导博士生论文，则务必再三叮嘱要到经典著作中去找根据；开会发言，也满口只是马恩列斯，没有半句自己的话。新中国成立之初，尚惊震其水平之深不可测，久之则彼此心照不宣。每当此兄发言，辄报以莞尔一笑:"看马克思又来了!"石遗老人的高擎经史毋乃与此有异代同心——仅是心同而貌异之别乎?

石遗执此一端,自然就要指斥钟嵘的《诗品》,《诗话续编》卷一甚至说:

> 余所以雅不喜《诗品》者,以其不学无识,所知者批风抹月,与夫秋士能悲、春女能怨之作耳。力诋博物,导人以束书不视,不免贻误后生。至雌黄颠倒,犹其次也。夫作诗固不贵掉书袋,而博物则恶可已?不知雎鸠之挚而有别,何以作《关雎》?不知鹿之得食相呼,何以作《鹿鸣》?不知脊令之为水鸟,在原则失所,何以作《常棣》?不知椒之蕃衍,何以作《椒聊》?不知冬月之日次营室,何以作《定之方中》?故读书犹兵也,可百年不用,不可一日不备。

把诗人的即物起兴,即认识现实、表现情感,拉扯到汉人的说诗上去,可谓又走到另一个极端。以是为诗,除却书本子,尚有何物!其诗作之所以读来少味,一方面固出于其诗人气质之不足,另一方面对诗的理解之偏执也不无一定关系吧。

至于冒老之诗,可惜未窥全豹,仅就所能读到的来说,虽稍嫌其甜熟,而风华洒脱,一往情深。《光宣诗坛点将录》拟配之为地幽星病大虫薛永,名次固低,但评注却甚特许赏识:

> 鹤亭为周旸叔甥,诗境俊爽,情韵并茂。所谓何无忌酷似其舅也。晚年与闽赣诸家通声气,诗益苍秀。曾见其《后山诗注补笺》,向往所在,略可识矣。

《近百年诗坛点将录》则拟之天贵星小旋风柴进,明其出贵胄,评语尤为深刻得体:

> 广生为成吉思汗子孙。诗篇恪守梅村、牧斋、竹垞、渔洋矩矱,虽与陈三立、陈衍诸人游,而不染"同光体"习气。然广生非不用力于宋贤者,观其《后山诗注补笺》,可见其工力之深。夫惟大雅,卓尔不群。

然而宗宋宗师终不以其诗为是。钱公《围城》有一段叙写道:

> 方鸿渐见董斜川像尊人物,又听赵辛楣说他是名父之子,不胜倾倒,说:"老太爷沂孙先生的诗,海内闻名。董先生不愧家学渊源,更难的是文武全才。"他自己以为这算得恭维周到了。
>
> 董斜川道:"我作的诗,路数跟家严不同,家严年轻时候的诗取径没有我现在这样高。他到如今还不脱黄仲则、龚定庵那些乾嘉人的习气,我一开笔就作的同光体。"

这里的董沂孙便是影射冒鹤亭,斜川则是冒老三公子景璠(效鲁)先生的影子。之所以姓董,是从董小宛与冒辟疆之间的掌故联想而来的。之所以命名为斜川,则因苏东坡有子名过,而著有《斜川集》,从而显示其为"名父之子"。钱公的记述确实有一点迹象的。效鲁先生曾和苏渊雷教授这样说过,大意是:散原翁与鹤亭翁的倡和,实不如与效鲁先生倡和得劲。大约所谓"诗到

陈石遗与冒鹤亭

无人爱处工"吧,冒老诗有唐风,太使人爱了,所以宗宋的散原老人反而不大喜欢看他的诗了。

效鲁先生与钱公早年虽有"二妙"之誉,但似乎是冒先生早着先鞭,少年时声名尤盛,风头极健。诸老辈诗集中,推崇者、与之赠答者比比皆是,而钱公则少见也。在三十年代,效鲁先生即曾在苏联为颜惠庆大使做翻译,见过斯大林,又参加过高尔基主持的全苏作家大会,还旁听过对布哈林的审判,资格可谓极老。但因各人机遇微妙,当钱公声誉日隆,就任中国社会科学院副院长时,冒先生还只是安徽大学的一个副教授。有一次他去看苏渊雷教授,请苏老写字,苏笑说:你这个副字不妨请默存抹去了吧。效鲁答道:默存哪有闲工夫来管这些事!据说直至先生衰病卧床之际,校方才为其转正,总还赶上末班车,说来也岂非咄咄怪事。后来从侧面得知,说冒先生就是因为没有一定数量的论文和著作。然而粗制滥造东拼西凑的东西比比皆是,难道缺了论著就是没有水平?所以近人如吕诚之(思勉)、陈援庵(垣)都不赞成以此草率论断。欧美各国的大学也有不少教授,他们对只是一味为写论文而奋斗的弊端也有所觉察,颇有些革新的创议。由此可见,难于单凭职称或学衔来衡量一个人的实际水平,有如是夫。

《叔子诗稿(修订版)》,承杨友仁馆老通过冒夫人赐赠我们父子各一册。拜读之余,或囿于偏见偏嗜,觉得与原先向往的似乎尚有一定的距离,绝不如乃翁诗之风光旖旎,令人流连忘返也。但其晚年论诗,却又说"同光伪体余空架,笑倒山门托钵来"(《论诗示杨友仁富寿荪》),则识见作了一百八十度的转弯,而承乃翁"时贤务艰晦,终是智者失"(冒鹤亭《治诗一首示景璠》)之家训矣。故颇疑尚多佳作都已散落。曾电陈杨老,说十年浩劫以前就见到过叔子先生油印的《论诗绝句》,有三十余首之多,论评兼及中外,荷马、但丁、歌德、莎翁、拜伦、雪莱、普希金等,都在其列,措辞精炼而醒豁,极有特色。旋于抄家时失去。故在请杨老向冒夫人转致谢意时,询及他作,而冒夫人说似亦未曾见过,这真是件遗憾的事。

在《叔子诗稿》中,发现有《光宣杂咏》多首,咏陈衍一首:

> 白发江湖兴不殊,阉肰(然)媚世语宁诬。平生师友都轻负,不负萧家颖士奴。

效鲁之黜斥石遗,实与海藏之"虐",若桴鼓之应,而未有少许之宽容。按《孟子·尽心下》云:"阉然媚于世哲,见乡愿也。""乡愿者,恐其乱德也。"这是指老人无原则地到处讨好。又按唐萧颖士有一奴经常受责骂而不肯离去,说是爱萧之才云,这里借指陈的厨人张宗扬。诗的内容是讥斥陈的人品低下,逢迎各类权贵而背弃所有师友,所不负者,独一厨人耳。效鲁先生对陈可谓深恶痛绝,愤言鞭挞,毫不留情,已没有乃翁这种善于戏谑打诨的讥弹风趣了。

叔子可说为乃翁出了一口怨懑之气。钱公见了,颇觉过意不去,于是有了《叔子寄示读近人集题句滕以长书盉各异同奉酬十绝》之作,其中竟有一半是委婉地为石遗做辩护律师的,今姑录前五首如下:

> 心如水镜笔风霜,掌故拈来妙抑扬。月旦人多谭艺少,覃溪曾此说渔洋。(翁苏斋评渔洋《论书绝句》云然)

纷纷轻薄溺寒灰,真惜暮年迟死来。三复阿房宫赋语,
后人更有后人哀。(论石遗先生)

嗜好原如面目分,舍长取短亦深文。自关耆旧无新语,
选外兰亭序未闻。(论《近代诗钞》所选《散原初集》诗)

比拟梧门颇失公,过庭家学语相同。哑然数典参旁证,
意取诗坛两录中。(《乾嘉诗坛点将录》以法时帆比朱武;
《光宣诗坛点将录》以石遗比朱武)

人情乡曲惯阿私,论学町畦到品诗。福建江西森对垒,
为君远溯考亭时。(论《宋诗精华录序》。朱子语见《语类》
卷百三十九)

第一首前两句赞其识见,后两句说其未谈艺。故所作专以论
诗之语补之。第二首至第五首遂针对石遗老人其诗及选诗多所
辩解回护,而自加小注,语意至明。至少老人不曾负钱公,钱公得
其知遇,也不曾负老人。老人倘地下有知,宁不感触当日之赏识
终得回报而有所宽慰乎!

但我们不禁要问:石遗、鹤亭两翁何以会始相亲而终相违的
呢?林庚白的《庚申散记》有一则记载云:

诗人陈衍,与冒鹤亭友善。逊清末叶,衍所寓上斜街
屋,相传为元顾侠君秀野草堂故址。以是凡文酒雅集,名流

咸乐就之。一夕衍燕其及门弟子，广生适至，遂作不速客。时北平币制仍旧贯，以串计。衍每燕客，于客至熟稔者，则犒其从者一串，必敬礼有加者乃倍之。广生仆索两串，至与衍之臧获相殴，声达内庭。衍盛怒，辄诟广生，且挥之使去。大言曰："冒广生，吾今日实未折柬招若，适逢其会，顾不自检而纵奴至此！"广生亦攘臂不少让，众婉劝，始不欢而散。

但我想这件事虽然使彼此都感到不快，毕竟尚在早期，此后大家又未曾断绝往来。据我臆想，石遗老人原与冒翁丈人行就有交往，自不免在广生面前倚老卖老，以后生小子待之，而冒翁却不以后辈礼待，特别是不愿也不肯拜门居弟子之列，这就使老人感到不满了。大凡有文人习气，以大宗师自居的名流，总有那么一点好为人师之患。相传当时在海外有人想拉拢康有为和孙中山见面会晤，康即提出要孙先送过门生帖来，孙自然不肯，即此作罢。又有两人，原先石遗对他们都不很满意，后来两人先后拜了门，于是在《诗话》上特意提到他们，语气就完全两样了。其中有一个人，季刚先生对他也无甚好感，但拜门后态度就马上缓和了下来。章行严尝讥石遗挟张广雅（之洞）以自重，作《论近代诗家绝句》论之云：

达官名士一身兼，一味矜名却又嫌。见说骏䮤冠下客，不教陈衍炫依严。

诗后注云："集中无与石遗诗。闻己诗亦不令陈和。"按少陵之依严，乃通家又兼故人，交情与石遗之于广雅自有亲疏之别。

至其无与石遗诗,又不令和者,窃意这可能与石遗之自拿身份有关,老人哲嗣声暨所编《侯官陈石遗先生年谱》有云:"家君以为论辈行品学,广雅均可为师。惟因荐幕而称门生,则鄙矣,遂不用门生帖子。广雅始亦不乐,后释然。"(四十八岁)语可相参。广雅此后是否就真的释然了呢?也很难说。广雅由于自居高位,岂肯纡尊降贵,随便赠诗与并非门生的僚属? 不令陈和,亦意中事也。类比当时的某些社会风尚,自可了然。戋戋之见,或尚未谬乎?

陈石遗与黄晦闻

一

《石语》中为石遗老人最看不上的无过于黄晦闻了。涉语也不多,只有以下这寥寥几句:

> 清华教诗学者(按:时余肄业清华),闻为黄晦闻,此君才薄如纸,七言近体较可讽咏,终不免干枯竭蹶。又闻其撰曹子建、阮嗣宗诗笺,此等诗何用注释乎?

黄晦闻(1873—1935),后改名节,字玉昆,号纯熙,又号晦翁,别号甘竹滩洗石人。广东顺德人,原是最早的同盟会员,又是南社社员。但友朋间都仍以其原名当字称之。这里不妨先以《石遗室诗话》所叙三则录后,然后再比议其观感:

燕蓟初至重九雪摧颓惊见白璧璧半黄苑柳添冰楼一色霜蹄

起玉交骅曩今晨当自美促宁余殊看轻四头昨日樽前

菊夏讓梅花顶剁开 蓟南重九凌一日雪 近由宜春

春渠仁先先生題為莘正 辛午十月既望 黄莘

黄节（晦闻）手迹

识黄晦闻三数年，未得其诗一录之。有《秋夜赠贞壮》云："日日逢君潭水边，看花情态共茫然。宵寒尚待携持去，车过方知踽踽贤。老大怜渠庸自计，沉吟无意便成篇。得诗强为红颜解，此事他人恐不传。"《上巳日诸名辈集十刹海修禊，予以病未至，为诗寄谢》云："佳辰已负独酬诗，坐辍斯游讵失期？瀰祓未能胜久病，兴怀原不在同时。当春委结吾何往，揆日鸣弦事亦知。湖堧不违强十里，了无陈迹与留遗。"二诗意态均闲雅。（卷二一）

近见黄晦闻近作两首，笔意苍老，亟录之。《晚过社稷坛迟瘿公不来遂成此作》云："苍然栝柏松杉地，得与游人生夕凉。六月将秋仍病暑，众器宜奏一浇肠。晚来栖息能相过，举国劬劳自未央。到此不无林木叹，士夫名节独寻常。"《晨过社稷坛将夕乃归》云："国事深谋两不言，朝暾来此对风轩。经秋树似陈人在，委地枝为众鸟屯。已著霜花近重九，旧过茶社有寒暄。余怀今日都消尽，坐待林灯照暝昏。"（卷二五）

近又见晦闻一诗，甚清婉，急录之。《南归经沪寄京邸旧游》云："绕道江皋计早迁，经行湘曲又旬余。无多怀抱将消歇，已换寒温问起居。听曲再来当暮雨，题诗还寄及春初。迟归别有沉绵意，难与临风一一书。"读第三句，使我慨叹无已。人之有怀抱者本已无多，而富有怀抱者更少。至怀抱无多，则一经顿挫，遂尔消歇矣。胥天下无怀抱之人，安能忍而与终古哉？（卷二七）

原来石遗老人对晦闻先生的诗一向就不大在意,所以相识三数年,也"未得其诗一录之"。为什么忽然心血来潮,却想起他的诗了?难道是为了凑其"诗话"的篇幅?还是为了表明其"广大教主""海纳百川"的胸襟?后来的"近见"和"又见",则可见老人毕生之所见一共也不过五首诗而已。自然,在《诗话》中毕竟要敷衍几句好听的话,可在背地里,即凭这五首诗,岂可就轻心鄙之曰"才薄如纸"?自然老人也说到其"七言近体较可讽咏",《诗话》所录五首,又恰好都是七律,其于初二诗褒之曰"意态均闲雅"、次二诗褒之曰"笔意苍老",至后一诗则谓"读第三句,使我慨叹无已"。然而一句话,都"终不免于枯竭蹶蹰"。

晦闻先生之诗,果如是不堪入目乎?不妨请看当时一位大诗人陈散原三立的观感吧:汪辟疆国垣的《光宣以来诗坛旁记》记陈癸酉(1933)入都,晦闻乃出全稿就质,散原至为叹服,且尝对人云:"吾早知晦闻能诗,而不知其诗功之深如此!"(见《汪辟疆文集》575页)次年,散原老人即为《兼葭楼诗》题辞云:

> 格澹而奇,趋新而妙,造意铸语,冥辟群界,自成孤诣。庄生称藐姑射之神人,"肌肤若凝雪,绰约若处子",又杜陵称"一洗万古凡马空",诗境似之。甲戌初春八十二叟三立读。

> 卷中七律疑尤胜,效古而莫寻辙迹,必欲比类,于后山为近,然有过之而无不及也。立附记。(见《散原精舍诗文集·集外文》)

的确,晦闻先生的诗是最宗仰陈后山的,尝刻有小印,曰"后山而后"。散原老人说其"有过之而无不及",冒鹤亭与胡展堂虽都病其为"月旦之失"(见《不匮室诗集》卷八注,引见《胡展堂的诗识与诗友》文),但也不乏同调。如程康《题蒹葭楼诗》云:

> 平生态业具于是,斯语晦闻哀有余(晦闻乞张孟劬序其《蒹葭楼诗》,曰:"平生之态与业,略具于是。子其为我序之。")。浊不同流清若此,生无可议死何如?七言突过彭城笔,五斗终归栗里居。毕竟君诗工在律,散原翁论正非虚。(按原诗即引散原评语作注,从略)

鄙意以为若诗之学古人,亦步亦趋,了无新意与新变,虽不作或不存可也。能推陈而出新,则谓之过而无不及,即出蓝而胜于蓝之谓,如是又何伤何病可指责乎?

汪国垣的《光宣诗坛点将录》定其位为地煞星镇三山黄信,座次并不高,这不过就其姓同为黄而比附之耳。其在《近代诗人小传稿》中的评价则还是相当高的,兹摘其要云:

> 辛亥改步以后,北上任教北雍,与旧京诗人如陈宝琛、曾习经、罗惇曧等皆有往还,而诗亦日益高,名日益盛,篇什日益富,南北诗坛无人不知。其诗咽处见蓄,瘦处见腴,其回肠荡气处见孤往之抱;其融情入景处有缥缈之思,而其使人低徊往复感人心脾者,皆在全篇,难以句摘。(见《汪辟疆文集》442页)

其中"瘦处见腴"一语,恰好同石遗老人的"干枯竭蹶"之见仿佛在"对着干"了。或许以为散原、辟疆与晦闻皆瓣香江西诗派,未免有门户之见、党同之嫌,殊不知诗重唐音的梁节庵鼎芬也居然称颂晦闻先生之诗,竟以为"三百年来无此作手"呢!语见先师余越园绍宋先生《寒柯堂诗》卷一,诗题为《读亡友黄晦闻〈蒹葭楼诗集〉,凄然有感,率题二律,殊未尽所欲言也》,因其诗其注涉及掌故殊多,今已很少为人知晓,因特悉录于下:

> 当年谁倡辨华夷,空负才名信足悲(清光绪间首创攘夷论者,实惟君与余杭章太炎革命后未尝言禄)。念乱君曾先见及(君于十年前,已为余言日本必来犯),追怀我悔学吟迟。平居深识思垂教(君晚岁以时事日坏,谓惟诗教可以振作,因在北京大学专讲诗义。课余则笺注《毛诗》、《楚辞》、汉魏乐府,以及曹子建、阮步兵、谢康乐诸家之诗,甚有创解),穷老伤心反辍诗(君殁前一年,来书言己已辍吟,盖愤世已极,谓无可救药也。及余甲戌秋游旧都,始为余作三诗见赠,其时诗稿已付梓,故未载入。别后未几即下世)。三百年来成绝响(表伯梁节庵先生极赞君诗,曾为余言三百年来无此作手),悠悠难忘后人知。

> 如君岂仅以诗鸣,一卷空留死后名。意到忘言成绝诣,老来深语见交情(君题余画《娱亲图卷》云:"养志丹心亦孝心,不缘文采动吾吟。才名翰墨多收拾,老去从君语特深。"此辍吟后作,距其殁仅月余)。相称多愧归高士(余藏归玄恭墨竹及诗及长卷,君谓甚得其所,盖以归高士相期也。及

与余别,赠诗云:"国计身谋未尽言,又倾残泪入离樽。明朝送别归高士,一醉灯前似邴原。"则以余能断饮,引顾亭林《送归高士之淮上》诗意以相勖。语至恳挚,遂为君之绝笔,伤哉),垂尽虚期范巨卿(君之殁也,余在杭州,以道梗不能往。君之婿李韶清事后为余言,君易箦时频呼"请余越园来决",闻之怆然。君之志行不逊张劭,而以范式相期,真负死友矣,余亦何以为怀邪)。闲展遗编和泪涌,天涯宿草已重生。

按顾炎武亭林《送归高士之淮上》诗云:"送君孤棹上长淮,千里谈经意不乖。卜宅已安王考兆,携书还就故人斋。檐前映雪吟偏苦,窗下听鸡舞亦佳。此日邴原能断酒,不烦良友数萦怀!"诗见《顾亭林诗集》卷二。考邴原事见《三国志·邴原传》注,略谓原游学八九年,酒不向口,临别,师友以原不饮酒,都以米肉送原,原曰:"本能饮酒,但以荒思废业,故断之耳。今当远别,因见祝饯,可一饮燕。"于是共坐饮酒,终日不醉。尝闻之故乡父老及先师友人,都云先师酒量本宏,未尝有醉日,及我随侍时,正国难当头,已难见其宴饮,初尚以其性不近饮也。晦闻先生以邴原事相勖,真可谓贴切不过。考黄晦闻先生尝与梁节庵鼎芬、曾蛰庵习经、罗掞东惇曧有"粤东四家"之称,而彼此处世态度不同,其中尤以梁之于黄,一作守旧之遗老,一为革命之先驱。若说立场观点,可谓壁垒分明,然而仍不碍梁对黄诗之推重。至于说"三百年来无此作手",这或许只能说是个人的私嗜,他人未必都会附和,但梁也绝不是目无智珠的人,说不定必有其独见之所在。记得我在浙江省通志馆工作,复员后初到杭州,有一次去看陈友琴师,陈师即说你们馆长有一个友人叫黄晦闻的,他的诗写得好极了。我那时对于晦闻先生尚所知不多,只知道他与馆长相知有素、友谊极深。民国十八年(1929)黄任广东省教育厅长时,即聘吾师为《广东通志》总纂,后因黄离粤,财政收缩,未能赴任。但不知为何,我看到有些词典或文献资料,却居然把先师的籍贯写成了广东或广州。且说友琴师曾再三强调,晦闻先生的诗不是一般的好,是难得的好。记得当时其子生健世兄也在座,同去的则以好新文学、喜新诗者居多,都颇不以陈师所说为然,觉得不必费精神于无补,在古人的废墟上打转,因此还引起了一点争执。这足以见出,对古典遗产的虚无主义早在大半个世纪前就已经风靡一时了。我那时因未曾得读黄诗,没有发表任何意见。如今回忆起来,觉得好黄诗者,老成人中固不乏其人也。但何以石遗老人会突然对晦闻先生的诗作出此重拳呢?

且不管"小人之心",还是"君子之腹",恕我不妨就此猜度一下,其间或不无同行相妒、好胜忌名的因素在吧?晦闻先生久席上庠,声名日大,如著名作家又是学者的朱自清,就是其弟子,且常向其请益学问之事;反观老人,已远离当时作为文化中心的北平,居处东南一角的苏州,虽说这里也是一个人文萃集的名城,但人事代谢,古今异时,情况毕竟大不相同,不得南北互相匹敌了。鄙其才薄,实以显之多能。吁!用心亦可谓良苦矣。石遗老人诗作亦不可谓不富,然其诗之不敌晦闻先生却是有识之士有目共睹的,除非是极个别的私阿或有求者。究竟该怎样看呢?在这个问题上,我倒是绝对赞成随大流的,吾从众,如何?

二

石遗老人以为曹子建、阮嗣宗诸家之诗,原都是用不到注释的。言下之意,无非是说晦闻先生浅薄,只能做些于事无补的事情吧？却不知世异时迁,社会会变,风气会变,语词亦会因之而变,在昔为人人能读能见之书,后世已成难得难寻之异本;人人都耳熟能详之事转眼间也会变得茫然陌生。又如经籍乃往昔读书人自幼所诵习、案头所必备,自然不须征引抄录,用资备查,后世则非原原本本详加解释而不能明其所以。举例来说,明末清初毛西河奇龄见顾亭林炎武作诗用"邪蒿"事,诗后自注曰:见《北史·邢峙传》,笑云:"世上只宁人(炎武)读《北史》耶！"话实在说得太过绝对了。试问后之读书人竟有多少个案头备有《北史》,且都能读而成诵、积年不忘？这事以后还当细议,姑暂置之。但可进一步说明,正是由于新陈代谢之故,所以《方言》十三卷,寻为专业之研求;《急就》仅一篇,亦非童蒙须必读。若拘泥于古,岂可得乎。特别是在社会发展愈来愈繁复、知识积累愈来愈无涯涘之际,不论目的是普及还是提高,各种古籍的各类注释,毕竟是少不了的。即以与老人介乎师友之间,且为老人细校《陈衍诗论合集》的钱仲联先生,不是也在其祖父钱振伦先生创注、黄节补注集说的《鲍参军诗注》上,又进行增补集说,校出了《鲍参军集注》了吗？不说别的,晦闻先生所注各书,诸如《汉魏乐府风笺》《谢康乐诗注》《阮步兵咏怀诗注》《曹子建诗注》等之一版再版,就可说明其影响之大了。因为这些书绝不同于迎合市场需要的大众通俗读物呀！

陈石遗与黄晦闻

再说晦闻先生之注诗教诗,非仅在于注与教而已,原是有其一定的宗尚和旨趣所寓的,前引先师悼诗已略提及。其详可见《诗学·序》,现照录如下:

《诗序》曰:"《小雅》尽废,则四夷交侵,中国微矣。"夫诗教之大,关于国之兴微。而今之论诗者,以为不急;或则沉吟乎斯矣,而又放敖于江湖裙屐间,借以为揄扬赠答者有之。诗之衰也,《诗》义之不明也。《诗序》自《鹿鸣》以至《菁菁者莪》,述文、武、成、康之治。治之以生人之道,所谓义者而已。记曰:诗以理性情,人之情时藉诗以伸其义,义寄于诗,而俗行于国,故义废则国微。奈何今之论诗者以为不急乎!夫《诗》三百篇,学者童而习之。然闻其义而忽其辞,则不能引诸吾身,以称情而出,其失在不学作诗。盖声之感人深也。夫作诗者必尽求之《三百》,则经学所说《诗》亦已足矣。虽然,诗之义存乎《三百》,而辞则与世而移。顾亭林曰:"不似则失其所以为诗,似则失其所以为我。"又曰:"《三百篇》之不能不降而《楚辞》,《楚辞》之不能不降而汉、魏,汉、魏之不能不降而六朝,六朝之不能不降而唐,势也。然则学诗者只求之《三百》,抑岂能尽其辞者乎?"殆亦亭林所不许已。是故学诗者于《三百》求其义,于《楚辞》以降求其辞,由是引诸吾身,以称情而出。经学所说《诗》,求其义者也,兹编之讲习,求其辞于后世,而衷其义于《三百》者也。刘梦得曰:"感人心者,莫先乎情,莫始乎言,莫切乎声,莫深乎文。"呜呼,诗教寝微,国故垂绝,愿与邦人诸友,商榷乎斯旨,倘亦有不可废者欤?

(见《民国诗话丛编》第二册 489 页)

在此序中,晦闻先生引白居易《与元九书》中语误作刘梦得,当系一时失检所致,此类失误古人有时原都难免。即如毛西河奇龄原以獭祭为能,而《西河合集》中亦常有征引未当之处,可能是太过于自信其博闻强记之故。我相信石遗老人或于其书本不屑一顾,若见到此语,难保不会大放厥词,又将讥其不学太甚了吧。

石遗老人可尚不知,晦闻先生死后的追悼会曾开得十分隆重,几乎接近于国葬的标准,前往吊唁者之众,似乎在鲁迅先生出葬之前,民间还从未见过有这么壮伟的场面。据记载与报道,民国廿四年(1935)二月二十五日下午二时,诸名流在华侨招待所既开过招待会,来祭者有数千人之多,同时蔡元培、陈树人等特在京发起追悼会,由石遗老人常要委托他人乞其诗的汪精卫主祭。在北平则于三月十日又由蒋梦麟、马叙伦等在宣外官菜园上街观音寺举行追悼会,张学良、于右任、蒋梦麟,特别是五四运动时的白话文提倡者胡适也送了挽联。胡的联语云:"南州高士徐孺子;爱国诗人陆放翁。"也颇切其身世与怀抱。其他篇章,不及多录。但有两位或出乎意料,一是老人两个得意弟子之一的梁众异,梁于得闻先生逝世后即写有读《蒹葭楼诗》感题诗三首:

眼中诗手岭南黄,别去蒹葭几见霜。我语安能胜黄语,一番开卷一回肠。

教孝坊名旧有诗,风人微旨世人疑。无多文字供追忆,珍重囊中扇一持。

惜花心事旧曾同,好好诗成语最工。往梦已尘君宿草,城南飞絮几春风!

众异于诗虽也很少看得起人的,但对晦闻先生,倒不会像乃师之一笔抹杀,此其师徒有异趣之所在。第三首是不讳彼此都有"寡人之疾"的感慨。侧闻晦闻先生曾有三妾,生活很奢华,在北大教授中,实罕有如此高级享受的。世人多有谓其因不得志遂仿信陵君"醇酒妇人"之消极行为云,则其寿之仅及六十有二,未始不是酒色过度乃有以致之乎哉!

更使石遗老人意想不到的,这个在他看来是"才薄如纸"的诗人之墓志铭,竟是在老人于其面前"甘拜下风",自愿屈居第二,让其独霸古今的章太炎炳麟所为。其文曰:

晦闻讳节,广东顺德人。弱冠事同县简先生朝亮,简先生者,与康有为同师,而学不务恢怪,性尤清峻,寡交游。事之数岁,通贯大体,冠其曹。归,独居佛寺读书,又十年,学既就,值清廷失政,群小用事,遂走上海,与同学邓实等集国学保存会,搜明清间禁书数种,作《国粹学报》,以辨夷夏之义。时炳麟方出系,东避地日本,作《民报》以相应,士大夫倾心光复自此始。简先生闻二生抗言为狂,颇风止焉。而二生持诗论如故。清两江总督端方知不可奈何,欲以赂倾之,不能得。香山孙公主中国同盟会,闻晦闻贤,以书招之,亦不就。及民国兴,诸危言士大抵致通显,晦闻独寂寂无所附,其介持盖天性也。始自广东高等学堂监督,历京师大学文史教授,凡在北平十七年。中间尝出任广东教育厅长,通志馆长,岁余即解去。其为学无所不窥,而归之修己有植。然尤好诗,时托意歌咏,亦往往以授弟子,以为小家畸说,际乱而起,与之辩,则致讻讼终不止。诗者在情性之际,学者浸润其辞,足以自得,虽好异者不能夺也。其风者大抵近白沙,而自为诗,激昂厉峻过之。自汉魏乐府及魏三祖、陈王、阮籍、谢灵运、鲍照诗皆为注释,最后好昆山顾氏诗,盖以自拟云。晦闻始因京师大学校长蔡元培招充教授,然论议与元培不相中,其后睹学制日颓,与人言辄愤叱久之。民国二十二年,简先生殁,晦闻哭尽哀,自是始病。二十四年一月卒于北平,春秋六十有二。先卒时,人为刻其《蒹葭楼诗》二卷,然诸涉风刺者,亦略删之矣。子男二,大星、大辰,女子三。以其年四月葬于白云山之阡。以状属为铭,余之辞不足以增饰晦闻,虽然使晦闻而用民国之政,必不偷薄以逮今日无疑也。乃为铭曰:其言足兴,不列勋籍。其默足容又何诮!盖刚峻其心而守以泊,彼褐之父兮,孰知吾之精白!古所谓天民者,其斯人之徒欤?其斯人之徒欤?

又有挽联云:

> 赤伏自陈符,严子何心来犯座;黄初虽定乱,管生终日尚挥锄。

要是老人得读此文,难道不会气得半死吗?吁!好出风头、好争闲气的人生闹剧啊,亦可哀可叹者矣。

陈石遗与黄晦闻

林琴南与陈石遗

一

林琴南是《石语》中涉笔最多的人，除说他与其他交好者皆"不免空疏之讥"外，还说了颇多具体的细节。如：

> 琴南最怕人骂，以其中有所不足也。余尝谓之曰："夫谤满天下，名亦随之，君何畏焉？"任京师大学堂教习时，谬误百出。黄秋岳、梁众异尝集沈涛园许，议作《畏庐弟子记》。沈为二子改名，一曰"无畏"，一曰"火炉"。畏庐闻之大恐，求解于予焉。

读后不禁暗笑，难道世上只有"琴南最怕人骂"，别人就不怕人骂吗？譬如说石遗，且不要说骂了，汪辟疆把他配为神机军师朱武，就已经使老人一生耿耿于怀了，这是为什么？《石遗室诗话》卷二云:"誉则喜,毁则怒,虽孔子不外人情。"此乃老人之"夫子自道",这才得其实耳。

然而琴南一生被骂最多,虽其本人亦好意气用事,于心有不甘时,往往会反唇相讥;但亦有处之泰然,而不以为意者,当分别论之。

据朱羲胄《贞文先生年谱》宣统元年己酉(1909)十月十一日载:福建有人来信,说当地何某、刘某极力诋毁先生,先生竟笑而置之云:"二公未相往还,胡施重谤? 谤至,我可资为修省,且己必有弗检,召人疑恨。其言果中吾病,当矢天改之。毁不当罪,视为飘风过耳,无以蓄心也。余近薄负时名,诹言日进,二公之言,味虽辣而趣永,闻之滋适。"

这一年琴南先生年已五十有八,这段记载原录自先生的《己酉日记》,今已不可得见。不知何、刘二人所毁究系何事何言? 想来必是世俗的戋戋琐屑,故先生毫不介意,大度能容之欤?

但对民国初年任教育部次长的董恂士鸿祎,为北大教席事与之相讦,就没有这么好商量,而如"飘风之过耳"了。先生写小说,自署笔名曰"践卓翁",践卓翁者,践董卓也,以此影射恂士而欲践之。真所谓恨之入骨、没齿都在切齿的了(见黄濬《花随人圣庵摭忆》)。

以上所述,只是人事上一时的纠葛纷争,还没有涉及其文章声价,所以也不过用一笔名或别号之类聊泄其私愤罢了。倘没有知情人的探索,他人安能洞悉其用意竟是如此呢!

对于流言毁谤,琴南先生虽能大度宽容,毫不介意,可在文章这一领域,气量却极其褊狭,完全失去了一个君子的风度。当时

林琴南与陈石遗

《小说月报》第五卷刊出钱公尊人子泉先生基博的《技击余闻补》,正文前的一篇"小记"却惹上了琴南先生。其曰:

> 今春杜门多暇,友人有以林侯官《技击余闻》相贻者,叙事简洁,有似承祚《国志》,以余睹侯官文字,此为佳矣。爰撰所闻,补其阙略,私自谓佳者决不让侯官出人头地也。甲寅中春记此。

不料琴南先生见了,不仅对其赞语毫不领情,且"决不让侯官出人头地"一语,读来极不舒坦,兼之确有人认为钱氏文笔劲峭,足夺林书之垒云云,更大大触怒了其时已负重名的他,不禁暴跳如雷,竟要商务印书馆不给钱氏出书,接着又截断了钱的北京师大任教之路。琴南先生似乎非要把子泉先生置之死地而后快,大有宋太祖"卧榻之侧,岂容他人鼾睡"的霸道之势。

这该是多么不光彩的一件事啊!

我最初是从张振镛先生的《中国文学史分论》一书中得悉其事的。此书出版,曾产生过较大的影响。其特点是包罗最广,如小说部分,于各家各派大都著录,加以简介,尤其是李涵秋、张恨水、向恺然等小说作家,这在其他的文学史不屑齿及的,张先生却一视同仁,自说自话。其说文与说诗,大抵详近而略远。如古代之作,略叙数语即止;近代较详,而于钱子泉先生所占篇幅尤多。与该书体制,说来实不相称。这却是什么原因呢? 张先生又是何许人也? 其实他是子泉先生的弟子,言必称其师,写得一手好文章。据说张曾在小学教过锺书先生的书,虽未能得到有力的证实,但在蓝田国立师范学院(《围城》所影射的"三间大学")任过副教授,却是有案可查的。这是否基于子泉先生的关系呢?但听吴广洋兄说,1949年后张由于抽大烟之故,被学校解聘,无以为生,竟天天在大夏大学(今华东师范大学)门前向学生乞讨过日,广洋兄亦尝数次对其有所施舍,一个高级知识分子沦落到如此地步,委实令人感到惨痛。据说直到1956年知识分子政策出台后,政府才给予了生活上的安排。但当时这本文学史,也使张先生有过不菲的版税收入,尝对其姓胡的友人说曾用以购进一套住房呢。正因为张自称子泉先生的弟子,为报师恩,几于不顾一切,在书中称言其师竟累累万言不休。而记及此事尤多,但似尚未抉出关键底蕴何在,又不知所据何书,初还以为出自子泉先生的口述哩。后得见《李审言文集·学制斋书札》上卷《与钱基博四函》所附钱氏《再答李(齿军)叟书》,始得其要。按李审言先生选学名家,最不满意于桐城之称派,曾有《论桐城派》一文,颇引起世人注目。又误会子泉先生亦"雅宗桐城",故为是书答之,牵连而带出其事。今节录其要如下:

> 博生平论文,不立宗派,囊时固不欲附桐城以自张,而在今日又雅勿愿排桐城已死之虎,取悦时贤。拙著《古文辞类纂题解》,固尝微申厥旨。尊论姚郎中,乃为言桐城学者之所未知,可谓片言发奥。然博论桐城,似亦不从众之所同然,而实有鰓见之所独至。畏庐文章,本非当家,气局褊浅,又非能者。十五年前,以博偶尔掎摭,见之不胜愤愤,无端于博,大施倾轧,属商务不印拙稿,而不知博本勿赖市文为生。有友人介博任北师大国学讲座,其时畏庐在北京文坛,气焰炙手可热,口作藏仓,致成罢论,知者多为不平。然博

185

以为真读书人,正当化矜释躁,征其学养。何乃畏庐六十老翁,不能宏奖后进,而党同炉道若是,胜我不武,不胜见笑。博苟卓然有以自立,畏庐尸居余气,文章真赏,来者难诬,身后千秋,尚赖博为论定。当日固已如是,岂在今日,博转籍以自重。畏庐身价既倒,博撰次《现代中国文学史》,平情而论,胸中既未尝有不平之气,更何必加以寻斧,效恶声之必反? 故博前日于畏庐不肯轻降心以相从,而在时移世异之今日,亦不敢助长者张目,作寻声之骂,诃禁不祥也。

但书中于其事只言"十五年前,以博偶尔掩摭,见之不胜愤愤,无端于博,大施倾轧"云云,亦未曾道其原委,或子泉先生自己究竟会怎样惹上了林氏,尚是"当局者迷",故特先为拈出。我因后来见到许多文人学者既有同道而异说者,亦有惺惺相惜者,而其间相得始终者少之又少,始合而终违者,则在在有之。陈石遗之于黄晦闻已如前述,他如马一浮之于熊十力、钟泰等先生,结果都弄得不欢而散。人们因说这谓之"一山不容二虎",是耶,否耶? 照理对琴南先生来说,子泉先生当时犹是后生小子,而"出言不逊",只一句"决不让侯官出人头地"的话即无理打击如此,若要说"谈经夺席",则又将何如耶! 好在不独子泉先生真能不计前嫌,即钱公所写《论林纾的翻译》一文,也都能秉公行事,作出恰当的评价,父子两代,见解虽殊,但都表现了文人而兼学人的可贵品格。

可见,要是有人贬斥琴南先生为文的非是,那就更要不得了。如章太炎先生尝直言指责其文未能"尽俗",且"纾视复(严复)又弥下,辞无涯涘,精采杂污",只能"与蒲松龄相次",甚至说"纾自云:日以《左》《国》《史》《汉》《庄》《骚》教人,未知其所教何语也。以数公名虽高,援以自重"云云(其详前已引及)。这自然激起琴南先生的咆哮如雷,在《与姚叔节书》(见《畏庐续集》)、《慎宜轩文集序》(见《畏庐三集》)、《与文学杂志社社长论讲义》《再与文学杂志社社长论讲义》(均见该社第二期,系 1918 年上海中华编译社发行者)诸文中一再回击,刺刺不休。而其气犹未消,复又在笔记小说《马公琴》中大放厥词:

> 客曰:"由考据而入古文,如某公者,从游不少,亦可云今日之豪杰,且吾读其文,光怪陆离,深入汉、魏之域,子云、相如不过如是。足下苟折节与交,沾其余渖,亦足知名于世。"生笑曰:"此真每下愈况矣。某公者,持扯恒饤之学也。记性可云过人,然其为文也,非文也,取古人之文句一一填入本文,如尼僧水田之衣,红绿参错照眼,又患其字之不古,遂逐一取换,易常用之字为古字,令人迷惑怪骇,不敢质问,但惊曰博,私诧曰奇。夫古人为文,焉有无意境义法可称绝作者。汉文之最宏丽者无如《封禅文》《典引》及《剧秦美新》,然细按之,皆有脉络可寻。即《三都》《两京》之赋,中间亦有起伏接笋之笔,某氏但取其皮,不取其骨,一味狂奔,余恒拟为商舶之打货,大包巨篓,经苦力推跌而下,货重而舱震,又益以苦力之呼啸,似极喧腾,实则毫无意义。……天下文字,固有正宗,不能以护法弟子之呐喊及报馆主笔之揄扬即能为浮游之撼也。"(见《畏庐笔记》)

这里简直是在大动肝火了。虽然不像章文那样直点其名,只

林琴南与陈石遗

以某公、某某,有的还以□□、□□□代之,其实明眼人一望而知说的是谁了。试问难道太炎先生的文章,岂真如林说的那么笨重堆垛,而且重得不行,须声嘶力竭为之推移之乎?钱基博先生曾说"章氏淡雅有度而枵于响"(见《现代中国文学史》),得失并提,才是持平之论。当然,也有特别看重太炎文章之高妙者。如所周知,其时太炎先生对当代文章最推崇者当是王湘绮,以其能"尽雅"。而近世著名学者张冷僧宗祥先生则认为"并时古文",在太炎外才能推及王湘绮。因王"远不及太炎阔大"(详见夏承焘《天风阁学词日记》1954 年 12 月 24 日)。在此,我们不妨一读钱宾四先生的评论,以见太炎先生其文的最大特色之所在,且为他家所不可及者:

近人论学,专就文辞论,章太炎最有轨辙,言无虚发,绝不支蔓,但坦然直下,不故意曲折摇曳。除其多用僻字古字外,章氏文体最当效法,可为论学文之正宗。其次是梁任公,梁任公于论学内容固多疏忽,然其文字则长江大河,一气而下,有生意、有浩气,似较太炎各有胜场。即如《清代学术概论》,不论内容,专就其书体制而言,实大可取法。近人对梁氏书似多失持平之论,实则在五四运动后梁氏论学各书各文均有一读之价值也。其次陈援庵,其文质朴无华,语语必在题上,不矜才、不使气,亦是论学文之正轨。如王静庵则为文有大可议者,当知义理考据文章,义各有当。静庵之文专就文论,不在章、梁之下,而精洁胜于梁,显朗胜于章。然其病在不尽不实。考据文字不宜如此一清如水,繁重处只以轻灵出之。骤读极易领略,细究实多罅漏。近人以此讥任公，不以此评静庵，实则如言义理，可效王氏；若言考据，不如依梁较合。（《钱宾四先生论学书简》1960 年 5 月 21 日；见余英时《钱穆与中国文化》第 230 页）

若不能深沉悟入，必不能有此擘肌分理之谈。据此以与林琴南先生之语相参，则孰是公允之论，自可了然于心。但我觉得，太炎之于琴南的指斥，也不免过于轻率。盖琴南先生的著作，其于经、史、子、集都有涉及，当然不是在学术观点上的发挥，而是着眼于文学角度的评论罢了。远在民国二年（1913）四月，商务就出版了他的选评古文集——《左孟庄骚精华录》二册，其系统性的文论《春觉斋论文》也同在这一年六月开始在《平报》连载，虽标举桐城，实亦旁及四部，则其所教者何语，略检即知。各人宗尚不同，所见出入自异，总不能说是瞎缠胡来，以虚言借美吧。若说是故欲以冷语言曲隽，则学术之文论岂得杂以嘲戏乎！所以我说两家之争，都各有其过矣。

但琴南先生遭致打击最严重的，无过于反对白话文、反对新文学运动吧！胡适之、陈独秀、钱玄同等，还有鲁迅、周作人各位，他们攻击琴南先生的文字就像连珠炮一样铺天盖地地打来，即他的友人蔡孑民先生也不以其说为然。就整个舆论界的主流而言，琴南先生似乎更像是一头蜷缩退守的困兽，任凭挨打痛骂，连招架都来不及，更无还手之力了。即使这样，他仍然毫无顾忌，坚持他的顽固保守立场，因为他觉得这是"名教"所系，是在挽救世道人心，故理直气壮，"虽千万人，吾往矣"，大有以身殉道的气概。他写了《续辨奸论》以及小说《荆生》《妖梦》，想以此来攻击新文学，当然是最可笑可悲的。在《荆生》中，他虚构出一个伟丈夫，并把提倡新文学的田其美（陈独秀）、金心异（钱玄同）、狄莫（胡适之）赶尽杀绝，因而最受时人指责，目为"阴险反动"。星云堂影印、刘半农所藏的《初期白话诗稿》编者序引云：

> 黄侃先生还只空口闹闹而已，卫道的林纾先生却要于作文反对之外借助于实力——就是他的荆生将军，而我们称为小徐的徐树铮。这样文字之狱向我们头上压来，我们就无时无日不在栗栗危惧中过活。

这段文字几乎为新中国成立后的各家新文学史所沿用，殊不知实乃捕风捉影的比附、毫无依据的想当然耳。今考徐树铮本爱桐城派古文，虽甚重琴南先生，口口声声必称林为老师，但由于彼此的行藏出处大异，所以，林在《答郑孝胥书》中云："徐氏既秉政，落落不相往来。盖四海之内，不以为贤，弟何贤之有？"（此函《畏庐文牍》未收，今见于《文贞先生年谱》）由此可见，在林氏笔下的那个伟丈夫也者，只不过是凭空的主观幻想，绝非现实人物的影射。琴南先生无端为此背上黑锅几近百年，也应该为之澄清洗刷一下了吧！

不过话又得说回来，倘使琴南先生真有机会"一朝权在手"，负气好怒的性格倒也可能会倒行逆施，而"便把令来行"的。因为在林氏看来，也许还是堂堂正正的行为，所谓"非吾徒也，小子鸣鼓而攻之可也"。《荀子·宥坐》篇记孔子为鲁摄相，朝七日而诛少正卯的故事，就是最好的典型。这和梁鼎芬在张之洞幕府时要追拿作为革命党人的章太炎，原是事异心同，立场一致的。

按《荀子》此篇记孔子之言略曰：

人有恶者五,而盗窃不与焉:一曰心达而险,二曰行辟而坚,三曰言伪而辨,四曰记丑而博,五曰顺非而泽。此五者,有一于人,则不得免于君子之诛,而少正卯兼有之,故居处足以聚徒成群,言谈足以饰邪营众,强足以反是独立,此小人之桀雄也,不可不诛也。

如有以我所测未必为然者,不妨读其死前一年,即七十二岁时所作的《续辨奸论》一文:

　　巨奸任宰相,国亡而伦纪不亡。巨奸而冒为国学大师,伦纪灭,国亦旋灭。然则其人独无身家,甘与国并灭耶?曰:正惟知但有身家。所谓必死之病,不纳苦口之药;朽烂之材,不受雕镂之饰也。彼具其陶诞突盗之性,适生于乱世。无学术足以使人归仰,则嗾其死党,群力褒拔,拥之讲席,出其谩谰之力,侧媚无识之学子。礼别男女,彼则力溃其防,使之媟嫚为乐。学源经史,彼则盛言其旧,使之离叛于道。校严考试,彼则废置其事,使之遨放自如。少年苦检绳,今一一轶乎范围之外。而又坐享太学之名,孰则不起而拥戴之者?呜呼!吾国四千余年之文化教泽,彼乃以数年烬之。其生也,若挟颓运与之俱来。岂其人甘为庠序中之闉、馘耶?曰:不知也。彼之所知者,利也,党中之利也。得党人倾谀,彼之身名且俱泰也。鲠治蛊化,在所勿计。群情既附,若决大河而下注,美其名曰"潮流"。呜呼!广陵之潮,余固观之矣。其来也若崩山,其去也沉沉无声,为势未尝久也。吾彝常之道,则为布帛粟米,人人习而甘之。今能舍其衣食之资,躬身裸饿,而听彼之凶忿?于是有起而争席者。彼知其不可胜,转以其奸。而讦人之奸,决然舍去。而背公死党,既丧其元,则兴讹造谣,招摇过市,以眩诱愚昧,久乃无应,亦知不可胜。适乱事起于汉上,复变其宗旨。以太学举幡之众,下为徒手之小民,助其乞食,何其丑耶?鱼朝恩之判国子,尚知《周易》。彼乃宦者之不如。贾似道以去要君,尚有文采。彼寄乃椎鲁而不学。来为祸而去为福,人人知之,余尚可辨?其辨为吾道辨也。乱亟矣!丧权丧地,丧天下之膏髓。尽实武水人之嗛,均不足患。所患伦纪为斯人所斁,行将侪于禽兽,滋可忧也。若云挟有旧仇宿憾,用是为抨击者,有上帝在,有公论在。

查《荀子·荣辱》篇有云:

> 饰邪说、文奸言、为倚(畸)事,陶诞突盗,惕悍骄暴,以偷生反侧于乱世之间,是奸人之所以取危辱死刑也;其虑之不深,其择之不谨,其定取舍楛僈,是其所以危也。

窃谓琴南《续辨奸论》命意似全从此化出,与相传为苏洵所作之《辨奸论》,虽名曰"续",实尚有间。读其文,足见林之尚气好怒,至老而习性依然不改,甚且变本而加厉了。

二

《答郑孝胥书》是考察琴南先生的思想和为人最值得重视的

一篇,这源于郑对梁鼎芬有所不满而为之辩护而作,提及徐树铮,只是顺便带出而已。今郑氏原书虽不可见,但于答书中也可得其大略。答书中称许梁:

> 梁节庵之为人,都下颇有谓之好名者。然节庵于我德宗皇帝奉移时,在梁格庄大雪之中,席薪殿次数日,住在龟山对过小屋中,一人独居,近三四年,每日必诣陵下,且筹措万余金以助上方便房之费。及陵工告藏,则奉其父母遗照于种树庐中,不携妾御,茹苦耐寂,又近三年,即使为好名之人,然弟七十之年,眼中实未见其有此行伪到底者。高啸桐生时,亦有人指其行伪。弟曰:但能将伪字带入窀穸,即可算之为真。今于节庵亦然。至云荐入内廷,出诸黎氏(元洪),此事亦足原谅。节庵非事黎氏,侍我少帝也。黎氏贤节庵而荐之,少帝因黎氏之荐而收之禁中,仍是我清室之臣,万非从贼之比。非若蔺相如由侍监近身足矣。

至琴南之屡谒崇陵(计十一谒),前引石遗老人《复章太炎书》以其为仰止亭林之举,而郑海藏亦有语讥之。林氏于此答书亦申辩之云:

> 然弟于亭林之考订,不愿学;于亭林之理财,又不能学,本无取法亭林之心。且弟之文章,自谓不在亭林之后,何为学之!即学之弥肖,亦复何用。但于纲常之内,不轶范围,即无心偶类古人,亦不为病。

接着，更着重表明自己的心态说：

> 弟自始至终，为我大清之举人。谓我为好名，听之；谓我做伪，听之；谓为中落之家奴，念念不忘故主，则吾心也。如刘廷琛、陈曾寿之假名复辟，图一身之富贵，事极少妯，即行辞职，逍遥江湖。此等人以国家为孤注，大事既去，无一伏节死义之臣。较之梁节庵一味墨守常经，窃谓逊之。故弟到死未敢赞成复辟之举动，亦度吾才力之所不能，故不敢盲从以败大局。此书不敢与足下哓辩，以书来自吾兄，聊为吐其情恫耳。

这是林氏与其他遗老的显然不同处。既不赞同"复辟"的盲动，又讥斥诸旧大臣的临难苟免。然而他却完全忘记满族统治者对待汉人的历史了：仇杀、奴役、歧视、分化，以及怀柔或者高压的交相为用；他无论如何都拒绝随孙中山先生而来的一股新鲜气息，反而以为："袁（世凯）、段（祺瑞）、冯（国璋）、徐（世昌），均属旧臣，无敢公然为移宫之议，因是贤之。……当日果孙（中山）、黄（兴）得势，则不惟有五代六朝之弑逆，直行放路易十六之事，思之可为寒心。以四人较孙、黄，尚复彼善，于此，用以惊醒内廷，非贤之也。"（引同上）则竟以革命党人不如军阀，军阀又不若清朝之为正统，而其本人亦竟甘愿为"中落之家奴"，真可谓迂愚而执着。林琴南以外，其他如梁鼎芬、陈宝琛，还有郑孝胥等，真可谓无一不是此中突出的典型。

照理说，自宋元理学兴起，"饿死事小，失节事大""忠臣不事二主，烈女不更二夫"的观念逐步深入人心，这原都是对上层人士而言的，一般的老百姓自不须去计较。清入关后修史设"贰臣传"，也只是对入仕的明朝遗臣增加舆论压力，小知识分子则不与焉。但在明清交替之际，民族的气节伸张了，中下层的士人也因此受到感染，对人的要求一天天严格起来。像侯方域原本只是明末一秀才，入清后为家累所逼，不克隐遁而参与乡试，也居然受到人们的讥刺。如张问陶《读桃花扇传奇偶题十绝句》之一即云："竟指秦淮作战场，美人扇上写兴亡。两朝应举侯公子，忍对桃花说李香！"（见《船山诗草》卷五）则虽知其尚不够戴上"贰臣"的帽子，可也肯定其为极不光彩的"失节"之人了。

若论林琴南的功名，不过是区区一名举人，虽比秀才略高，真要踏上进士这一阶梯可也不是十拿九稳的。其后林氏在三十二岁、三十八岁、三十九岁和四十岁曾四次赴京应礼部试，可一次都没有考上。光绪二十八年（1902），五十一岁时得邮传部尚书陈璧的赏识，推荐其为郎中，却又不愿为官，坚持不就。由此可见，他与清廷的关系该是十分浅淡的。然而琴南却自称："既为我朝之举人，即当如孙奇逢徵君，以举人终其身，不再谋事于民国。"（《上计陈太保书》，见《畏庐尺牍》）而且说到做到，平生只以教书、译书、著述、作画为生，绝不入仕食禄。以是在民国三年（1914）谢却清史馆名誉纂修的聘任。四年，又谢却袁世凯高等顾问的厚币聘请，且故屏使者不见，事后作诗明志，其颈联云："协污谬托怜才意，却聘阴怀觅死方。"自注云："计不免者，服阿芙蓉以往，无他术也。"后又却段祺瑞执政高等顾问之聘，又坚拒人以巨资请绘一画为吴佩孚作五十一岁寿。但于民国八年（1919）废帝宣统书赐"有秩斯祜"春条，民国十一年（1922）十月宣统大婚晋贺后赐书"贞不绝俗"匾额，都感激涕零，各有诗文为记。其《御书记》文最后云：

"呜呼，布衣之荣，至此云极。一日不死，一日不忘大清，死必表于道曰：'清处士林纾墓。'示臣之死生，固与吾清相终始也。宣统十四年三月十五日臣林纾记。"（见《畏庐三集》）

今天我们来读《御书记》，颇觉滑稽可笑，但如把当时名诗人樊樊山增祥的一些鄙劣行迹对照起来，相映成趣，才更可发噱呢。

樊增祥（1846—1931），字嘉文，又字云门，号樊山，湖北恩施人。光绪三年（1877）丁丑进士出身，已经是科名的最高一层了。累官至江宁布政使，职位不算小，诗和骈文都非常出色，声名极盛。他与梁鼎芬其时被人公认为是张广雅之洞门下的两大红人，而樊在清亡后却不甘寂寞，看谁得势就依附于谁。袁世凯于称帝前聘樊为参政院参政，设宴于居仁堂，举杯赋诗，袁首唱，樊继之，竟自视为奇荣。其谢恩折有云："圣明笃念老臣，咨询国政，宠赐杖履，免去仪节。赐茶赐坐，龙团富贵之花；有条有梅，鹊神诗酒之宴。飞瑞雪于三海，瞻庆云于九阶，虽安车蒲轮之典，不是过也。"

及帝制推翻，黎元洪继任大总统，樊山又上呈一笺云：

> 大总统大居正位，如日方中，朱户重开，黄枢再造，拨云雾而见青天，扫欃枪而来紫气。国家咸登，人民歌颂。愿效手足之劳，得荷和平之禄。如大总统顾问、咨议等职，得栖一枝，至生百感。静待青鸟之使，同膺来凤之仪。

大约黎元洪已看透了这位同乡的嘴脸，不赏识其才华，而偏鄙薄其品格。故云：樊山又发官瘾了！又说：不理，不理！于是樊山数求不得，遂又变颂为骂了。及至徐世昌继任，又连上贺表歌功颂德。徐乃按月致送薪水云。详见刘禺生《世载堂杂忆》。后又"闻张作霖入据北京,樊山献《统一颂》,张报以万金"。(见李肖聃《星庐笔记》)

其实像樊樊山这样有奶便是娘的人,何时不逢,何地不见?清陈康祺《郎潜纪闻二笔》卷一有"士大夫之谄媚"一则,可资比较:

> 乾隆间,某太史谄事豪贵。其妻某氏,始拜金坛于相国夫人为母,如古所称干阿奶者。嗣相国势衰,又往来钱唐梁尚书家,踪迹昵密。有朝士嘲以诗云:"昔年于府拜干娘,今日干爷又姓梁。赫奕门庭新吏部,凄清池馆旧中堂。郎中得志休忘妾,妾岂无颜只为郎。百八牟尼亲手挂,朝回犹带乳花香。"(时相传冬月严寒,梁尚书早朝,某妻辄先取朝珠温诸胸中,亲为悬挂。按:自来谐臣媚妾,悦人惟恐不工,事有甚于此者。然闺房隐秘,岂外人所与知。况尚书名臣,即某太史妻,亦不过热中趋附,何至为婢妾倡伎之所不为,殆传闻者过于轻薄,甚其词也。)又道光朝,一翰林夙出潍县陈文慤公官俊门下,文慤丧偶,翰林为文以祭之,有"丧我师母,如丧我妣"之句。翰林妻又尝为许文恪公乃普之义女,有诋之者,集成语作联,揭诸门外曰:"昔岁入陈,寝苫枕块;召兹来许,抱衾与裯。"二事略同,一诗一联,皆为言官登白简,至今有余臭焉。余之纪此,将使十钻千拜之流,稍自顾其名节;而才子之笔端剽悍者,亦当稍留地步,勿谓箭在弦上,不得不发也。

昭梿《啸亭杂录》亦载此事,其卷四"三姓门生"一则略谓金坛于相国敏中当权时,乃"有某探花者,人愚暗,争慕时趋,命其妻拜于妾某为母,情谊甚密。及于公死,梁瑶峰秉枢柄,某又令其妻拜梁为义父"云云。诗则系鼎鼎大名的纪晓岚所为,而字句稍有不同,其诗曰:"昔曾相府拜干娘,今日干爷又姓梁。赫奕门楣新吏部,凄凉池馆旧中堂。君如有意应怜妾,奴岂无颜只为郎。百八念珠亲手捧,探来犹带乳花香。"据说此诗作后,某即"惭恶谢病归"。殊不知"江山易改,本性难移",《啸亭杂录》下面又接着写道:

　　及嘉庆己未,朱文正公内召,某复匍匐其门,腼颜求进。时又有叠前韵者云"人前惟说朱师傅,马后跟随戴侍郎"之句,时谓之"三姓门生"云。

　　后阅《清朝野史大观》,其卷十二有小横香室主人所录"士大夫之谄媚"一则亦曾抄载其事,并述及近人更有据此而演为《傀儡记》之作云。

　　我于当代,亦曾闻十年动乱时有某某人做传达报告说:告诉你们一个好消息,我到北京见过江青同志,江青同志身体很好,这真是我们全国妇女的幸福。前几年,我又听说同是这位名人在说同样的话,不过了换了一个主名,又把妇女改成人民罢了。这么一类型的人自然没有樊樊山这样层出不穷而又变化多端的妙笔去花样翻新,只有和某太史或某探花之妻一样的一点黔驴之技而已,但只要能"克隆"得出来,目的达到,也就"得其所哉"的了,反正现在已不会出现像黎元洪这么好事又多事的人物,群众的观感如何,究竟还会有谁去计较呢!

再说像梁、林与樊这两种截然不同的处世行事,我们自然都不会赞成。若要二者必取其一,我还是有取于"其愚不可及"的梁星海与林琴南先生的。

林的家境并不好,少年时却也肯偷偷用米装在袜内资助其穷困的塾师薛锡极,为薛所责,归白其母,易以巨囊,明赠与之,而薛乃受。后来虽然食口极多,但译稿的速度快,销路好,故收入不菲。受其接济的亲朋好友极多,也很能主动关注他人的生计与需求。比如陈石遗叔伊,林即尝作书《与陈沧趣》而推荐之云:

> 叔伊在京甚郁郁不聊,今其长君得少尹,就闽中候补,叔伊欲移家而南,甚思就公图一席,最好得学堂监督,或咨议员。叔伊年来累更忧患,已无意仕进。至其学问,公所夙知,不待纡之喋喋问赘。(见《畏庐尺牍》)

正因为琴南先生具有颇多美德,所以陈散原先生会有《江舟诵林琴南文编益慕其为人因赋寄》之作:

> 平生师友间,闽峤特称盛。相望几何年,独子阙将迎。初口子译篇,奥丽见孤映。勇搜瀛海遗,斧荒而烛阱。采风间巷语,国俗归自镜。往往撼幽忧,助以声泪迸。今代凿空功,视严沟季孟(谓几道)。传灯佐别录,班柳识究竟。获野垂典册,天方授子柄。世变如逸马,孰可挽奔横。贪籍百瓮斋,孤拥肺腑圣。老愈不自熹,旁与画手竞。饷我水石幅,俨敌文句净。咏叹悬江声,所质屈众评。(见《散原精舍诗

续集》卷上)

后又作有《寿林畏庐同年七十》一诗：

> 蒙叟列至人，又独称才士。先生墨者儒，道术在于是。颛颛以尽年，抱古泄文字。细译百国书，为醇醨万类。横流插坛坫，强聒尊孤寄。余技包恽王，好手亦树帜。穿限应求者，得钱活亲懿。自诡食其力，哕然骄一世。今岁试腰脚，投杖穷海滋。雁荡瀑漱肠，播吟副好事。私怨不过我，颜鬓揣梦寐。隔酒倚槁梧，忘老枕中秘。(同上卷下)

自然，"横流插坛坫，强聒尊孤寄"，散原之爱慕琴南，大家在思想上虽都主改革维新，而仍不免落于时代大潮之后，至于文艺观之更不能也不肯革故创新，所谓"同声相应，同气相求"，这当是一个主要因素。但我们却不能将所有的一切皆唯此为准，将他们一棍子打死。散原老人推慕琴南先生，从两首诗的整体来看，还是叙颂得比较全面的。

三

再说石遗老人，其于社会思潮，似不甚措意，于新文学，对林琴南与新派诸人的争论，也都不闻不问，好像天下就没有发生过这一大事似的。这我们暂置不论。只问琴南先生对石遗老人的多所关注，老人是否有所回报呢？

除前述《石语》说其"任教京师大学教习时,谬误百出",虽心"大恐","求解于予焉"而外,又尝举出具体的例证云:

> 琴南一代宗匠,在京师大学时授《仪礼》,不识"渍"字,寄欲易为"酒"字(锺书按:"渍"一作"湆",《越缦堂日记》第十八册四十六页训释最备);又以"生弓"为不辞,诸如此类,卤莽灭裂,予先后为遮丑掩羞,不知多少。

按"渍"之与"湆",考《礼·少仪》:"凡羞有湆者不以齐。"钱公所云《越缦堂日记》之训释,见同治癸酉(1873)二月廿四日所记,今抄录如下:

> 夜考《仪礼》"湆""渍"二字之别。张氏淳、岳氏珂、金氏曰追、卢氏文弨、严氏可均、阮氏元、彭氏元瑞诸家校勘,皆未言及,自当以《说文》《玉篇》《广韵》有"湆"无"渍"为断。《经典释文》皆作"湆",则唐初本固如是。而《五经文字》云:"渍从泣下肉,大羹也;湆从泣下曰,幽深也。今礼经大羹相承久作下字,或传写之讹,不敢改正,则张氏反以当时本为误,其说自有所本。然张氏不知湆之从水音声,而云从泣下曰,其不精小学可见。惟湆下固无羹汁之训,而渍从肉泣声,形声皆合,又不敢谓决然古无此字,予疑渍即洎也。《左传》:去其肉而以洎馈;《说文》:洎,灌釜也。疑渍之或体为湆,传写脱去耳(卢氏《释文考证》皆作湆,《仪礼注疏校正》则云当从官本作渍,段氏玉裁、胡氏承珙则皆云当作湆)。

张参的《五经文字》，虽毛居正尝援引及之，顾段玉裁已云未知张说何本。而徐灏《说文解字注笺》则论断之云："湆之本义训幽湿，假借为肉汁字，张参强行分别，而毛居正为所误，不可不亟正之也。"当可与李越缦之说相参。

前已引及，琴南先生是"不愿学"亭林之考订的，而石遗老人偏好在考订这方面肆其讥议，岂非好以己之微长，轻人之所短吗？所以说"微长"者，因为石遗老人在这一学问领域之内也称不上是专门的名家，比之并世学者或前辈大师相距还是甚远。而且我们还应见到，自唐以后，小学已多不讲；读书的要求，也已物换星移，多有变更。在昔为常识者，或转成专门之绝学；在古为显学者，或又衰落而绝无嗣响。有涯之身，更难逐无涯之知。这原是历史进程之必然，有识之士是不难理解的。唯是清代汉学复兴，仍以一物不知为耻，承学之士，都好以僻字、僻事和僻典刁难他人。众所周知，章太炎、黄季刚尝屡屡讥刺胡适之将《诗经·葛覃》中"如绤(chī)如綌(xì)"依其偏旁读作"如希如谷"，柳翼谋诒徵也对胡将"济湿之漯(tà)"的"漯"念成"骡"(luó)字音而大为骇叹，以为"不亦羞当世之士乎？"这比之琴南先生的误读，已不纯粹是百步与五十步之差了。即使这样，仍无害于胡适之开创一代的学术地位与整理国故的业绩及其不可磨灭的影响。自我小时就学，直至初执教鞭，家乡尚存此风气。譬如说给孩子取名，也往往喜欢找一些不经见的冷僻字。马夷初叙伦先生尝记诸友同集李任潮济深家，因其与马寅初连席，黄任之炎培嘲之云：昔余原籍川沙有姓名为马骉猋者，人不能呼其名。马夷初先生云：此人熟读礼经者，盖古投壶一马从二马，又庆多马也。然举座亦无能举骉猋二字之音者。马先生虽知矗音如彪，而亦不识驲字，戏谓当读为冯，因俗呼姓冯者为二马先生也。归检《玉篇》："徒鹿切，音独，马走也。"（《须之故事》，其详见《石屋余渖》）则其"戏谓"者亦望文生义之类。马先生是小学名家，多有创新之见，然亦非检书不能知新也。即检索而得之，又何害乎其为学哉！再说我在念书时，有一个颇有名气的作家被校方请来任课，点名时将一个名叫"陈晔"的学生读作"陈华"，遂引起哄堂大笑。不到一周又接二连三出尽洋相，结果竟被学生赶走了事。其实这个"晔"字本非生僻之死字，也难怪同学要笑。这与前述琴南先生、夷初先生所涉之字高下相去已远；即与胡适之先生之误读也未可相提并论，再说也不知他说话时带不带乡音。不过那位作家写的回忆录却绝口不提此事，只说校长怀疑其思想赤化而因之解聘，可见写自传者之多小说气，我们对这类向壁虚构的故事万万认不得真，不能作为史料引证的。这本是题外话，但既已箭在弦上，不由自主，想必能容我试射一支吧。

今且说在那汉学最鼎盛的时期，有些饱学之士，由于功名未就，心态难平，故特别好以僻字、僻事和僻典来与胜流一较高下，一心一意要出他们的洋相，迫其难以立足，其中最著者莫如汪容甫中了。当汪氏就读扬州安定书院时，主讲席的著名学者如孙志祖、蒋士铨，都曾官翰林院编修，他们就先后为其所窘。侨居扬州的名流，如亦曾官翰林院编修的程晋芳、曾任礼部主事的任大椿，还有学识远播于时的贡生顾九苞，也都曾被汪氏明斥为不通之人。其详可见孙星衍《五松园文稿》卷一《汪中传》、洪亮吉《更生斋甲集》卷四《有书三友人遗事》、江藩《国朝汉学师承记》卷七《汪中》等书。清代各种笔记，也多有转录，或改写，或另有所取

者,读者可以参看,此处不及备录。但我们却要着重抽出翁方纲叙及汪氏在扬州为诸生就读时与主讲者蒋士铨的几句对答。汪问:

> 女子之嫁,母送之门,是何门? 蒋曰:姑俟查考。汪曰:俟查考,则无所庸其索教矣。(《考订论》中之二,见《复初斋文集》卷七)

翁作此文之目的自另有其宗旨所在,而并不在偏袒谁何,我们暂且不问。但须知一时回答不出而有待查考原是很正常的,也不是什么见不得人的事。且看光绪五年十一月三日《湘绮楼日记》,记夜为胡进士校《稚威集》(即胡天游《石笥山房集》),说到其文用典,"不知者十之七,然一披寻,了然可知,不足惊嗟"。这才是一个饱学之士的公允之见,须知就储存信息而言,人脑毕竟不如电脑之完整准确,且检索快速,没有遗漏。但前提是还得要有人脑输入,不然,又要有各类工具书何用! 容甫却不容主讲者的考查,这就适足显示其偏激和蛮横无理。不过其时在此种尚博的空气支配下,颇都赞赏汪而鄙薄蒋,委实也有点不情之甚的。

须知有时查考也不是一件立等可取的易事。这里且举三位大师之亲历为证:

一是与蒋、汪同时代的戴震,他为了查辨《尔雅》"光,充也"的例证,从三十二岁一直查到四十岁,还是在钱晓徵大昕、姚姬传鼐及其族弟的协助下,举证始得完备。而所举之例,竟不是出诸《汉书》便是《文选》,皆非僻书也。而博闻如戴、钱诸公,竟"睫在眼前长不见",居然花了这么多的年岁和精力,足见心理学所说的迁移规律之有科学上的根据。其详可见《与王内翰凤喈书》(《戴震集》卷三)，并可参见拙著《古典文学鉴赏论》第一章。

二是宋人各种笔记，如杨万里《诚斋诗话》、陆游《老学庵笔记》卷八、叶梦得《石林燕语》卷八都记载欧阳修作省试知举，得苏轼《刑赏忠厚之至论》而惊喜，欲取为第一人，又疑是门人曾巩所为，而抑置第二。后苏来见，欧问及苏文中有"皋陶曰杀之三，尧曰宥之三"事见于何书。苏答"事在《三国志·孔融传》注"。欧退而阅，无之。后再见又问，苏云："曹操灭袁绍，以袁熙妻赐子丕，孔融曰：昔武王伐纣，以妲己赐周公。操惊问何所见，融曰：以今日之事观之，想当然耳。尧与皋陶之事，意亦如此。"欧退而大惊，以其善读书又善用书，他日文章必独步天下云云。此文各书记载虽稍有异，而这"想当然"之语，却已成为文坛掌故，被后世传为美谈了。

其实此事并非"想当然"，出处见《礼记·文王世子》，原非僻文。其语云：

> 狱成，有司谳(议刑)于公，其死罪，则曰某之罪在大辟；其刑罪，则曰某之罪在小辟。公曰：宥之。有司又曰：在辟。公又曰：宥之。有司又曰：在辟。及三宥不对，出走，致刑于甸人(主公田之人)。

欧、苏二公，未必不曾读过《礼记》，这实际上当是欧公失记，苏公误记周公、有司为尧、皋陶耳。

应当说此事在后人原是耳熟能详的。殊不知这一命题的出处，竟难倒了近代的经学和文学大师王闿运。据查，同治十年辛

林琴南与陈石遗

未(1871)《湘绮楼日记》有关于其事的记载：

> [六月庚申朔]出访寿蘅、符农，问"刑赏忠厚之至"出
> 何书？未能指证也。新进士中有知者否？无从问之矣。

> [六月十四日]遣问伯寅"刑赏忠厚"语所出。覆云：庞
> 葆生拟题。即从《古文渊鉴》中寻扯，不知出典也。南书房
> 侍臣议论如此，使后生何述。

> [六月十五日]遣送诗伯寅，并诲疏题云：东坡已不知出
> 典，宁□散为三百东坡也。伯寅覆书云：为之失笑。事正如
> 此。他日问信近于义，则以辛未会墨为数典之祖矣。

> [六月廿五日]香涛召往快谈，遇陆广寪编修，询知"刑
> 赏忠厚"语出伪《孔传》，云故友杨汀鹭所说。杨名开第，以
> 殉母死十余年矣。

又有另一出典，于光绪九年十月十四日记："考'不系邿窦'，
廿七年今日偶得之，出始愿之外。"亦几成戴东原"光被四表"之后
续之章矣。

三是当代最博学又最具卓识的学人吕诚之思勉先生，有时也
会受寻常的典故所困。据黄永年先生《回忆我的老师吕诚之（思
勉）先生》一文所记：

> 吕先生尽管博学，但从不想当然。不知道就是不知道。

我当时读黄仲则的《两当轩诗》，有一首咏《归燕》的七古，典故很多，有几处不知道出典本事，问吕先生，吕先生解释了几处，但对"神女钗归锦合空"一句也不清楚，就很和平地对我说，这是什么典故我也想不起了。这种平易朴实的态度使我很感动。（见《树新义斋笔谈》293页）

按黄仲则的《归燕曲》七古见《两当轩诗集》卷六。诗中"玉京臂冷红丝断，神女钗归锦合空"两句，上下典故匹敌，其诗今尚无注，或不为一般读者所知，特稍作獭祭，以供爱读黄诗者参考。

按"玉京"句，诗人所据，当是宋张君房之《丽情集》，抑或是宋曾慥之《类说》，或又是南宋皇都风月主人之《绿窗新语》。略谓姚玉京嫁襄州小吏卫敬瑜，卫溺死，玉京守志。常有双燕巢梁间，为鸷鸟所获。其一孤飞悲鸣，徘徊至秋，翔集玉京之臂，如告别然。玉京以红缕系其足，曰："新春复来为吾侣也。"明年果至。后玉京卒，燕复来，周匝悲鸣。家人语曰："玉京死矣，坟在南郭。"燕至坟所亦死。每风清月皎，或见玉京与燕同游灞水之上焉。或曰：玉京即王氏乳名，加姚者，从母姓也。

又按此事实早见于《南史》卷七十四《孝义传下·张景仁（附载）》，略有神话色彩，故唐李公佐曾为之敷写成《燕女坟记》，今不以其作原始出处引录，因其无"玉京"之名、集臂之举故也。

"神女"句，见旧题汉郭宪《洞冥记》卷二。略谓西王母以万年一实之崂塘细枣握以献武帝。帝迎神女，神女留玉钗以赠帝，帝以赐赵婕妤。至昭帝元凤中，宫人犹见此钗。黄琳欲之，明日出示，既发匣，有白燕飞升天。后宫人学作此钗，因名玉燕钗，言吉祥也。按此书乃《汉武洞冥记》（又作《别国洞冥记》）的简称。

林琴南与陈石遗

《隋书·经籍志》题撰人为郭氏,《唐书·艺文志》题作郭宪,字子横,东汉汝南宋人(河南商丘),其书实六朝人伪托,又一说是梁元帝萧绎作。

谨按《归燕曲》全诗,实乃悲美人宿草、伤名士飘零之作。考李斗《扬州画舫录》卷九《小秦淮录》云:"珍珠娘,姓朱氏。年十二,工歌,继为乐工吴泗英女。染肺疾,每一禅杓,落发如风前秋柳。揽镜意慵,辄低亚自怜。阳湖黄仲则,见余每述此境,声泪俱下。美人色衰,名士途穷。煮字绣文,同声一哭。后以疾殒,年三十有八。数年后,仲则客死绛州,年亦三十有八。"则或此为诗人身前感悲其逝,以抒同是天涯沦落之情也欤?

诚之先生读书原一字不肯放过的,且写有《读〈洞冥记〉》文,今见收于《吕思勉读史札记》(129—294页),于此可知先生当时未能立即作答者,的确只是一时不曾想起或偶尔的疏忽罢了,这也不是什么值得大惊小怪的事。

我常常感到,一些所谓百问不倒、对答如流的事,有时亦颇偶然凑巧,未必万无一失也。不妨举《随园诗话》两则为证:

> 江西帅兰皋先生,名念祖,督学浙江,一时名宿,都入网罗,半皆苏耕余广文为之先容。苏故癸巳进士,长于月旦,吾乡名士,多出其门。惟余年幼未往。帅公来时,余年十九,考古学,赋《秋水》云:"映河汉而万象皆虚,望远山而寒烟不起。"公加叹赏。又问:"'国马''公马'何解?"余对云:"出自《国语》,注自韦昭。至作何解,枚实不知。"缴卷时,公阅之,曰:"汝年轻,能知二马出处足矣,何必再解说乎?"又曰:"'国马''公马'之外,尚有'父马',汝知之乎?"曰:"出

《史记·平准书》。"曰:"汝能对乎?"曰:"可对'母牛',出《易经·说卦传》。"公大喜,拔置高等。苏先生闻知,招往矜宠,以不早识面为恨。先辈之爱才如此。(卷十二)

士大夫宦成之后,读破万卷,往往幼时所习之《四书》《五经》,都不省记。癸未召试时,吴竹屿、程鱼门、严冬友诸公毕集随园。余偶言及《四书》有韵者,如《孟子》"师行而粮食"一段,五人背至"方命虐民"之下,都不省记。冬友自撰一句足之,彼此疑其不类,急翻书看,乃"饮食若流"四字也。一座大笑。(卷八)

记得林非先生亦曾讥诮钱公连"皮里阳秋"出处也讲不出来,则人称"典故大王"又如何哉云云。今摘引这两则历史记载,当可解开读者心中的疑窦和困惑吧。

我们曾一再强调"知也无涯",人不可能无所不知,也不可能无书不读,而且过目就永远不忘。石遗老人是否知道,他追随并为之办事多年的张香涛之洞大帅,也曾在被石遗屡有所疵的林琴南面前有过甚为尴尬的故事。《畏庐笔记》有一则云:

余于前清某科应南宫试,文中偶用《管子》成句,曰:"诸侯皆令己,独孤国非国也。"某相国以淹雅称,被命为总裁,将令字下一巨点,斥曰:"不通!"后余睹落卷,莞然。后十年,余至京师,相国忽以人介绍,与余相见,出王廉州及石谷画册见示,过从甚欢。一日,相国忽问曰:"君曾应春闱乎?"余曰:"老母见背后,遂不北来。"相国曰:"仆为总裁时,君亦在试否?"余曰:"是科荐卷,适经相国之眼。"相国大惊曰:"卷落矣,吾作何语?"余笑曰:"第三艺用《管子》,公斥为不通,故未获售。"相国大踯躅。余大笑,乱以他语。相国曰:"老悖,老悖!"

由此也正可看出,这便真正是读书出身的大帅的可爱之处,若换上另一个位高权重的大官僚,此事将会怎样处置,可就意想不到或竟是不堪设想的了。

总之,这些原都是戋戋小者,能尽知之亦未必即圣;偶有不知或误断,亦未必即耻。《礼记·学记》早已说过:"记问之学,不足以为人师。"其实岂其不足为师,亦不足称学。这种好奇尚僻的风尚,沿袭至末流,竟有专以读僻书觅奇字以自炫炫人者,于常见书常用字反而都不甚了了,贻笑大方,舍本求末者又所为何来耶!

四

这里再想着重谈谈关于《文微》的一重公案。

恕我浅薄,不怕人耻笑,我对琴南先生的《春觉斋论文》和《韩柳文研究法》都甚有好感。后来看到一篇介绍文字,大略是说其晚年所为的《文微》,能发其早年未尽之意,且更趋成熟、老到而精辟。乃竟求至数十年而未得,此心缺然。

及至1993年,商务印书馆出了一部《林纾诗文选》,友人商友敬兄出以见示,却发现附录中收有《文微》全文,文前还有琴南先生弟子胡孟玺(尔瑛)的一篇"拜记",今照录如下:

《文微》书影

　　畏师论文之作,已由商务印书馆印行。此册则为师之口授,而门人潜江朱悟园所笔录者。两书大旨相同,中间微有出入,系朱氏辑成自行付刊者,并载于甲子岁四月开雕,时师犹未逝世。明年六月刊成,剞人为黄冈陶子麟。字仿宋刻,明朗异常,每面十行,行二十一字,上下甚宽,扉页为螺江太傅所书,时为癸亥春三月。篇首有王葆心、黄侃两序,因涉于泛论,故不录。书刻成后,篇末附吾乡陈某与悟园书及悟园覆书,则近于谤毁。是篇故为吹毛求疵之论,毫无价值可言,此文人相轻之恶习。而朱书则哓哓与辩,甚词费也。故两书均屏不录。丁亥夏,吾老友林志鋆以余未阅及是册,特检省立图书馆所藏者,枉过见示,厚意可感。遂竭三日之功,钞而藏之。孟玺拜记。

林琴南与陈石遗

读了这篇类似"前言"的"拜记",不禁产生了许多疑问:

第一,这原是一件颇起争议的文坛掌故,为什么这么粗暴地把两篇序文和附录悉行删去,而不愿保存其本来面目?

第二,章太炎先生是极其鄙薄琴南先生的,何以其大弟子竟肯为此书题辞?难道在论文方面,师徒异趣并且异趋了吗?

第三,后来读到《石语》有关其事云:

> 其门人朱某记乃师谈艺语为一书,印刷甚精,开卷即云:"解经须望文生义,望文生义即以经解经之谓。"又曰:"读经有害古文。"皆荒谬绝伦语。余亟属其弟子毁书劈板,毋贻琴南声名之玷。其弟子未能从也。

又钱公有案语云:

> 按:朱名羲冑,潜江人。其书名《文微》,石遗书与朱答书均附卷末。"望文生义"条遵石遗语删去,而于"经与古文"之辨则斷斷不相下。畏庐书多陈腐空泛,有一则云:"东坡每诮东野诗如食小鱼,此外无他语。"真咄咄怪事。且极诋桐城派。盖暮年侈泰,不无弇州所云舞阳绛灌,既贵而讳屠狗吹箫之意也。朱氏笔舌謇吃,绝无学问。答石遗书有云:"张和仲纂《千百年眼》一千卷。"可笑。

则确切知道孟玺先生所说的陈某,就是石遗老人,但《陈石遗全集》也见不到这封书信。这又为何失收了呢?

我深深感到,这个档案是绝对不能销毁灭迹的。

随后《黄侃日记》出版了,急诵读之,乃发现[戊辰五月三日辛卯]下有关其事的记载云:

> 朱羲胄自武昌寄所刊林纾《文微》来。昔年为羲胄所娆,系一题辞,不谓羲胄竟刻之,此足为好奇弄笔者戒。妙在纾书必不传,我虽无似,亦决不致荒陋与纾等。虽刻我文,亦无损于我耳。(见《阅严辑〈全文〉日记》卷二)

读此则于我上述第二点疑团完全解决了,但季刚先生以"纾书必不传",则未免门派观念太重。其书虽不若先生其序所赞之为高,且语多零星破碎,或以年高体衰,无力通贯阐微,但毕竟读书得间而独有其会心之处也。石遗老人之书则又别有所见,羲胄与之争辩,不能因其辞费而不谅其心。故我以为,不论是研究石遗老人者,抑或研究琴南先生者,好读《石语》而欲究根问底者,都不可不读这四篇文字。这又要感谢许全胜博士,为我搜集了全部的原始资料,现汇集于后,并稍志鄙见,连同陈宝琛的《文微》题署一并印出,以直观领会钱公"殁庵书终似放脚娘姨"之喻,而存其文献之真云。

王葆心之《序》曰:

> 潜江朱君悟园以所记本师林畏庐先生论文之言,署曰《文微》,将以饷世,趣余序其端,辄为撮其大旨而析之曰:兹编语文,其言千百,要可以一言蔽之曰:有以立乎为文之先而已。文之所当先,必有才焉以裕乎其中,必有学焉以余乎其外。然才与学二者之分教其用,不可以偏胜,尤不可此有

而彼无，更不当各执所擅而互相非议。兹十篇所主，其前五篇所以明文事之纲领，其后五篇所以品文事之毛目。纲领所以范才，毛目所以广学；沟合其要，足以上通刘舍人四十九篇之意而会其神。今悟园不以自秘，欲广其师说于当世，又审乎自来论文家之体别而仿其雅裁。盖自刘才甫《偶记》、姚薑坞《笔记》、吴仲伦《绪论》、刘融斋《艺概》，大都主乎一家之推验，诏学者使知所宜忌，其言或引而不发，或简而戒支。兹编师之。要其归，按以诸先生之言，奄然若合符之复析。先生与余凤昔谈艺，颇有一日之契洽，而小巫之诮，良用自恧，奚足以窥测兹事之闳奥！顾悟园殷殷之雅意不可虚也，用缀数语以复悟园，悟园苟持以质诸先生，得毋笑其蠡测而无当也耶？甲子夏六月罗田王葆心

黄侃之《题辞》曰：

> 方心佛示侃此书，时先生尚健存。何意杀青未竟，哲人已萎邪！自彦和已后，世非无谈文之专书，而统纪不明，伦类不析，求如是书之笼圈条贯，盖已稀矣！三统循环，救文以忠，忠之敝小人以野，今之为文，忠邪，野邪？如彼泉流无沦胥以亡，世有达者，尚其知重是书哉，尚其知重是书哉！旃蒙赤奋若季春之月后学蕲春黄侃

上两篇是被胡孟玺认为涉于泛论而未录的，但我感到，王葆心序其体统，实颇能提其要，梳理亦甚清楚，未可厚非。黄侃题辞，言文论之法则，要言不烦，可为准的，特以琴南先生此书为例

而实之,则未能副其实耳。不少著录琴南著作目录而为简介者,多有摘录季刚先生《题辞》以为重者,殊不知为此《题辞》者早已悔其下笔为文矣。

陈石遗先生书曰:

悟园足下:得寄《畏庐年谱体例》及其《文微》,足表足下笃念师门,风谊至厚,在畏庐门人往往叛去中,殆如朝阳鸣凤矣! 唯此书将梓时,惜不先寄示,或就正他有道者,致中有不理于口处。《文微》为畏庐生平得力所在,与所著韩柳读法各本异曲同工。然如谓"古文之味皆自经来"云云一条,殊有错误,古文二字本不词,仆曾有文辩驳之。以字义论,凡先辈之文,皆古文也。经即古文之最先者,未读经而先读古文,空空洞洞。且古文果何所指乎? 世有读经而不解经义者,未有自幼并不读经而但读所谓古文者。此特今日之学校课本则有之,岂有自命古文家而作是言乎? 此所以来诸少年之攻击而不可不删去者。至"望文生义"一条,尤大误大误。望文生义乃至不好之名词,乃谓并不知其义而照字面妄解者也,与以经解经相去奚啻万里。以经解经乃至好之名词,谓以此经之义证彼经可为铁据者也。两说如风马牛之不相及,如离娄与瞽者之相反。此条不删,畏庐之名扫地矣。奈何,奈何! 其他说涵泳字义,说明眼人亦道不出、义终不知何所自,古文字眼等处(大为胡适所讪笑),皆须洗伐。其余神宗之误为高宗,犹其小焉者。尽为刻出,则所谓爱之实害之矣。文章,天下之公器,不能以一手掩万人之目。足下当求所以善其后也。衍顿首(民国十七年九月)

石遗老人此书,颇有指出琴南之失者。但彼此争执之焦点,在于对"古文"一词之概念与范畴各有分歧。前提既殊,辩自难了。此亦不自此两家始启其衅也,其实是老大难问题了,我这篇小文也大可不必介于其中,因为这是可以写成一部专著的。

值得注意的是此书的夹注,其中有"大为胡适所讪笑"一语,这大约是石遗老人的著作中唯一出现胡氏之名的一处了吧? 其最得意的弟子黄秋岳虽尝与胡氏多所往来,但高自位置且自以可为方金凤亭长(朱彝尊)的石遗老人,就学人而论,也未必会把他放在眼里。至于胡适之先生又是如何看石遗老人的呢? 1922 年 8 月 28 日《胡适日记》有云:

> 现今的中国学术界真凋敝零落极了。旧式学者只剩王国维、罗振玉、叶德辉、章炳麟四人,其次则半新半旧的过渡学者,也只有梁启超和我们几个人。内中章炳麟是在学术上已半僵了,罗与叶没有条理系统,只有王国维最有希望。

胡适之先生以当时的新观点来持衡当时的学术界,虽未免过高过偏,但无视石遗老人的这个存在,岂能说是胡先生孤陋寡闻的沧海遗珠! 虽然石遗老人的知名度不可谓不广,但其学术上的攀登高度尚有所不及。据我看来,石遗老人和琴南先生,严格地说都不能算作一个纯正的学者,只是一个文人而已;将来编国史,也只配列于文苑,而不能滥厕儒林。也许胡先生的看法也不外如此吧。

覆石遗先生书曰:

石遗尊丈：邮传教书至，承奖进多端，唯自惭无似。迩岁英隽少年方人人求为世用，谁复肯致力于陈腐违时之国学。古文辞亦国学也。先师健存之日，出其学古所获者，诲人弗倦，思有以扶翼而昌兴之，而适与英隽之所嗜好左，无怪其叛而去之也。羲胄自度无尺寸之长，故甘守残阙，安其拙劣，于无可独生之世，乃离群孤冷如此，吾丈得不为我怜乎？

先师年谱，属稿未脱，《文微》付梓之时，师尝见之。马通伯丈亦尝见而称之。未以就正丈者，丧乱累岁，莫悉尊在。丈言"望文生义"与"以经解经"犹风马牛不相及，犹离娄与瞽者之相反。吾诚崇信斯诲。曩在北京，谒马通伯丈于其寓邸，尝执黄梨洲"通诸经而后能通一经，以经释经而后能悟传注之失"之言以与研商，吾且曰："循顺其道，由博而约，可以贯通经说，无逞臆附会之弊，则传注之失不求而自悟矣。"通伯丈首肯久之，谓其《老子故》即用是也。《文微》为笔述之书，知以称分直达为贵，未知崇爱反害之义也。今决如其字数而易其文，以挖改之。唯言"古文"二字不词，羲胄则有疑焉。

凡一词之名必有其辗转传袭之史，称古文者，以别于骈文时文而已。自唐宋以来，类如是云，非今世始创之名也。丈云"先辈之文皆古文，经即古文之最先者"，皆通正不磨之言。然如谓古文与经绝不可分辨，则刘歆《七略》、班固《汉志》何以不使六艺与诗赋同略？其后荀勖《四志》，甲丁之部分立；王俭《七志》，经典文翰未相糅杂；阮孝绪《七录》，经典亦与文集分疆清画;《四库》之书为经史子集,亦未闻混经与集为一。先师谓自古文学起,渐次而读经,以为经文高妙,通其文法,弗易文法。未通,奚辨章句? 况欲贯穿经义,人逞臆妄,必违圣言。故教人以循次渐进,其用意略同于刘因叙学之法、程端礼《读书分年日程》之例,非教人不读经而但读古文也。其说涵泳,亦仅道讽吟用功之光景,未尝诠解其字训。古人善处,明眼人尽道不出,其"尽"字极有消息可讨,尤非径直道不出也。初读柳州之文,莫知其得力所自。此见先师讲学之不欺人。且斯条之末,亦尝自谓其历年既久,乃知来源为马第伯《封禅仪记》矣。所谓"古文之眼",明朝人为此类之说者实繁有徒(明潇湘张和仲爝纂《千百年眼》一千卷),亦非故自创新。唯神宗讹为高宗,则羲胄校红本时失检之咎,无涉于先师也。

《礼》曰:事师无隐无犯。羲胄久仰门墙,虽未亲馨欬炙教导,而丈固海内之有道,又为先师之老友,小子敢不以事先师者敬礼吾丈乎? 文章为天下公器,吾岂能阿蔽一人之私爱而自欺欺人乎? 所以直陈胸臆,以待有道之训诲者,盖欲阐师说之微义,非敢饶舌好辩,维吾丈谅而教之。王葆心丈今始来主武汉大学讲席,读吾丈书,谓将裁笺直答也。丈书颁至之时,适羲胄治疾医院,今乃新瘥,遂稽覆报,至罪,至罪。后学朱羲胄百拜(民国十七年十二月)

朱羲胄的覆书旨在为师辩护,并说明因丧乱之故而未能求正,虽然有些辞费,毕竟态度还是老实诚恳的,知错则改,该争必争,读者自明。当与上引《石语》文字互为参证,不亦读书之一快也欤？

最后谈谈石遗老人和琴南先生对诗的不同认识。

《石语》有云：

> 琴南致书余弟子刘东明云："汝师诗学自是专门名家。"

接着钱公则有按语为之证实云：

> 按：后见琴南及李拔可丈诗，亦云然。且曰："吾之诗于石遗，不过缓行几步耳。"

这里特别要澄清的是，琴南先生所称道的只是石遗老人的"诗学"，而不是指他所写的诗也足称专门名家。盖先生于其时闽派诗人中，赏心所在唯陈弢庵宝琛与郑海藏孝胥二人耳。其《与陈沧趣》书有云：

> 先生之诗（沧趣亦陈之号），纡实莫名其奥妙所在，但觉词巧意深，巧而不凿，深而能婉，如闻琵琶，幽渺中带豪健，温纯中得悲咽，境地到此，令人五体投地矣。海藏楼已足名世，吾闽成家者，只先生与泰夷（按即郑孝胥）而已，余子宁复足数！（见《林纾诗文选集》282—283页）

那么对石遗老人的诗又有什么看法呢？《与陈沧趣》另一书云：

尊作火色均泯,刚气内敛,宋骨唐面,愈读愈有滋味。在闽中先辈,别开蹊径。近唯海藏楼,足以肩随先生,若石遗则时时露其荒率之态,故亦已足以自立。(引同上284页)

看来虽不没其所长,但总要落其二家后尘多矣。其实这也不仅仅是琴南一个人的偏见或私下好恶,而的确是当时诗坛大多数人的公论。

石遗老人对琴南先生的诗作又是如何看法的呢?《石遗室诗话》卷三有一段寓贬于褒的介绍说:

琴南号畏庐,多才艺,能画能诗,能骈体文,能长短句,能译外国小说百十种。自谓古文辞为最,沈酣于班孟坚、韩退之者三十年。所作兼有柏枧、桴湖之长,而世人第以小说家目之,且有深诋之者。余常为辩护,谓曾涤生所分阴阳刚柔之美,虽不过言其大概,未必真画鸿沟。然畏庐于阴柔一道下过苦功,少时诗亦多作,近体为吴梅村,古体为张船山、张亨甫。识苏堪后,悉弃去,除题画外,不问津此道者殆二十余年。庚戌、辛亥,同人有诗社之集,乃复稍稍为之,雅步媚行,力戒甚嚣尘上矣。今先录题画者数首,已与吴仲圭、王山农、沈石田诸人相仿佛,高者可追文与可、米元章。

后录其诗多首,今录其三诗中有欲改者如下:

《为太夷作画》二首云:"曾从留下过秦亭,无数云松作队青。饱饭僧寮无别事,长廊且看少微星。""年来酷似蓝田叔,复社诗流颇见知。写寄汉阳江上客,看山莫待晚秋时。"鄙见欲易"莫待"作"且过"。又《杂题》云:"时时昭庆寺前过,三两梧桐荫酒庐。我自关心南宋局,旁人只说重西湖。"末二句太直,鄙见欲易作"只道关心南宋局,我来原自爱西湖",用太白"自爱名山入对中"意,较含蓄些。

鄙意觉其所改岂不与作者原来用意不相符合了吗?特别是"我自关心南宋局"一句,正表明诗人于此局的沉痛感,而石遗老人这么一改,则无疑重心为之转移,恐琴南先生有知亦必不以为其可也。

《诗话》卷五有云:

> 前岁畏庐避地天津,忽发愤大作诗,自命杜陵诗史。写十数首寄示余,工者二三,未工者七八。不及都门游集诸作多可存也。寓书劝其删汰……

这可能的确是诤友之言。但所录多是寄怀老人之作。《诗话》中多录这类诗作,录琴南先生诗也都属此类,则其中微意,自不难窥知。卷二十一又录其一诗,卷二十六又说"畏庐近来诗境大进,在自然不假做作。自都门寄余诗"云云。下面抄录了四首,并评曰:"承接转捩处殊见手腕,是以文家、画家法作诗者。"不禁又要令人怀疑。似乎只要提到、想到老人自己的诗,就都是好诗,而且又是"诗境大进"的了。如此自我标榜,又何其不厌其烦也!

其实琴南先生与石遗老人芥蒂早就隐伏于胸,《江天格》一

221

文,借用影射法而痛斥之。文曰:

> 江天格,韶州曲江人。嘉庆中,以荫入国子监读书,值万寿节,免坐监一月。苦城居郁郁,遂移寓城外长椿寺,寺多厝棺。江性僻不畏鬼,襆被宿其中,月明徘徊庭树之下,夜午始归寝。一夕忽早宿,闻庭际有数人行步声,计寺门已扃,即有游客,亦不应夜中至此冷僻之地。客似五人,有一人语曰:此间寓生人,夜中辄往来树阴,俾吾辈久不能出,殊可憾也。有一人答曰:此酸丁也。国学中乃无一通人,今吾辈且坐谈,赏此弦月。江潜起伏窗间外视,见五人列坐庭阶:一叟、一中年人、余则三少年,容色皆惨白有阴气,知其为鬼。中有一少年发语曰:迩来多讲小学,积书盈屋,长日披检,一字之来历,徵书至数十种之多。忽然得之,喜溢眉宇,翻复推完,衍为千百语。实则以钻研异义为长,却于经文上下,画成两橛,初不之计。然而闻者已骇诧,以为得未曾有,滋可怪也。左次之少年笑曰:此尚为能用心者,尚有专寻汉儒所未加笺疏者,采取僻书,积为册子,久久熟读,乘瑕蹈隙,在大庭广众中,条举而出,座人倾靡,以为渊博,殆许、郑功臣矣。然而全经原文,初未涉猎,令其背诵一字,莫能出口。时辈中固有其人,吾不欲指斥其名,存厚也。右次之少年曰:此虽狡狯,尚肯寻检僻书。近来有一种人,专取冷僻书目,记其序文,衒之众中,谓今日者吾得其书矣,某书为某人所著,在某年颇盛传其版本,今日光焰熠矣。不意昨于坊间竟觅得一种,尚完好。彼此哄举其名,闻者瞠然,以为奇博,实则吐其胸中所蕴,不能成一篇文字,何苦竭一生

精力，为此茶余酒米弄人之伎俩耶？语次太息不已，叟微笑无言。中年者曰：大兵入关后，文字之狱，续续无已，不惟倾家，而吕晚村至于赤族，此辈不得已逃入考订，特可怜虫之举动，汝辈何以斥訾其人？叟曰：谅哉！天下学问果为己耶，抑为人？惟不能自立于艺林，故为是傍人门户之学。平心而论，高邮父子之考订，岂可厚非？余人者厨子耳。备其腥汽，和其五味，调其火候，用待呼唤，一一陈列肴丞，供人饮啖，于己实毫无所得。顾不有此辈，而古今相沿之谬舛，亦无发明之人。吾人之视考据家，只当代我用心而已，感且不暇，何至骂詈不值一钱？至于寻坠绪、买僻书，尚是嗜古之心未忘，使前辈遗书，沦于劫中，拔而出之，亦不为无功。此皆不足深恶。吾所最恶者，近有一种人，自知不能传后而寿世，则广收护法之少年，加以谀辞，编之诗话，令之欣悦而附己，一唱群和，结为死党，究竟能传与否，自关实际，何至恃护法者而始传！譬如释迦之法力，必得迦蓝为之护，而后始成为释迦；苟无迦蓝，而释迦之名，遂同烬于涅槃之一炬乎？中年者笑曰：叟言似有所指，殆谓随园乎？叟曰：随园尚有斡力，吾言其不如随园者耳。江天格者，固私淑随园者也，闻之大怒，以研自窗间掷出，疾落庭墀，万声都渺。明日出告住僧，与言遇鬼事。僧言前此数棺，停此十余稔矣。其间三数，皆翰苑中人，问名乃不能举。江遂怏怏迁去。

践卓翁曰：此鬼虽陈腐，尚有墨汁，今日不惟无考据之家，并所谓寻僻典买僻书者，亦并无之。未革命前之数年，琉璃厂之书腾贵至百倍，南中一二金可得者，买者必数十金，书贾居奇，以为恃一堆故纸，可以发迹矣。余家藏宋版

《老泉文集》破矣，付书贾补其蠹蚀，乃悍不还，力索始归，竟令人以五十金请售吾书，余斥之。至于今日，皆笼袖枯坐，无入观者，此亦足觇时变矣。

此文初收于《践卓翁短篇小说》第一辑，后又合一、二、三辑易名为《畏庐漫录》出版。此篇虽有发抒自己的学术观点和易代的感慨之处，而笔伐的主要指向，自是不言而喻的。观其文中"吾所最恶者"一语，则痛斥石遗老人，实远比《马公琴》之怒詈太炎、《荆生》《妖梦》之诋毁新文化诸公还要上上了呢！

钱公旧有《论师友诗绝句》，第一首即论陈衍：

诗中疏凿别清浑，瘦硬通神骨可扪。甚雨及时风肆好，匹园广大接随园。

互参以观，林、钱二公皆以随园与石遗相拟，林乃露骨而责斥，钱则语较含蓄，似美而暗有所贬。于此可见，对此老的作风都各有其不以为然处的。

可惜我至今未能全读琴南先生的诗作，就所见到的而论，其题画诗有画境，且可补画境之所未能尽，而寓意深远，读来似比石遗老人之作更有一种亲切之感。又尝见其《题茶花女》三绝，概括巧妙，一往情深，令人低回不已。而我的所有藏书都在十年动乱中毁于一旦，今亦遍检不得。犹依稀记其断句云："万种情丝牵不断，无端我得绝交书。"就单凭这两句，也足以动人心魄，感慨无限的了。倘有人能觅得全诗，重获"奇文共赏"之乐，岂不大好！真要企予望之的了。

严几道与陈石遗

严复（1853—1921），字又陵，亦作幼陵，又字几道，晚号瘉壄老人。福建侯官（今闽侯）人。初习海军，在福建船政学堂毕业后，即于光绪三年（1877）被清政府派赴英国深造。其间，除了研习本行，对英国的社会制度、西方思想学术更为关注。严氏尝沉思辨析"西学"与"中学"在各方面的异同，其持论与当日张之洞等倡说之"中学为体，西学为用"殊途分趋。他认为"中学有中学之体用，西学有西学之体用，分之则并立，合之则两亡"（见《与外交报主人论教育书》），其主要论文还有《论世变之亟》《原强》《救亡决论》等，引起国人的注目；又倾力传译西方学术名著，卓著声誉，成为近代最有代表性的启蒙思想家之一。自著有《瘉壄堂诗钞》《严几道诗文钞》等，其译著又有《侯官严氏丛刊》《严译名著丛刊》行世。严氏晚年为杨度所诱惑，列名"筹安会"，为袁世凯称帝作准备，一时舆论大哗，声望一落千丈。但也有为之辩解者，说严氏只是受欺蒙蔽，于帝制未尝进其一言。果真如此，那何不登

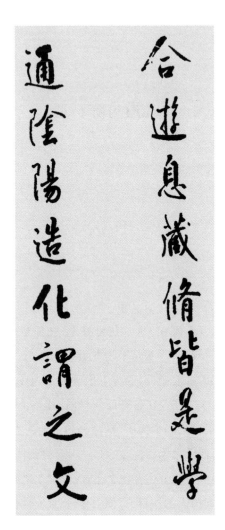

严复手迹

报声明,提出抗议,岂能消极默认,逆来承受乎!说到底,须知几道虽不甚满意袁氏,却更反对共和,以为这才是致乱之源。这是否与英国的政体以及当时向外扩张的国力给他的影响呢?反过来,倘若严氏留学美国,而美国又早几年强大的话,那么任凭杨度巧舌如簧,是否就不会上钩了呢?当然这种事后推论,坐不得实的。不过石遗老人的月旦人物,囿于为学一隅,而遗其荦荦大端;但我们认为这与为学依然有其千丝万缕的关联,不能割断,也割而不断的,因先予拈出。现在且看《石语》中涉及严几道时的所述所论吧:

> 为学总须根柢经史,否则道听途说,东涂西抹,必有露马脚狐尾之日。交好中远如严几道、林琴南,近如冒鹤亭,皆不免空疏之讥。几道乃留洋海军学生,用夏变夷,修文偃武,半路出家,未宜苛论。

《石遗室诗话》话及严几道的有三处,评价其人其学的一处云:

> 己酉在都,几道见示《十二月初七日阅邸钞作》云:"自笑衰容异壮夫,岁寒日暮且踟蹰。平生献玉常遭刖,此日闻韶本不图。岂有文章资黼黻,耻从前后说王卢。一流将尽犹容汝,青眼高歌见两徒。"几道以马江习流学子,既游学西国,精英文,复肆力探究四部之书。所译《原富》《天演论》《名学》各种,文笔雅驯,殆罕其匹。此邸钞乃中朝采访数十年绩学有名者,赏给进士。看花之年,虽同于东野;及第之

赐,大异于方干。得意马蹄,难逢开口之笑;同卓牛骥,终免仰首之鸣。诗末联较有意趣,视古人弟子得桂、先生灌园者迥不同矣。余急和其韵云:"夫子雄才敌万夫,苦吟字字费踟蹰。偶将雁塔题名记,写入诗龛祭脯图。五十本来少进士,百年能几大胡卢?看君放荡无涯思,莫管南公与左徒。"唐人最重进士,有"五十少进士,四十老明经"之谣。君并示送朝鲜某侍郎诗,故末句及之。(卷五)

前后比看,对同一对象的两处评价:一处全是恭维——"肆力探究四部""文笔雅驯,殆罕其匹";另一处无非鄙薄——学无经史根柢,"半路出家""不免空疏"。可见人前人后,场合不同,其高下悬殊也真够品味的了。

钱公当日听了石遗评几道的一番话,似乎并没有马上随声附和,但在十多年以后的《谈艺录》中则亦稍取其诗而讥其识趣不高:

严几道号西学钜子,而《瘉壄堂诗》词律谨饬,安于故步;惟卷上《复太夷继作论时文》一五古起语云"吾闻过缢门,相戒勿言索",喻新句贴。余尝扪以质人,胥叹其运古入妙,必出子史,莫知其直译西谚 Il ne faut pas parler de corde dans la maison d'un pendu 也。点化熔铸,真风炉日炭之手,非"喀司德""巴立门""玫瑰战""蔷薇兵"之类,恨全集只此一例。其他偶欲就旧解出新意者,如卷下《日来意兴都尽涉想所至率然书之》三律之"大地山河忽见前,古平今说是浑圆。逼仄难逃人满患,炎凉只为岁差偏""世间皆气古尝云,

汽电今看共策勋。谁信百年穷物理，反成浩劫到人群"。直
是韵语格致教科书，羌无微情深理。几道本乏深湛之思，治
西学亦求卑之无甚高论者，如斯宾塞、穆勒、赫胥黎辈；所译
之书，理不胜词，斯乃识趣所囿也。（增补本 24 页）

不过就文而论，此前章太炎先生在《与人论文书》中但云：

> 并世所见，王闿运能尽雅，其次吴汝纶以下，有马其昶
> 为能尽俗（萧穆犹未能尽俗），下流所仰，乃在严复、林纾之
> 徒。复辞虽饬，气体比于制举，若将所谓曳行作姿者也。纾
> 视复又弥下。（见《太炎文录》初编卷二）

太炎先生仅就用笔和文风提出意见，所及尚是枝叶，而钱公
则连根拔除，不留余地的了。

然而钱公乃翁子泉老先生对几道却颇为赏识，所著《现代中
国文学史》有专章详叙，文长不录，只拈出有关其文渊源之数语如
下：

> 然中国言逻辑者，始于严复，而士钊逻辑古文之导前路
> 于严复，犹之梁启超新民文体之开先河自康有为也；故叙章
> 士钊者宜先严复，犹之叙梁启超者必溯康有为。然而康有
> 为、梁启超之视严复、章士钊，其文章有不同而同者；籀其体
> 气，要皆出于八股。八股之文，昉于宋、元之经义，盛于明、
> 清之科举，朝廷以之取士者逾六百年。而其为之工者，无不
> 严于立界（犯上连下，例所不许），巧于比类（截搭钩渡），化

　　　　　　　严几道与陈石遗

散为整,即同见异,通其层累曲折之致;其心境之显呈,心力之所待,与其间不可乱、不可缺之秩序,常于吾人不识不知之际,策德术心智以入慎思明辨之境涯,而不堕于卤莽灭裂。每见近人于语言精当,部分辨晰,与凡物之秩然有序者,皆曰合于逻辑矣,盖假欧学以为论衡之绳墨也。然就耳目之所睹记,语言文章之工,合于逻辑者,无有逾于八股文者也。此论思之所以有神,而数百年来,吾祖若宗德术心智之所资以砥砺而不终委枯也欤?迄于清末,而八股之文随科举制以俱废,而流风余韵犹时时不绝流露于作者字里行间。有袭八股排比之调,而肆之为纵横轶宕者,康有为、梁启超之新民文学也;有用八股偶比之格,而出之以文理密察者,严复、章士钊之逻辑文学也。论文之家,知本者鲜。独章炳麟与人论文,以为严复气体比于制举;而胡适论梁启超之文,亦称蜕自八股。斯不愧知言之士已。若论逻辑文学之有开必先,则不得不推严复为前茅。

太炎先生斥严"气体比于制举",是从否定制举的流弊而言的;钱翁称严文吸纳了八比的潜在长处,是有取于制举文的推理法则着眼的。可谓各明一边之义。但倘若比照钱公的观感,则又似乎父子异趣了呢。

我们不妨比较其他一些人士的意见。

一、李肖聃《星庐笔记》论严氏云:

> 侯官严复又陵,字几道。所译书,予得见者有《英文汉诂》《原富》《天演论》《法意》《社会通诠》《穆勒名学》数种,

其诗文未见专集。昔严氏译书,以信、达、雅三者自范,故不敢以鄙词译西籍。吴汝纶序其《天演论》,谓"严子一文之,而其书乃骎骎与晚周诸子相上下"。中国士大夫不识西文,昧于西方学者之说。自严之书出,而后物竞天择,适者生存之例,而天行人智之说,亦入于人人之心,严子之功信伟矣。其为《阳明集要序》,谓理者必对待而后形,而斥阳明吾心即理之说为无当。其为文虽不逮于古作者,而自郭筠仙、曾惠敏,下逮汝纶,莫不重之。世称其自海外归,即刻意为之,日诵时文,以求规范。然吾观惠敏出使日记,上载严生崇光以文为贽,崇光即复之旧名,是其为海军学生时即已好为文矣,特返国从汝纶游,益加力焉耳。观其与南昌熊子书,则其晚年尤博览乎史籍。而草书似孙氏《书谱》,尤极工妙。中国重文,复习于军事,不能以楼船横海建立大勋,而以译书终老,此国之所以不竞也。然其人耽思孤往,而非能以兵事自任者。故其中年敝精于俗好,其长学部名词馆、北京大学,效绩未有以逾人也。袁氏谋称帝,杨度、孙毓文、胡瑛、李协和、刘师培与复列名发起。或谓严为杨度牵引,初非本意,然严未以一语自明也。吾友安东席启驷鲁思雅重其人,谓世无严、章,不当在弟子之列。自我观之,严则何能及章,且二人所学亦不类,章为国学大师,而严则以西学自鸣者也。

于严多有肯定,然而说"严则何能及章",则尚可探究。

二、胡适之先生在《五十年来中国之文学史》的意见,节其要语如下:

> 严复是介绍西洋近世思想的第一人,林纾是介绍西洋近世文学的第一人。

> 严复的英文与古文的程度都很高,他又很用心,不肯苟且。

> 他对于译书的用心与郑重真可佩服,真可做我们的模范。

> 严复的书,有几种——《天演论》《群己权界论》《群学肆言》——在原文本有文学的价值。他的译本,在古文学史上也应该占有一个很高的地位。

按适之先生所举严译,只任意选举三种。实则严译方面颇广,有九种之多,即:1. 赫胥黎《天演论》;2. 穆勒《自由论》(后定名《群己权界论》);3. 穆勒《名学》;4. 斯宾塞尔《群学肆言》;5. 亚当·斯密《原富》;6. 孟德斯鸠《法意》;7. 甄克斯《社会通诠》;8. 耶劳斯《名学浅说》;9. 卫西琴《中国教育议》。

记得抗战时,曹聚仁在东南的大报上倡议大家一定要好好读一读《群学肆言》,大意说不读此书无以为学,无法为人,也不配与他共同议论。话自然说得有些过激了,因此一时各报群起而攻之。也正是曹氏此文,才引起了我一读严译的兴趣的。可见严几道译书的影响之深且远了。

三、汪辟疆《光宣诗坛点将录》,列严复为"地满星玉幡竿孟康",名次不高(另一稿则作"天彗星拼命三郎石秀",鄙意似更为确切），但评价却相当不错：

> 几道劬学甚笃，诗工最深，惜为文所掩。树骨浣花，取
> 径介甫，偶一命笔，思深味永，不仅西学高居上座也。（见
> 《汪辟疆文集》）

而陈宝琛所写的《严复传》可与汪评互相印证：

> 君邃于文学，虽小诗短札皆精美，为世所宝。（见《学
> 衡》第十九期）

钱仲联先生《近百年诗坛点将录》虽未及其诗，但在《近百年
词坛点将录》中则列名"地退星翻江蜃童猛"，其注有"余事为词，
情深文明，《摸鱼儿》词，遐庵拟之'嗣宗《咏怀》'，《金缕曲》评为
'胸襟甚大，气倍词前'，此非刻翠裁红者流所能道"。

就汪氏诸家评语观之，姑不论其星座排名，而以为其艺文皆
当较石遗老人为高也。

四、柳诒徵的《中国文化史》称许严氏为译才：

> （严译）悉本信、达、雅三例，以求与晋、隋、唐、明诸译书
> 相颉颃。于是华人始知西方哲学、计学、名学、群学、法学之
> 深邃，非徒制造技术之轶于吾土，是为近世文化之大关键。
> （见该书第十四章《译书与游学》）

以上各家意见虽着眼点不尽相同，但严几道先生实亦近代通

才则无疑议也。我估计石遗老人于严氏诗文实未尝细加披览,就已轻率雌黄如此,更不必侈谈什么严译了(严译虽负盛誉,当时并不普及。苏曼殊《与高天梅论文学书》,就明言"严氏诸译,衲均未经目,则他可类推。见《南社丛选·文选》卷三)。盖老人所重无非经史,必以为"留洋海军学生"其国学基础十分不堪,所谓"未宜苟论",貌似持平,实质轻蔑之情溢于言表。《诗话》中对其译作捧上几句,不过从一般的舆情"耳食"而得。所言皆系不着边际的空泛套语,并没有自家的真知实学在。

这何以见得?须知当日老辈保守人士虽不得不承认科学是西洋的好,若论文学和学术则还是中国的最好,泱泱中华,舍此何求?张之洞的"中学为体,西学为用"就是这种观念的反映,并获得国人的广泛共鸣。石遗老人既以传统经史为治学根柢,则严氏所译之书,自非务本之举。或以为这些外来"杂学"最多只是聊备一说而已,读与不读,知与不知,原无关大局,何苦枉费精神于无补呢!谓予不信,不妨一览钱公《林纾的翻译》中的一段叙述:

> 不是一九三一,就是一九三二年,我在陈衍先生的苏州胭脂巷住宅里和他长谈。陈先生知道我懂外文,但不知道我学的专科是外国文学,以为准是理工或法政、经济之类实用的科目。那一天,他查问明白了,就慨叹说:"文学又何必向外国去学呢!咱们中国文学不就很好么?"我不敢和他理论,只抬出他的朋友来挡一下,就说读了林纾的翻译小说,因此对外国文学发生兴趣。陈先生说:"这事做颠倒了!琴南如果知道,未必高兴。你读了他的翻译,应该进而学他的古文,怎么反而想往外国了?琴南岂不是'为渊驱鱼'么?"

（见《七级集》）

持此看法的当然大有人在，并非只有陈衍一个，当日樊增祥、王闿运等人莫不如此。可参该文注释，此不赘述。这里虽是就事论事，专指文学而言，大概在石遗的下意识里，除了"理工或法政、经济之类实用的科目"，包括文史哲在内的整个"国学"的领域，都是不必向外国去学的。

须知由于我国历史长期积淀而形成的传统观念，一切外来学术当其输入中国时，最初总有一些上层人士指为异端，或排斥抵制，或轻蔑讥刺，不一而足。佛教自汉明帝时传入中土，时隔千年，不意宋代宋祁论佛经，竟仍然说"华人之谲诞者，又攘庄周、列御寇之说佐其高，层累架腾，直出其表，以无上不可加为胜，妄相夸胁而倡其风"（见《新唐书》卷一百八十一《李蔚传赞》），朱熹又从而称说，以为"捉得他正赃"（见《朱子语类》卷一二六）。周敦颐更认为：

> 一部《法华经》，只消一个《艮》卦可了。（见《二程全书·外书第十·大全集拾遗》）

这是对印度佛教的轻率而可笑的否定。至于西欧学术的输入，我国学者最初也作了十分幼稚而不确当的评判。纪昀在《阅微草堂笔记》中就说：

> 明天启中，西洋人艾儒略作《西学》，凡一卷。……其致力亦以格物穷理为要，以明体达用为功，与儒学次序略似；

特所格之物皆器数之末,所穷之理又支离怪诞而不可诘,是
所以为异学耳。(《槐西杂志》二)

海中三岛十洲,昆仑五城十二楼,词赋家沿用久
矣。……日本余见其五京地志及山川全图,疆界袤延数千
里,无所谓仙山灵境也。……然则三岛十洲,岂非纯构虚词
乎!……因是以推,恐南怀仁《坤舆图说》所记五大人洲,珍
奇灵怪,均此类焉耳。(《滦阳续录》二)

在我们现在看来,岂不都太缺乏起码的常识了吗?

及至晚清、民国,国人自不致糊涂如此,且不少人都已眼界大
开,认同了学问原有更广阔的空间,更有的甚至深入到了各自领
域的核心地带,于是感到了严几道的浅薄与不足,如钱锺书先生。
然而无论如何也不能抹杀他最初的开拓之功,他那独具风范的严
译以及富有活力的"信、达、雅"译事三原则,这就是钱基博、柳诒
徵和胡适之诸先生殊途同归的肯定。钱则言其文之细密以及渊
源所自,柳则言其学科的广涉与影响之普遍,胡则称许其中英两
国语文的湛深造诣和译事之不苟。合三者以观,则于严氏之所学
和所造,已获其神髓之泰半了。

至于太炎先生的卑薄几道,则另有一种是非在。太炎自有卓
识,唯论文专以魏、晋为准的,未免过于苛狭。但谓其文"气体比
于制举",则别有微意存焉,然亦具慧眼,这在子泉先生已从正面
详尽说明了。其实吸收"制举"文之长又何尝可以厚非!章学诚
论文早已于时文句调有所取法(见《文史通义·外篇·与史余村
简》),且子泉先生之论逻辑文,还有钱公《谈艺录》,都对制义有

所论列,于作文之法不乏借鉴的肯定,而非一棍子打死。有兴趣深入的读者,尚可参看我与永翔合著的《古典文学鉴赏论·敷核下》。所以席鲁思以严、章并称,不见得就是他个人的偏嗜。然而传统上既以经史为学问之核心,又都以为翻译不如创作,于是李肖聃便有"严则何能及章"的反诘了。

其实学问之道,既各有专攻(所谓专家),也各有综合(所谓通人)。当其成就各自达到一定的巅峰时,不同性质之学,不同造诣之科,是不同于拳击比赛那样,非得决出个甲乙不可;即使是衡文论诗,亦不宜如梁山泊好汉之必得排出座次不可,各从其所好所爱可耳。拙文《天下诗人谁第一》(见《寄庐杂笔》)已有所议,此可不论。独怪太炎先生甚重吴汝纶文之能"尽俗"(同前引《与人论文书》),而不知吴对严之赞赏逾恒也(不知石遗老人亦曾一读否)。其《答严幼陵》云:

> 吕临城来,得惠书并大著《天演论》,虽刘先主之得荆州,不足为喻。比经手录副本,秘之枕中。盖自中土译西书以来,无此闳制。匪直天演之学,在中国为初凿鸿蒙;亦缘自来译手,无似此高文雄笔也。钦佩何极!(见《吴汝纶全集》"尺牍"卷一)

有很多人都嫌严氏译文过于古奥,以为这样就会失去传播西学的普遍性。其实早有人提出过诘难,而严氏亦有所答辩。诘难者称:

> 文笔太务渊雅,刻意模仿先秦文体,非多读古书之人,

一翻殆难索解。夫文界之宜革命久矣，欧美日本诸国文体之变化，常与其文明程度成正比例。况此学理邃赜之书，非以流畅锐达之笔行之，安能使学童受其益乎！著译之业，将以播文明思想于国民也，非为藏山不朽之名誉也。文人结习，吾不能为贤者讳矣。（《介绍新著原理》，见《新民丛报》）

而几道辩云：

> 翻译文体，其在中国诚有异于古所云者矣，佛民之书是已。然必先为之律令名义而后可以喻人。设今之译人，未为律令名义，闯然循西文之法而为之，读其书者乃悉解乎？殆不能矣。若徒为近俗之辞，以取便市井乡僻之不学，此于文界乃所谓凌迟，非革命也。且不佞之所从事者，学理邃赜之书也。非以饷学童而望其受益也。吾译正以待多读中国古书之人，使其目未睹中国之古书，而欲稗贩吾译者，此其过在读者，而译者不任受责也。（与《新民丛报》记者论所译《原富》书）

再说，那时流行的语体文尚比较粗陋，用于翻译，其实难副。这不妨看当时坊间流行的所谓"言文对照"《古文观止》，及稍后桐城派末代传人叶玉麟先生白话翻译的《庄子》《道德经》《荀子》《孙子》等书，我们读起来就非常别扭。同是本国文字，古文今译，都已稚拙如此；中西通译，自然隔碍更多。欲求传神信达，岂可得乎？当然，今日我们处于语体已趋成熟、通达精密之世，自不能亦无此必要步趋几道后尘，可也绝不能，实际上也不可能不顾读者对象，将其浅化为不伦不类的通俗读物。陆机《文赋》云："在有无而僶俛，当浅深而不让。"这虽是说创作，翻译又何尝不当如此！严氏"一名之立，旬月踟蹰"的慎严负责精神，难道不值得我们领悟和遵勉？这就是"在有无而僶俛"了。当浅则浅，当深则深。当浅而求深，甚至以艰深文其浅陋固然不可；当深而务浅，甚至以曲解掩其艰深尤不可为训。这就是"当浅深而不让"了。须知这毕竟是翻译，不能脱离原文胡编乱造的。严几道的译品在他那特定的时代和环境里，自然是一个里程碑，的确称得上不背原著本意的另一种创造，所以胡适之先生称许之言良是。

有比较然后有鉴别，后有专译法国戏剧的名家，我看译笔极其流畅，大为赏慕。心想我虽不通法文，倘有习法文者比勘原文，定然受益不小。不意难友毕修勺老先生却指出其译文乖谬杜撰，实比林琴南之所译差之更远。又难友孙大雨教授尝见示其英译屈原《离骚》，他用的是英国中古时代的诗律，以为只有这样才不会导致英国人误认原作的时代。孙老原是"新月派"诗人，当然不赞成写旧体诗，也反对写文言文（唯写信时才用文言）。此亦别是一见，或可供译家参考吧？追念及此，既伤悼逝去的老友，更得以见出严译既有创见又有创造的不可企及的功勋来。

行文至此，恰值上海古籍出版社编审丁如明仁棣来访，知我在写有关《石语》的文字，特见示周劭先生《老新党鹤语》文中的一段话：

> 陈石遗以同光体诗人而兼诗评家，好讥呵人，友好如严复、林纾、冒广生、黄节，辄讥为空疏。于郑海藏更为刻薄。

虽后来自诩有知人之明，但以诗论诗，石遗固不逮夜起，不必明眼人知之。石遗毕竟只是一个旧文人，何能与几道、汤生、鹤亭、湘绮比美，其成就除诗话之外，也就无足称道了。（见《文饭小品》）

如明问道："能不能这样说呢？我知道阁下并不赞成彼此评比，那么这样的评判是否失当呢？"

我完全同意周劭先生的看法，这也许正代表了世人的公论。我并不排斥客观的评量，反对的只是彼此间的意气争胜。须知学有专攻，大可不必以己之所长攻他人之所短。其实石遗之所有，大体上几道都已具备，即就诗文而言，似还当在老人之上：几道为文长于推论严密、文气通贯而逻辑性强；老人则多浮泛空套，正蹈八家末流之恶习。又石遗为诗，读来乏味寡趣，反不若几道的浑厚深远之思、琴南之情韵绵长，足以咏叹。可见汪辟疆之评并非过贬。广而言之，则严氏眼光之所及、胸中之所蓄，老人皆茫然而未尝发蒙也。以是而与两人相较，周劭先生说石遗"只是一个旧文人"，还是比较客气的；以我观之，即就当日文化界宏观环境而言，亦不过三家村中一冬烘学究耳。当然石遗论诗固有其可取处，论文亦有可观者，这自不可抹杀；要为其说几句公道话，也唯有这几句耳。

胡展堂的诗识与诗友

一

　　冒鹤亭先生给石遗老人介绍的闻人中,自以胡展堂汉民的声望最高,由于冒在信中对胡诗说了几句好话,尽管只是交际场中的客套,不意却使石遗老人至老尚耿耿于怀,以为冒翁太小看了自己,所以说:"岂老夫膝如此易屈耶?"这在上篇已引及,足见老人高傲不可一世之概。

　　胡汉民(1879—1936),原名衍鸿,字展堂,广东番禺人。早年加入同盟会,是追随孙中山先生革命最早也最久的著名人士之一,但与蒋介石一直意见不合,曾被蒋一度软禁。可是很遗憾,我对官场上的事情一向不大注意,有些掌故听过就算,所以虽然曾与胡的智囊之一高岳生(方)丈一度过从甚密,只知丈与任二北中敏先生交好,二老都非常尊重胡展堂。岳生丈追随胡一直反蒋,据毕修勺老先生见告,高担任过制币局局长,后来受蒋通缉,可能

常居賢母三遷里

不慕高官萬石家

胡汉民手书联

与胡展堂有关,详情则不得而知。至于胡受软禁的情况,我听徐朗西应庚先生的三女徐棣华和幼子幼庚说过。朗西先生也是一位曾追随孙中山先生后亦反蒋的元老,经历过太多的世事沧桑。却对什么人都不肯透露一丝半点,唯独对他的这一对儿女,却细说无遗,希望他们在他百年之后能够将此事一一记出。可惜这一对儿女也已先后去世,棣华还是上海市文史馆的馆员,满腹有价值的历史资料不曾写出,真使人感到惋惜之至。

我听他们姊弟二人谈起此事时,朗西先生早已鹤归道山了,记得是从"性格的悲剧"这一话题引发的。他们说朗西先生有一次参与会议,是由蒋介石主持的。不知为何,胡汉民忽然大发雷霆,竟走上前去打了蒋两下耳光,有人急忙劝开,而蒋居然沉着镇静,面不改色,也不还手,这真是一个枭雄的作为,第二天就暗中派人把胡软禁了起来。究竟在什么问题上发生争执以致动了怒,可又说不清楚了。考其事发生在 1931 年 2 月,胡展堂反对蒋介石制定"训政时期约法",认为有违总理遗教,被蒋软禁,先在汤山,后回双龙巷,继于 10 月 14 日获释。蒋介石何以肯将胡解禁呢?胡氏《不匮室诗钞》卷四《哭勤勤》一律云:

> 忽尔家居去高栋,岂徒吾党失良朋。渡河未暝宗留守,忧国终伤杜少陵。拯我于危知最苦,迹君行事概难能。结庐桐柏平生语,泪湿江云痛不胜。

据张增泰先生见告,勤勤即展堂快婿古应芬。读颈联语,知勤勤为营救之事奔波劳苦,煞费周章。但胡氏的这个火爆性格,在冒翁为《不匮室诗钞》所作序中,已有直白的描写可供参证:

丈之诗,以雄直之气,发为阳刚,若甲胄之在身,凛然有不可犯之色;若虎豹居深山中,谈者色变。其作人也亦然。有弟弗知,知无不言;有弗言,言无不尽。以是或为人所忌,然其直养无害,浩然充塞,则虽建天地、质鬼神,百世以俟后来而未尝愧怍,读其诗可以知其人焉。

冒翁又有《奉题展堂先生师期百叠韵诗后》二律,除照例的赞扬与推崇外,颇含箴规与慰勉之意,今亦照录于下:

能开风气即为师(定庵诗"但开风气不为师",此反其意),此亦应璩《百一诗》。不分我来赓竞病,微嫌公欠在聋痴。却从太傅东山日,闲话黄门北夺时(此句有本事)。万事纤儿须爱惜,家居容易卅年期。

欧九堂堂致足师,会昌惭愧不能诗。未忘结习干何事,自有家儿了此痴。钟鼓避风原一息,江河到海岂无时。李膺陈实皆吾党,早晚相从莫后期。

我不知道冒翁是否得悉展堂被软禁的详情,也不清楚岳生丈是否知晓展堂的这一盲目的冲动。谚语说:"秀才碰着兵,有理说不清。"以一个文官兼文人而居然形同莽汉,且欲向一个军事领袖"先下手为强",委实太骇人听闻了。自然,这一不明智的行动到头来吃亏的必然是自己。冒翁所谓"谈者色变"和"微嫌公欠在聋痴"的评说,的确是有深意和隐情存乎其间的。

我最初接触《不匮室诗钞》，要追溯到二十余年前的 1980 年左右。当时岳生丈拿出这部书对我说："此书台湾已经重印，我想请彦和（胡邦彦先生）选录一些在国内出版，是否阁下也协助挑选一些篇章？另外我想把所有的序跋、题辞悉予刊落，另写一篇符合时代精神的序言以作介绍。"我回答说："要出书，我赞成要么不出，要么全出，绝不可只出选集。我非常赞同鲁迅先生'顾及作者全人'的意见，而且应该采及有关的'无价值的别人的文章，作为附录的集子'（其详可见《且介亭杂文》二集《题未定草》[六至九]之七）。唯其如此，才能做到知人论世的公正。至于书中原有的陈衍、冒广生、易大厂的序文，陈三立、夏敬观、吴用咸以及冒广生的题辞，等等，不管他们如何说，都应悉数照录，以保存历史和交往之真。说不定展堂尚有挟诸名士为重的心态在。今欲重印，自不能违作者之意。"这事后来因岳生丈的去世没有进行下去。当时我也曾把《不匮室诗钞》略加翻检，但见满眼都是次韵、叠韵之作，不免大生反感。袁简斋《续诗品》中早已说过："次韵自系，叠韵无味。"干吗要这样刺刺不休地玩这种文字游戏呢？这难道还是诗吗？默念这书倘若送给我，我也不会细看的。前几年与吴建国兄谈及，他说他正藏有此书，随即送来给我一观。我说我哪有时间去读这样的书，还是原璧奉赵吧。他说现在也并不急需，既拿来了，那么暂存尊处好了。因此就这样一直原封不动搁置一旁。目下遵命写有关《石语》之文，见其中谈到为《不匮室诗钞》作序，又觉得此书幸好尚在身边，遂加细阅，不意却让我发现了许多值得一书的事，这真叫作"开卷有益"了。

二

我首先发现的是，石遗老人与展堂交往，意在常为此钜公座上客耳，内心并不重视其诗，也不肯耐心细览其书的。然既已有"岂老夫膝如此易屈耶"的大言，为其作序，开笔自不免自负自夸，自拿身份，大搭架子了。请看：

> 余弱冠治诗，垂六十年矣。海内外谬许知言，邮撰著丐叙跋者届屐于门，尺函寸帙，堆积案左，百未能一二应也；而吾集中各体文，终以叙跋文为最夥，何哉？赋性憨直，不能为违心之言：诗之貌似古人，率公共习见之语者不叙；壮盛叹老，素封忧贫，以为穷愁即陶、杜者不叙；依草附木，所投赠多阘茸肉食之徒不叙。苟酸甜辛咸，一有真味，固不咀嚼而嗜好，绝不以同体异量歧其待遇。故有相知未久而叙其诗、未相见而叙其诗者，其有相知久而始叙其诗者，殆所谓文字因缘，非其诗不相遘欤？

试问一个定润格卖文者，果能如此自律乎？用这样故作"贫贱骄人"的矫情之语作为当时的党国元老诗叙的开头，未免大有废话连篇之概。不妨效金人瑞的笔调批之曰："然则据要津者必叙，出多金者必叙。何耶？"参前《章太炎与黄季刚》一文，即可知吾言之不谬也。

其叙下文，细察之，可议者犹多，姑先悉录其语如下：

忆民国纪元,胡君展堂至吾福州,得见于旧学官之广堂,未深言也。继而遇吾甥沈雁南京师,数岭外诗人,首推君,谓君曾馆其家,心识之。今秋余避地海上,老友冒鹤亭出示君《不匮室诗》一册,曰:"初喜苏、陆,近则沈酣于昌黎、荆公,其《读韩》《读王》诸作,散原至推挹,子乐道人之善者,盍叙之。"

余读一过曰:论人之诗,必谓其似古人某某,非诗之最上乘者也。上乘者似杜似韩似白似苏似陆,未尝不闻犯古人之形,而必有非杜非韩非白非苏非陆所能同,自成为一己之诗。如是而执笔以叙其诗者,乃不同于世之周旋。

展堂才思有余,故喜次韵叠韵,且至百十叠而未有已,喜集古碑字为古今体;其它以精悍之笔,达沈挚之思,不肯作一犹人语,盖自成其为展堂之诗,岂屑屑然追摹唐宋诸大家,计较其似不似哉!

余尝论诗之为道,无贵贱贤否,无不为者也。古之豪杰,若刘季、项籍、诸葛孔明、斛律金,类有一二传作横绝一世,然不得谓之诗人也。所抱负郁积者久,偶一触发,已倾筐倒箧而无余矣。展堂奔走国事,世所推豪杰巨子也,而所为诗,乃读书人本色,绝不作大言以惊人。呜呼!此其所以为诗人之诗也欤!重光协洽嘉平愚弟陈衍叙。

按"重光协洽嘉平",即民国二十年辛未(1931)之十二月。《不匮室诗钞》共八卷,后附诗余二十阕。石遗老人作叙时,只能见到前四卷。即以此四卷而论,老人岂果曾"读一过"乎?后来老人与展堂有所倡和,于其后出之诗,又岂尝索读乎? 曰:未也,皆未也。曰:何以见得? 这只要一翻《石遗室诗话续编》卷二的记述便知。始曰:

> 自海藏提倡荆公诗,李壁注本为之腾价。余不深于荆公者,其显豁易解处,固喜吟讽,余则寄托遥深,多所未解。今读胡展堂汉民《读王荆文集》六十绝句,乃叹其浸淫日久,能见人所未见。爰录其有自注诸首,以饷世之读荆公诗者。

末曰:

> 散原谓展堂读韩诗、王诗各数十首,大抵就依故实,而抒胸臆、寓识解,于读王尤多索隐表微之论;以其得力于二家至深,故五、七古皆近退之,七言绝句皆肖介甫。视余所作展堂诗叙,较有特见矣。

读了《不匮室诗钞》,就知道老人写的全是漫不经心的敷衍语和堂而皇之的门面语。须知摘录其诗,抄写二三友人的意见,表扬几句,该是多么的省心省力! 再说展堂所好,难道只有韩、王两家吗? 即就王诗之"有自注"者来说,同在卷四,还有《读王荆文集补作十首》,其中也有自注较长的三首,为何既不录也不提及呢?

老人对汪精卫的态度就不同了。《续编》卷二在叙述胡展堂之诗以后,即云:"汪精卫兆铭与胡展堂为粤东二妙,而才调迥不相同。"其下录汪诗特多。卷四又云:"近托纕蘅向精卫索书新诗,旋得转来数笺。"皆推崇备至,可就是没有向展堂索过新作。我心中暗暗忖度,石遗老人大约最盼汪精卫亲自来向他求序,转委他人求序亦可。可惜汪并没有这样做。

不妨回头再说石遗老人的这篇叙文,在记录了冒翁的话后接着便发了一通空泛的议论。其实学诗作诗不贵模仿而重自得,已是老生常谈了。石遗老人借此命题扩而充之,翻转一下,摇曳吞吐,这种注水之文,正是"八家空套",为太炎先生最鄙薄的末流文字。所谓"盖自成其为展堂之诗"云云,说了也等于白说,因为对任何一个诗人之诗皆可戴上"自成其为××之诗"的帽子也。叙的最后一段,拉出"古之豪杰,若刘季、项籍、诸葛孔明、斛律金"来与展堂并比,以为上述诸人,只是"偶一触发"为之,故不得称为诗人,唯展堂才是"读书人本色",而为"诗人之诗",像煞有新意和特色。但细按之下,却有两大破绽。其一是:展堂之诗,果能如刘、项等人那样传之久远吗?袁简斋《元日牡丹诗》有句云:"一样人间金紫贵,占人先处惹人惊。"(见《小仓山房诗集》卷二十六)触类引申,此语倒可为石遗老人解困弥缝吧。但"豪杰巨子"而有"读书人本色"的诗人,历史上比比皆是,其声望最著且为万世宗仰者,若宋之文天祥,明之刘基,清之林则徐、邓廷桢等,都是篇章宏富,绝非仅"一二传作"而已,老人何故漏列而不道耶?至于说"次韵叠韵",乾隆时的名臣兼重臣尹文端公继善也颇喜为之。其弟子袁简斋《答祝芷塘太史》述其事云:

> 尹文端公酷好叠韵、次韵,枚争之曰:"叠韵、次韵,是与一人敌耳,曷不选好韵、好题,与千人万人、千世万世敌乎?"公曰:"子言良是。然我两江事繁,那有工夫去翻韵书,借一韵构思,贪在车中床上俱便故也。"此是做总督者之苦心,而

翰林闲官,似可不必。(见《小仓山房尺牍》卷十)

不意展堂也有类似想法。其诗集卷七有《更存老弟和余师期韵至六十叠,函来再三索诗,并乞为其弟汝匡阐幽,先答二首》,其第二首前四句云:

> 以吾长尔遂为师,异县书来但索诗。诗可得穷君未省,韵缘懒检我尝痴。

诗后自注云:

> 十九年,时刘庐隐见余叠韵至百首,笑谓此真"诗痴时期"也。余应曰:簿书傍午,无暇检韵,故聒而不舍耳。

展堂虽亦好读书、多博览,然未必即得知尹文端先有此语,不然,宁不有异代同心、引为同调之快欤?不过文端所留存之诗,虽无杰出独特之语,尚是文从字顺、妥帖易安者;而展堂之诗未免就有生押强协、拼凑硬趁之处,读来颇感龃龉别扭,无怪石遗老人草率翻过而不欲细味也。但文端和展堂都说叠韵、次韵乃无暇检韵,原为偷懒所致,却都是坦率可取的老实话。联想起龚定山(鼎孳)好次前人韵而谓之"困扎好打",语虽风趣,而名士矫伪习气太重,实不足为训。

三

我读《不匮室诗钞》毕，觉得展堂诚如冒翁所说，的确不愧是一个好读书、有学养的烈性汉子。由于"物常聚于所好"之故，所以他最喜欢与并世的许多诗人交往，也欢迎他们更广为介绍同道与之结识。因此有诗投赠和往还的闻人和名家在集中触目皆是。冒翁为序，初即述其与展堂的关系云：

> 余姑母嫁萍乡文氏，文氏是为壮烈公孙妇。壮烈公第六女，则胡丈展堂母夫人也。余过丈六岁，虽同生长岭南，时事扰扰，各南北奔驰不常见。丁卯，南都既奠，始谒丈于丁氏园中，寻别去。又三年，余以饥就食秣陵，与丈比屋居双龙巷中，乃稍稍谈诗。无何，丈罢政养疴，谢宾客，余与丈过从乃密，而丈之诗益多且工。其为诗喜叠韵，喜集汉曹景完碑字，出奇制胜，与之接者旗靡辙乱，而丈方好整以暇，指挥谈笑于巾扇之间。每天黎明，走一介到门，闻剥啄声，雏孙必推余曰：起，起！胡四丈送诗来矣。自春徂秋，如是者凡七阅月以为恒。

这简直已迷诗成魔了！而且"平日所为多散失，不自理董，协之偶钞存之，所钞无大篇，故今集中存者多七律。又或非其至者"。

我颇注意与展堂倡和之人，其中谭延闿、汪精卫和他的关系是相当不错的。与冒翁及其三子冒效鲁先生的倡和诗也很多，但不知何故，在《叔子诗稿》这部"自选诗"中却没有留下一首奉和或投赠展堂之作，不知是身处那个严峻的日子里有所顾忌呢，抑或还有其他原因？目下所能见到的印迹只有两处，一是贺翘华夫人写的《后记》中提到："后复与赵熙、夏敬观、李宣龚、胡汉民、谭泽闿、叶恭绰诸家倡和，诗名藉甚。"还有一处是最末一首《病中赠内子翘华》诗后自注，内有云："哈（哈尔滨）陷于日寇，余即与君携儿南归，应胡展堂翁召，服务于广州西南政委会。次春中苏复交，衔命往俄。"该诗题下注云："一九八七年十二月十九日作于沪。"次年就逝世了。可惜的就是叔子与展堂倡和之诗，《不匮室诗钞》都没有附载。因此效鲁先生的好些诗，我们都不能看到了。

我读展堂诗的最大发现，就是当年效鲁先生在其麾下，与展堂谈诗，颇受其诗学观的启迪，这一文字因缘似乎还可能对钱公的选诗和评诗起过一点潜在的渗透作用，从而影响到学术界对中国文学史的编写取材，其中特别是对北宋王令诗创作的增入和评价的抬升。

这不妨从《围城》中那个专写"同光体"的诗人董斜川的一番高论谈起：

"当然是陈散原第一。这五六百年来，算他最高。我常说唐以后的大诗人可以把地理名词来包括，叫'陵谷山原'。三陵：杜少陵、王广陵——知道这个人吗？——梅宛陵；二谷：李昌谷、黄山谷。四山：李义山、王半山、陈后山、元遗山；可是只有一原：陈散原。"说时，翘起左手大拇指。鸿渐懦怯地问道："不能添个'坡'吗？"

新诗脱手寄吴门，事随缘付一怖。几日
角巾谈笑千卿素皂帽隐坐东，折肯元亮
宁论孕露肘曾参差辞穷，流转共沈
知有数宵前休放酒杯空

偶成寄范公

冒效鲁诗稿手迹

"苏东坡，他差一点。"

以前我们都以为这原仅是效鲁先生早期的见解。由于是小说，固然免不了有夸张和虚构的成分，但"虽不中亦不远"，不会差到哪里去。却想不到其中竟会包含展堂的诗学观。《不匮室诗钞》中对宋代一些诗人的看法谈及甚多，最集中的无过于卷五《答大厂见谢言诗之作叠恻韵二首》第一首末的自注：

> 去月为鹤亭言，客有问宋诗者，答以无过三山、三陵，指山谷、半山、后山、宛陵、金陵、广陵，以其皆杜陵嫡裔也。来诗适相合。

又同卷《得鹤亭寄子诗，后有函询问，次原韵代简，并示孝鲁》五首之三云：

> 有唐千年来，几人学杜甫？皮骨得之难，藩篱徒自苦。昌黎与义山，吾意等双羽。宋贤有作者，承流俱莫御。山谷其犹龙，广陵遂成虎。欧九惭梅丈，平淡独心许。谓源出香山，此论吾不取。荆文学道深，自多坚实语。相业与诗名，宁为洛蜀沮！

最堪引为展堂同调的是夏剑丞敬观。夏的《题辞》概括展堂观点也最完整。其辞云：

> 大集中评宋诸贤之诗，举三山、三陵为杜陵嫡裔。评韩

主广陵骨气之说,论古精到,今侪辈中具此识解者殆无数人。清代二百数十年,承明之弊,谈诗者为竹垞、渔洋所误,不出堆砌典实、搔首弄姿两途,其号称学杜学韩者又皆赝鼎。直至郑子尹出始有诗合。诵集中读韩退之、王荆公、杨诚斋,及此读王广陵诸绝句,与下走平昔论诗宗旨契合无间,为之大快。读诚斋集,所谓"旧玩新生不偶然",所谓"一将余勇破艰难";读《巢经巢集》,所谓"大句由来真气出,此心久与古人期",皆推许至当,而亦自道其甘苦所得也。下走当即持此数语为大诗之赞。新建夏敬观读毕题记。

这虽为酬应之作,但的确还是认真下语的。剑丞不以竹垞之"堆砌典实"为然,不知自拟为竹垞之石遗老人见之,又将作何感想呢?

展堂的"三山三陵"说,与董斜川的"陵谷山原"说,何其相似乃尔!考前于展堂有张佩纶,论诗亦有"三山"之说,那是指的王半山、李义山与苏眉山,钱公于《谈艺录(增订本)》八十页亦尝提及,但展堂和效鲁先生与之不同的是,有"苏东坡,他差一点"之判,故不得云其说袭自前人。再说:"王广陵——知道这个人吗?"的确,一般较早的文学史著作,于王令逢原都不甚注意,连钱子泉老先生的遗稿《中国文学史》中也都忽略过去,只在列举王安石的名篇时,带出《思王逢原》这一题目。至于流行的各种选本,传为宋刘克庄编集的《分门类纂唐宋时贤千家诗选》(俗称《后村千家诗》)所选最多,也只选了王三首诗,更把其中一首七绝《春晚》(二首之二)的原题改成《春暮》。旧题宋谢枋得的《千家诗》承之,又改题为《送春》。而旧注竟胡说他是谢叠山之友。把生活在北宋的人硬是往后拉到了南宋末年，由此可见知者之少。清张景星、姚培谦、王永祺合编的《宋诗百一钞》(《宋诗别裁集》)也只选了一首七律。石遗老人的《宋诗精华录》选其诗三首，又在《重刊晚翠轩诗叙》中，因其短命，遂拈搭连类，与林旭相提并论(见《陈石遗文集》卷九)，总算是注意到其人其诗了。然而老人却无视展堂对王的特殊推崇。《不匮室诗钞》中除了好多首次王广陵韵的诗外，最引人注目的，卷六有《读王广陵集三十首》《又读王广陵集十首》，几乎每首都有小注，有的注还很长，不知老人何以不曾寓目。还有"三山三陵"之说呢，难道也没有耳闻？我相信，要是知道的话，少不得会在《石遗室诗话续编》中添加许多篇幅吧？所以我始终怀疑老人只是漫不经心、略加翻检而已，和我初次接触其书的情况差不多。

有关王广陵诗的评价姑容后表，想来最值得我们注意的当是《围城》中董斜川跷起大拇指说的"只有一原"的陈散原吧。

据《叔子诗稿》，知效鲁先生"少时师从王树枬(1852—1936)、袁思亮(1881—1940)习经史"。王字晋卿，新城人，光绪十二年丙戌(1886)进士，诗宗杜、韩，兼参东野、昌谷。著有《文莫室诗》八卷、《陶庐文集》九卷。袁字伯夔，亦作伯揆，湘潭人，民初尝为印铸局长，是陈散原诗的嫡传弟子，著有《蘦庵诗集》。与先师余越园绍宋先生交好，《寒柯堂诗》卷二有《挽袁伯夔四首》，可窥一斑，诗有小序，今悉录于下。序云：

> 予于民国元年始识君于旧都梁任公所，时相过从。任公罢官，君亦弃官南下居上海，往还遂鲜。十六年后，予弃官南归，卜居杭州，一岁或间岁始得与君一晤，而与其从兄

巽初、从弟潜修则朝夕相聚。其昆季间极友爱,因获知其景况。倭变既起,巽初避居道州,潜修归湘潭故里,君仍蛰居上海,近得巽初书,始闻噩耗,因作此挽之,并唁其昆仲。

诗云:

交情都在乱离中,踪迹虽疏意气通。摈尽豪华归简朴,世家毕竟有儒风。

楼迟海上叹芳菲,寄迹孤高托兴微。凄绝佳篇成恶谶,落花阴里送君归(予前所和《落花》诗,君实为其首唱,未几君遂殁)。

散原(陈伯严丈)妙笔此传薪,并世文辞孰与伦。太息《广陵》今绝响,起衰匡俗更何人?

清江三孔皆吾友,平昔埙篪凤所知。世乱先归亦何憾,独令两地脊令悲。

《叔子诗稿》中,也有《哭袁伯夔师》七律一首:

海堧穷伏负师门,问字频过欠酒尊。忍事早窥生趣少,吞声犹有罪言存。余年所乐亲朋旧,一暝从知了怨恩。绝业真传吾岂敢,剩吟楚些与招魂。

此外，《诗稿》中还有《伯揆师勉余习书戏用俳谐体赋呈一首》，但于王晋卿先生，《诗稿》中却已无诗痕可觅。先师诗中所提到的《落花》诗事，尚有一重公案，容以后再表。即从上述这些诗的内容中，也可以看出效鲁先生当年瓣香所属了。《围城》中还有一段写道：

> 董斜川道："我做的诗，路数跟家严不同。家严年轻时候的诗取径没有我现在这样高。他到如今还不脱黄仲则、龚定庵那些乾嘉人习气，我一开笔就做的同光体。"

这也似乎有点"实录"的样子，效鲁先生初虽从伯揆先生学诗，后来却直接与陈散原先生倡和。上篇已经提到，效鲁先生曾和苏渊雷教授提起，说散原说，与其同冒翁倡和，还不如同效鲁有劲有味哩。今检《叔子诗稿》，唯存1928年《次韵赋呈散原先生》七律一首；他如1939年《光宣杂咏》有咏陈散原绝句一首，加上1963年《忆散原老人仍次前韵》七律一首，则皆散原逝世后的纪念文字。这或许可解释为《诗稿》因系选本而非全稿之故，但令人诧异的是，在《散原精舍诗稿》《续稿》中，竟亦不留一首与效鲁先生的唱和之作，而涉及先生尊人鹤亭翁的反倒有十一首之多，这究竟又是怎么一回事呢？

四

但读了《叔子诗稿》后，发觉效鲁先生的诗风虽仍未变或仅有小变,而诗学观却早有所变,后来竟大变特变了。这又是怎么一回事呢?

诗学观的转变,主要还是乃翁给他的"棒喝"。1926 年,冒翁写过一首题为《示景璠》的诗,诗云:

> 我有五男儿,璠也得吾笔。书求南北通,字解形声别。近来颇作诗,我当示棒喝:诗家所领土,其大不可说。仁智随各见,取舍亦多术。墨守一家言,死法岂是佛?熟典须生用,深思要显出。哀乐发当前,学理积平日。情有余于文,脱手自汨汨。能令老妪解,只在辞意达。时贤务艰晦,终是智者失。虽或霸一时,久久忽焉没。作诗贵性情,一掴一掌血。如人腹中言,在我弦上发。情真易感动,性至不磨灭。吾虽无异闻,告汝作诗讫。

诗中"时贤务艰晦"以下数句,显然隐指陈散原及其诗派而言。这一家传诗教,已为效鲁先生所接受。故有《敬步家大人示景璠韵》之作云:

> 我生百不谋,所好在纸笔。颇甘皇甫淫,略识金根别。开缄发奇光,懔若西来喝。读之既三四,妙处难与说。璠常谬自许,治学疑有术。规规模古人,了知非圣佛。陈陈而相因,杰特何由出?诗诚无益事,差胜愒时日。但能抒吾情,赴笔应汨汨。此法亦匪他,理明辞自达。语真贵易解,晦涩乃其失。苟无惊人句,终与尘埃没。胡为骋狡狯,徒取呕心血。须知箭在弦,势难遏不发。犹当加以理,垂久冀不灭。

再拜大人诗,三复意未讫。

此诗自"此法亦匪他"以下,先树正面观点,后则直斥"晦涩"诗之非是。但在 1928 年所作《次韵赋呈散原先生》却又有"每闻佳什惊潜采"之语,下笔分量如此之重,可见绝非一般的交际客套,而是未能抛却旧时积习的表现。迨至 1978 年,有《论诗示杨友仁富寿荪(赠所校勘〈唐诗别裁〉)》二绝,其一斥责散原诗派不遗余力。

> 确士论诗有别裁,唐音宋格一齐赅。同光伪体余空架,
> 笑倒山门托钵来。

但其首联赞美"确士(沈德潜)论诗",当是与回复所赠沈氏选本之酬应有关,未必是由衷之言吧!

冒翁虽与石遗老人相交隙末,但在对散原诗派的看法上,彼此却是大致相似的,至少也有相通之处。《石遗室诗话》卷一四有云:

> 余旧论伯严(陈三立字,即散原)诗避俗避熟,力求生涩,而佳语仍在文从字顺处。世人只知生涩为学山谷,不知山谷乃槎枒,并不生涩也。

但这是公开发表的文字,所以说得比较隐微宛转。黄曾樾所辑《陈石遗先生谈艺录》,其中有接连两节云:

师云:近体诗当常作,方能进步。即大家亦要常作,否则生涩。欲妥帖,煞费安排矣。

师云:《散原精舍诗》专事生涩,盖欲免俗、免熟,其用心苦矣。

又夏承焘《天风阁学词日记》1949 年 2 月 17 日记云:

雁迅来,谓曩在无锡侍石遗翁,翁作诗甚厌叹老语,谓冒疚翁最喜装老,又谓散原古诗尽哑调,无一句能记诵者。

要把这些话联系起来看,方可知老人对"生涩"的微意所在。不过《石语》由于是两人之间的私房话,就说得更为真率、更不客气:

陈散原诗,予所不喜。凡诗必须使人读得、懂得,方能传得。散原之作,数十年后恐鲜过问者。早作尚有沉忧孤愤一段意思,而千篇一律,亦自可厌。近作稍平易,盖老去才退,并艰深亦不能为矣。为散原体者,有一捷径,所谓避熟避俗是也。言草木不曰柳暗花明,而曰花高柳大;言鸟不言紫燕黄莺,而曰乌鸦鸱枭;言兽切忌虎豹熊黑,并马牛亦说不得,只好请教犬豕耳。丈言毕,抚掌大笑。

这些话仿佛就是冒翁诗中几句话的"演义"了!不仅把散原诗说得一无是处,而且越说越糟,且嬉笑怒骂,甚至不惜加以漫画化。平心而论,散原之诗果如此不值一读,则其所以能风靡一时,其故为何呢?

凡论诗者都好自以为是,都自以为不但能知同体之善,而且能识异量之美,一旦真正遇到异量之美时,却往往凭一己之私加以排斥。倘说散原之诗有"艰涩""晦涩"之病,后世读者必鲜,容或有之;若说其诗必然"久久忽焉没",或因无人问津以至于"不传",则又未免过于武断。须知儒林艺苑,自来流派纷呈,大抵都当如孔颖达《周易正义》中所说,是"不可一例求之,一类取之"的。学术上只要言之成理、持之有故(即自然科学的立论也是如此),创作上只要能完成独特的艺术创造,即使不够完美,倘其小疵无碍大醇,则不论其雅俗浅深、显隐难易,都应当让它们"百花齐放""百家争鸣",而不可以市场价值为取向、读者多寡定成败的,尤其不宜盲目听信一二"权威人士"的一言半语,就一棍子打死。即以西汉末年扬雄所著的《太玄》《法言》来说吧,《汉书》卷八十七(下)本传云:"刘歆亦尝观之,谓雄曰:'空自苦,今学者有禄利,然尚不能明《易》,又如《玄》何!吾恐后人用覆了酱瓿也。'雄笑而不应。"扬雄的文尊,刘歆还是颇为赞赏的,但即使在作者所处的时代,《太玄》已有此评说了。到了宋代,大文豪苏轼于《答谢民师书》中,更进一步斥责"扬雄好为艰深之辞,以文浅易之说,若正言之则人人知之矣,此正所谓雕虫篆刻者,其寄《太玄》《法言》皆是类也"(见《经进东坡文集事略》卷四十六)。

尽管如此,知音者还是历世不绝的。《扬雄传》记侯芭从其学,于雄卒后并"为起坟,丧之三年";又记"时大司空王邑、纳言严尤闻雄死,谓桓谭曰:'子常称扬雄书,岂能传后世乎?'谭曰:'必传,顾君与谭不及见也。'"最后又说:"自雄之没至今四十余年,其

《法言》大行，而《玄》终不显，然篇籍具存。"班固在这里似许桓谭为知言，而亦若有余憾焉。

大凡只要篇籍犹存，书的确有价值，就不患没有异代知音为之潜研发扬，其至还有大受其沾溉者。韩愈《与冯宿论文书》借用扬雄事自寓自叹，其言曰：

> 昔扬子云著《太玄》，人皆笑之。子云之言曰：世不我知，无害也。后世复有扬子云，必好之矣。子云死近千载，竟未有扬子云，可叹也！其时桓谭亦以为雄书胜《老子》，《老子》未足道也，子云岂止与《老子》争强而已乎？此未为知雄者。其弟子侯芭颇知之，以为其师之书胜《周易》，然侯之他文不见于世，不知其人果如何耳。以此而言，作者不祈人之知也明矣；直百世以俟圣人而不惑，质诸鬼神而不疑耳。足下岂不谓然乎？（见《昌黎先生文集》卷十七）

其实，自桓、侯而后至韩愈之前，著名的学者就有王充、张衡等盛赞其书；韩愈而后，与苏轼同时的司马光和曾巩也都对扬推崇备至。司马光其至拟《太玄》而作《潜虚》，书未成而先逝，又曾为《法言》作集注，这都是为后世所熟知的故实。曾巩的《答王深甫论扬雄书》其至说：

> 巩自度学每有所进，则于雄书每有所得。介甫亦以为然。（见《元丰类稿》卷六）

古人说：人生得一知己，可以无恨。倘引而伸之，当可曰：遗著在后世能得一读者，亦不致泯灭。而一人之独得，光而大之，有时反较当世万口传诵意义更深、作用更大。此所以"荣世"之书终不若"寿世"之作为重也。我读扬雄书，觉其《太玄》拟《周易》，《法言》拟《论语》，只是间架如此耳，其内涵真谛，几乎无一不是自得之言，此其所以为贵也。今日研习哲学、文学者岂能舍而不道乎？同样，散原老人之诗，虽主要由黄山谷脱胎而出，其胜于前修处却比比皆是。故近今仍颇多好之者。尝见一位沉迷散原诗体者，居然倡言"诗非江西不论，人非江西不谈"，则未免又走到了另一极端，同样忘乎诗道之大了，眼中只有一花独放。"自照隅隙"，岂足为训乎！

再说效鲁先生后来虽非难"同光"，而晚年所作，仍不免存其故步之迹。至于钱公之诗，吴忠匡先生《记钱锺书先生》文亦尝记其自言："余十九岁始学为韵语，好义山、仲则风华绮丽之体，为才子诗。"《答孝鲁书却寄》自注，亦自言少时"多绮丽之作，壮而悔之"。这大约与石遗老人的规劝，即所谓"汤卿谋不可为，黄仲则尤不可为，故愿其多读少作"之语多少有关（见《石遗室诗话续编》卷一，另可参郑朝宗《但开风气不为师》文，见1983年第一期《读书》）。且钱公明知"山谷狐穴之诗、兔园之册，无可讳言"（见《谈艺录（增补本）》33页），故"初不嗜黄诗也"，但由于"少年负气，得间戏别取山谷诗天社注订之""补若干事而罢"（同上346页），不意浸润既深，竟亦成化。故观其后来删存之作，不论句法、字法，实多有胎息于黄而未能全部超脱者。此刘彦和所谓"斫梓染丝，功在初化，器成彩定，难可翻移"之故耳（见《文心雕龙·体性》）。的确，倘初斫染而未化，自不难易其方圆、改其颜色，若一旦定型定色，欲变而自新面目，纵有神乎其技者，亦必有旧述隐现于其间也。然乎否耶?

五

《不匮室诗钞》最引起我注意的有三个方面。今略参鄙见,以补近人之所未及者。

首先当追究展堂之所以特别推崇王广陵的理由。其诗集卷五《夜与鹤亭谈诗晨起以恻韵记之二首》是最能概括其诗学观的,兹全录如下:

> 古诗三百篇,其人多怨恻。触物有所兴,因事通其塞。后世未喻此,或丈鲜得尺。逐好如稍工,失己徒窘迫。魏晋始名家,齐梁等亡国。昌黎述李杜,衰实起南北。宋贤胡取尊,为有真气息。道丧皆言空,论诗宛陵忆。(宛陵答韩子华兄弟述诗:"迩来道颇丧,有作皆言空。")

> 意既取雄深,情亦爱郁恻。悠悠中心言,浩浩两间塞。但愿大裘长,不慕美锦尺。金陵与宛陵,闲肆故不迫。广陵与同时,尤足霸其国。西昆长庆徒,至此悉奔北。独叹欧苏才,犹以六月息。韩孟角益工,盛事千载忆。

第一首纵论诗学渊源,所重是《诗经》、魏晋,说韩愈绍述李杜以起衰,故取尊于宋贤,为其有"真气息"在,而非徒托于空言。第二首突出金陵、宛陵尤其是广陵之"三陵"为霸才,这与董斜川以少陵易金陵，而归王半山为四山之一微异，但"苏东坡，他差一点"的说法，从"独叹欧苏才，犹以六月息"两句中也可窥其蛛丝马迹了。

由于展堂侧重阳刚，亦好以文为诗，故于唐好昌黎，于宋好金陵。石遗老人《诗话续编》于其《读韩二十首》《又读韩杂咏三十首》之作悉未道及（均见其集卷三），其实前诗二十首之十九是最值得我们注意的：

感怀身世念前人，末俗纷纷妒道真。剩有文章见行事，敢云无益费精神！

诗后自注云：

介甫《韩子》诗："力去陈言夸末俗，可怜无补费精神！"正言若反，倾倒之至。而注家辄以为讥韩。若此类者，可慨也。

爱两人之诗，居然把两人的分歧也硬生别解而为之弥合，用心可谓良苦，但未免过于一厢情愿，也可谓是另一种"可怜无补费精神"了。可惜展堂不及见钱公《谈艺录》中论韩各节，不然，一向虚怀的展堂先生一定会不再坚持其说的。

《四库提要》论《广陵集》有云："令才思奇轶，所为诗磅礴奥衍，大率以韩愈为宗，而出入于卢仝、李贺、孟郊之间，虽得年不永，未能锻炼以老其材，或不免纵横太过，而视局促剽窃者流，则固倜倜乎远矣。"（见卷一五三《集部》六《别集》六）

展堂的《读王广陵集三十首》《又读王广陵集十首》(均见卷六),对其诗作的评价大都本诸《提要》之意而发挥之,反驳后人之贬斥者。其中尤以三十首中的一、二、三首最为警策。第一首云:

> 麒麟腰袅出天闲,画手无如气骨难。度尽金针人不识,韩豪一脉此中看。

自注云:

> 赵德麟《侯鲭录》载《赋韩幹马》诗:"尊前病客不识画,但惊骨气世未有。"又云:"世工无手不肯休,往往气骨陋如狗。""气骨"二字,几于道尽昌黎之美。宋贤学韩者可举此第其优劣。荆文生当时,独折节倾倒广陵,盖亦以此。按今集本作"但惊马气世未有,西北骏骨无时无。"又云:"世手无能不肯休,任使气骨陋如狗。"

诗即用广陵自己的《韩幹马》(见《广陵先生集》卷五)诗语以评韩愈诗风,兼明其师承,阐明《提要》"大率以韩愈为宗"之说而更进一层。《侯鲭录》所录用"骨气"二字,当系笔误,展堂特加注明,可见其读广陵诗之一字不肯放过。

第二首云:

> 排天斡地无余力,硬语盘空孰剪裁? 若与诗人说"肌理",杜韩犹恐是粗才。

自注云:

> 翁方纲《石洲诗话》云:"逢原诗学韩,肌理亦粗。"而吴《钞》谓其"高远过于安石"云云。窃谓王渔洋一拈神韵,即轻杜陵,朱、何评点韩集,亦多不满。若言肌理,奚有于广陵!

此诗最为广陵抱不平。的确,倘细按之,杜陵岂得尽能"肌理细腻骨肉匀"乎?但本人认为,覃溪之说实亦未可厚非,容以后再作分解。

第三首云:

> 哭诗刻骨似东野,蝗梦搜奇如玉川。父事昌黎兼所爱,不曾闲淡入中年。

自注云:

> 昌黎《赠无本》:"奸穷怪变得,往往造平淡。"《南溪诗》几视《南山》《石鼎》诸作如出两人。《石林诗话》谓荆文少以意气自许,不复更为含蓄。后从宋次道尽假唐人诗集,博览而约取,晚年始悟深婉不迫之趣。此境固广陵所未到。

这其实就是对《四库提要》"未能锻炼以老其材,或不免纵横太过"的疏解。则展堂虽重其诗,却也指出了不足之处。钱公《谈艺录》初虽曾道及广陵这一不足之处,但尚不够重视,后于《宋诗选注》中论其诗云：

> 他受韩愈、孟郊、卢仝的影响很深，词句跟李觏的一样
> 创辟，而口气愈加雄壮，仿佛能够昂头天外，把地球当皮球
> 踢着似的，大约是宋代里气概最阔大的诗人了。运用语言
> 不免粗暴，而且词句尽管奇特，意思却往往在那时候都要认
> 为陈腐，这是他的毛病。

则褒之固高，而贬之亦重。可见钱公虽受畏友影响，亦不肯
贸然苟同，其评比《四库提要》又有所拓展。"粗暴"二字，刻画尤
神。其实王广陵之诗，我们几个爱读诗的人都不大敢恭维。钱公
称其"昂头天外"，"大约是宋代里气概最阔大的诗人"，而我们看
来却未免都有些客气虚张、有辞无声。至于上引展堂《得鹤亭寄
子诗，后有函询问，次原韵代简，并示孝鲁》之三所谓"山谷其犹
龙，广陵遂成虎"云云，那么即就展堂所夸饰的"虎"而言，我看纵
然能张牙舞爪，也不过是"纸老虎"而已。与其他宋代诗人相较，
如为张舜民评作"大排筵席"（见吴曾《复斋漫录》卷十《议论》）、
黄山谷戏称"费许多气力"（见许顗《彦周诗话》）的郭祥正，以及
为胡应麟称道的游景仁《黄鹤楼诗》（见《诗薮·外编》卷五或《少
室山房笔丛》卷二十）差之尚远。郭、游之诗，虽徒具腔拍，尚有辞
有声，几为明前后七子中二李（李献吉、李于麟）之先导。二李鸣
钲击鼓，格高气雄，后人所以会以枵响讥之，实因篇章过多，读来
有千篇一律之感，自然令人生厌。倘择其精品，细加品味，则确有
比盛唐更盛唐、比杜甫更杜甫之所在，而广陵则暗哑难吟矣。至
谓其"才思奇轶"，老实说，比之元末杨铁崖要差劲得多。这是我

等谈艺与上述诸公迥乎不同之处,当然,"此亦一是非,彼亦一是非",本不敢自是,亦不妨存此一议也。

其次,我关注到展堂与当时诗坛的一些主要人物的往还以及对他们的看法。首先自然要说到文廷式,因为文是他的姻长,少年时即曾从其学习。

《不匮室诗钞》卷一有《读文道希遗诗有感》二律云:

> 棣华堂上足芳菲,代有传人本不奇。玉佩琼琚神俊异,凤楼龙蝶梦参差。最怜忧世陈同甫,谁惜伤春杜牧之? 系颈单于心愿负,可应诗里更论诗?

> 名山万态意如何? 似此才华岂患多。自拟灵均怀楚泽,时非元祐误东坡。岭南爨棘今犹在,江右文章故不磨。我与阿咸同问字,前尘刚已卅年过。

卷二有《和协之题近人诗集四首》,其二即为《文道希遗诗》:

> 音书难问度辽师,当日亲裁变雅诗。残照西风怀抱恶,江湖魏阙梦魂痴。但嗟独鹤归何晚,不道神龙遇有时。最是散原一遗老,大谈高睨想襟期。

说到文廷式,就容易使人联想到与梁鼎芬的一重公案。卷一即有《题梁节庵诗集》一律:

> 似拟平生杜牧之,众流混混最矜持。落花飞燕寻诗处,

高竹寒林对客时。少学义山于律细，久依严武复官迟。明
珠寥寂今同感，亦许抡才降格宜。

文廷式（1856—1904），字道希，号芸阁，江西萍乡人。父星
瑞，官高廉兵备道。光绪十六年庚寅（1890）成进士，殿试一甲第
二名及第。授编修，擢侍读学士。廷对卷"闾阎"误作"闾面"，经
御史刘纶襄论劾，读卷大臣俱罚俸。当时传为笑柄。李慈铭《越
缦堂日记》即屡以"闾面"称之，文氏在《闻尘偶记》中说这个最会
骂人的李莼客"以就天津书院故，官御史时，于合肥不敢置一词，
观其日记，是非亦多颠倒，甚矣文人托身不可不慎也"云云，可以
看作是一次反唇相讥。据我看"面"字或系一时笔误，匆遽中未及
检出耳。但阅卷大臣非仅一人，当时亦全疏忽过去，此诚不可解
也。随后大考翰詹，因文为珍、瑾二妃之师，遂有传旨内定第一之
说。道希原博学多能，诗文及词俱有可观，在朝也颇有直声，但朝
考是否即可稳得第一，这就很难说了。而妃子居然敢于为老师半
公开地营私舞弊，实在说不过去。现在人们往往同情失败者，为
珍妃的悲剧叹息，为"戊戌变法"的失败痛心，甚至有不少人以为
倘无袁世凯告密，中国早该有救了。也有认为太平天国倘不内讧
而成其大事，那该多好！我却全然不敢苟同。试问：全国都笼罩
在不伦不类的膜拜"天父天兄"的乌烟瘴气之中，国尚成为何国！
以曲解经典颠倒史实为能事的"康圣人"来统制中国的学术思想，
其胡说八道、混淆是非，与洪秀全相比实在也只有五十步与百步
之差。要是光绪当权了，根据珍妃此事所为，以测将来，小可见
大，一旦时机成熟，难免不会成为吕后、韦后等的后来人。当然，
历史是不能假定的，然而偏有些人会提出一些假设来，故在此饶

舌几句,总不能算是废话吧?

言归正传,文道希由于是帝党之故,在"戊戌变法"失败后几遭不测,东走日本,而为内藤虎等学人所重。但回国后却潦倒以终。展堂三诗,都是重其学、惜其才而伤其不遇所发的感慨。

至于道希与节庵之间的公案,当时的名流都有所闻,而各家评说却又不完全一致。

今按《越缦堂日记》光绪六年庚辰(1880)八月二十一日记云:

> 同年广东梁庶常鼎芬娶妇,送贺分四千。庶常年少有文而少孤。丙子举顺天乡试,出湖南龚中书镇湘之房。龚有兄女,亦少孤,育于其舅王益吾祭酒,遂以字梁。今年会试,梁出祭酒房,而龚升宗人府主事,亦与分校,复以梁拨入龚房,今日成佳礼,闻新人美而能诗,亦一时佳话也。

又二十六日记云:

> 诣梁星海、于晦若两庶常,看星海新夫人。

又九月三十日记云:

> 为梁星海书楹联,赠之句云:"珠襦甲帐妆楼记,钿轴牙签翰苑书。"以星海濒行,索之甚力,故书此为赠,且举其新婚馆选二事,以坐伸眉。

这真是"洞房花烛夜,金榜挂名时",何况"才子佳人信有

之",艳事流传,令人称羡。可是好景不长。李肖聃的《星庐笔记》有云:

> 梁善为诗,王闿运常录其佳作。余事为联,江湖传诵。故妻龚氏,为萍乡文廷式表妹,龚后通文弃梁,而时来梁所索金养文。梁撰联寄慨,张之郡斋云:"零落雨中花,旧梦难忘栖凤宅;绸缪天下事,壮怀消尽食鱼斋。"龚见而大诟以去。

我另外还看到不少记载,有骂文道希文人无行,诱人之妻淫奔的;有说文盗妾而匿藏之的(说成妾当系讹传,或故贬龚为妾),有说龚未嫁时即与文有染的,有夸梁大度的,也有骂梁厚颜无耻的。居然还有说梁家之不齐,何堪当治国平天下之重任的。可一时记不起具体是哪些人所发的议论了。龚与文之间,究竟是怎样的表亲,那些记载也没有说清楚。值得注意的是,以展堂这么循规蹈矩、严气正性的人,应该对这种伤风败俗的事有所鞭挞才是,即就当代来说,做第三者,破坏别人的家庭,也是一件极不光彩的勾当。何以展堂凡涉两人之诗皆含含糊糊,用杜牧之的典故一笔带过?为亲者讳欤,为长者讳欤?照理说,一个严于律己的人是绝对看不惯有这种行为的人的,纵使其人是自己的老师。

卷四有《寄谢散原老人评点拙诗》一律云:

> 萍水文三我中表,南行曾为诵君诗。大谈高睨嗟焉往,愿学忘年幸未迟。断岸有云通窈窕,故乡何地忍疮痍。篇章只欲摅孤愤,糠秕犹疑有所私。

写诗家的交往,自己对社会的感触,以及篇末的鸣谦之辞,都可以说是由衷之言。但并不因钦佩之故而有所苟同,如卷八《石遗老人偕鹤亭南来将有罗浮之游叠至韵分呈二首》之一自注有云:

> 徐菊人钞番禺汪氏诗而遗惺伯,陈散原谓黄晦闻近体有过后山。月旦之失,余与鹤亭尝病之。

按散原此语见甲戌(1934)初春为黄《蒹葭楼诗》所作题辞,其二云:"卷中七律疑尤胜,效古而莫寻辙迹,必欲比类,与后山为近,然有过之无不及也。立附记。"(《散原精舍诗文集》,上海古籍出版社 2003 年 6 月版)

与散原的看法有分歧,人各有见,各是其是耳。展堂集中对古人如山谷、宛陵、后山、诚斋、放翁皆有论列,论近人者尤举不胜举。姑举我最爱读的《题樊山诗集》(见卷一)一律如下:

> 一生低首事南皮,蛱蝶惊才语未奇。颇有时名因断狱,自夸余事始为诗。苏门斗韵谁偏好,竹垞贪多本不辞。老去风怀渐衰歇,犹闻都下唱灵芝。

概括樊山一生,提要钩玄,褒中寓贬,末联一退一进,有余韵焉,亦实情也。倘仍以次韵、叠韵的老习惯来写,是不能如此文从字顺、恰到好处的。

最后值得一提的是,展堂集中最难得的是记录孙中山先生对我国传统诗歌的赞美。重其人并非因其人，实际上其论确有值得我辈玩味之处。诗集卷八《与协之谈述中山先生之论诗二十五叠至韵记之》云：

> 我昔闻诸师，论诗有独至：谓夺造化奇，惟此韵文字。严律行胜兵，用短运精思。神明规矩中，其美乃无类。言志复缘情，绮丽何必弃。天然去雕饰，亦非巴人事。用夷变夏风，下乔入谷意。不能到古人，徒欲树新帜。三叹述师言，吾道有正味。

此诗实未能尽达中山之旨，全赖诗后的一段长注向我们提供了一份最可宝贵的材料：

> 民国七年，时执信偶为新体白话诗，中山先生辄诏吾辈曰：中国诗之美逾越各国，如《三百篇》以逮唐宋名家，有一韵数句可演为彼方数千百言而不尽者。或以格律为束缚，不知能者以是益见工巧。至于涂饰无意味，自非好诗，然如"床前明月光"之绝唱，谓妙手偶得则可，惟决非寻常人能道也。今倡为至粗率浅俚之诗，不复求二千余年吾国之粹美；或者人人能诗，而中国已无诗矣。余生平未睹先生所为诗，但记民七年先生去粤大元帅府，至日本箱根，宫崎滔天偕同志数人来迎，觞于环翠楼，宫崎席间求书，先生书"环翠楼中虬髯客，涌金门外岳飞魂"十四字赠之，私认先生必能诗者，但不肯示人，而其论诗，则正先正之典型也。后十年，余游伦敦，遇某公司总理男爵，谓伦敦图书馆长某氏，好中国诗，

> 余以先生之论诗语之，渠谓某氏之意亦复如此。且云：中国之诗，人道也，而泰西人诗则反是。余愕然，请申其说。渠谓某氏以为泰西诗人好言战伐争斗，杀人流血，侈为美谈。中国则酷爱和平，未尝有此。余曰：韩昌黎《元和圣德诗》："婉婉弱子，赤立伛偻。牵头曳足，先断腰膂。"至为后人所讥，而《三百篇》则仅云"薄伐玁狁，至于太原"而已；又："萧萧马鸣，悠悠佩旌。徒御不惊，大庖不盈。"如许精妙，可为中山先生与某氏论诗之佐证。渠大叹服，约介某氏相见，惜匆匆遂行，不及与某氏谈也。昨日与协之谈如上述。旋偕过唐少川先生，唐先生则谓近人粗知西人文字诗歌，辄欲举我国之文字诗歌而废弃之，此其罪过实浮于盗卖故宫古物也。

这真是一则很好的近代名人掌故，若非《不匮室诗钞》存之，恐他处就不再有此记载了。这也是我读展堂诗的又一收获吧。唯其中引李白"床前明月光"诗，实沿坊刻本之误。此诗见《李太白全集》卷六，题为《静夜思》。诗曰："床前看月光，疑是地上霜。举头望山月，低头思故乡。"拙著《古典文学鉴赏论》（上海教育出版社 1992 年 8 月第二版）第 234 至 235 页有详细的考订和说明，读者若有兴趣，不妨取以参看。

钱周之争平议

一

周作人讲校,由邓恭三(广铭)记录的《中国新文学的源流》,原是 1932 年三四月间周应沈兼士之请在辅仁大学的演讲,九月即出书,在当时影响极大。嗣后颇有些中国文学史的著作,就是依着周的路子展开的。

书出后两月,钱默存先生就发表了一篇书评,刊于《新月月刊》第四卷第四期,褒中有贬,以周作人当时的声望来说,这当是"在太岁头上动土"的一种行为吧。

然而余生也晚,且年轻时僻处小城,觅书极难。《中国新文学的源流》一书,很晚才得一读。而钱公的评论文字,还是在 1997年浙江文艺出版社所出的《钱锺书散文》中见到的,读时已是 1999 年的冬季了。

初读周书时,大有耳目一新之感,只是对其中的一些提法不

忙看百合花　却已有幾點蠅矢

看不得；捨不得。

瞪眼望天空，　他更無話可說。

說不出話，想起都家；

他們大花園裏　有許多好花。

周作人手迹

以为然。如赞美袁中郎的识见要比文学革命者高明得多;且称其评江盈科诗的"信腕信口,皆成律度"之语"就连胡适之先生的八不主义也不及这八个字说的更得要领"等等(《中国新文学的源流》,北平人文书店 1932 年版,47 页),未免誉过其实,形于偏激。但总的说来,觉得其高瞻远瞩之见,的确是他人难以企及的。特别是其关于中国文学史上"言志派"与"载道派"两种潮流的起伏之说,使我尤感兴趣。不过读这书的时候,我还是一个在"极左思潮"支配下的"怪物"。所以我的观感是:对周作人,一、我们不能以人废言,他的造诣和立论皆有可取之处;二、以"言志"与"载道"的起伏来谈论我国文学的发展,比以前任何人的说法都要简括扼要,尽管它还不是真谛,但已可称"虽不中,亦不远"矣。

及见钱公的"商榷"之文,读到"公安派的论据断无胡适先生那样的周密"之言(《钱锺书散文》,82 页),实与我初读周文时的想法相一致。在读到其对"言志"与"载道"的细密精到的剖析,又深感周作人的立论,未免把复杂多样的文学现象和内容简单化、单一化了。这与新中国成立后所标举的哲学史就是唯物论与唯心论的争战史,文学史就是现实主义与反现实主义的思潮史,以及"十年动乱"中所鼓吹的儒家与法家的斗争史,几乎是同一师傅教出来的拳脚。后起之说,虽花样翻新,还是万变不离其宗的。由此也可见出钱公目光之敏锐、见解之深刻了。

那么,周作人是否读过钱公的"商榷"之文呢,作为寓居于当时文化中心——北平的人,想来是决不会对此文一无所知的。基于这样的想法,随手翻阅了一下周作人的一些文字,虽然未能遍检,却也发现周的确见过钱公此文,其中有因此而对己说进行修补的,也有对钱文提出异议的。总的来说,周并没有放弃他的基本立论。同时我也发现，钱公此文也有记忆与阅读方面的一些失误。今分别述之于下。

二

钱公认为："'文以载道'的'文'字，通常只是指'古文'或散文而言，并不是用来涵盖一切近世所谓'文学'……'道'这个东西，是有客观的存在的；而'诗'呢，便不同了。……目的仅在乎发表主观的感情——'言志'，没有'文'那样大的使命。"（《钱锺书散文》81—82页）因此下断说：

> 所以我们对于客观的"道"只能"载"，而对于主观的感情便能"诗者持也"地把它"持"（control）起来。这两种态度的分歧，在我看来，不无片面的真理；而且它们在传统的文学批评上，原是并行不背的，无所谓两"派"。所以许多讲"载道"的文人，做起诗来，往往"抒写性灵"，与他们平时的"文境"绝然不同，就由于这个道理。（《钱锺书散文》82页）

但周作人的这个文艺观却是长期积累形成的，而且是一以贯之的。他始终坚守着自己的壁垒。在1935年8月所作的《现代散文导论（上）》中，他曾全面重新阐述了自己的这个观点，其中多处自引《中国新文学的源流》的内容，其中说道："我这言志载道的分派本是一时便宜的说法，但是因为诗言志与文以载道的话，仿佛诗文混杂，又志与道的界限也有欠明瞭之处，容易引起缠夹。"

（见《中国新文学大系导论集》，良友复兴图书公司 1940 年 10 月版，193 页）显然这是看了钱公之文后所触发的。于是他"追加地说明"说："'言他人之志即是载道，我自己的道亦是言志'，这里所说即兴与赋得，虽然说得较为游戏的，却很能分清这两者的特质。……我们读公安派文发现与现代散文有许多类似处觉得很有兴味，却不将他当作轨范去模仿他。这理由是很简明的。新散文里的基调虽然仍是儒道二家的，这却经过西洋现代思潮的陶熔浸润，自有一种新的色味，与以前的显有不同，即使在文章的外观上有相似的地方。"（引同上书 193 页）

这难道不是周氏见过钱公文后才有的"追加"和补订吗？

值得注意的是，钱公尚有一篇评《近代散文钞》的文字，文后写作日期注明是 1933 年 6 月 1 日，原载《新月月刊》第四卷第七期。《文钞》是由沈启无编、周作人作新旧二序，且由俞平伯作跋的。《中国新文学的源流》之附录二还刊载了它的目录。钱公对周作人这种"二分法"的批评似更加直接、明确、简要和风趣，其中最精审的话是：

> "小品"文和"一品"文或"极品"文（本"一品当朝"，"官居极品"之意，取其有"纱帽气"，即本书俞平伯先生《跋》所谓"代要人立言"之"正统"文也）的分别，当然并不是一个"说自己的话"，一个"说人家的话"；语言文字本来是先苏维埃而实行"共产"的，章实斋师老爷所谓"言公"是也，你的就是我的，我的不妨算你的，"自己""人家"的界限，极难分明，不读过詹姆士《大心理学》的人，也懂得这种困难。偏有一等人，用自己的嘴，说了人家的话，硬说嘴是自

己的,所以话算不得人家的,你还有什么办法? 并且用"言志""载道"等题材(subject-matter)来作 fundamental division,是极不妥当的,我们不必用理论来驳,只要看本书所钞的文章,便知道小品文也有载道说理之作,可见"小品"和"极品"的分疆,不在题材或内容而在格调(style)或形式了,这种"小品"文的格调,——我名之曰家常体(familiar style),因为它不衫不履得妙,跟"极品"文的蟒袍玉带踱着方步的,迥乎不同——由来远矣!(《钱锺书散文》,105 页)

袁枚《续诗品·勇改》有云:"知一重非,进一重境。"我读周著在先,读钱评在后,诚深有味乎袁氏之言也。

三

钱公读《中国新文学的源流》时,看到附于书后的《近代散文钞》目录,嫌其失收了张大复的《梅花草堂集》,"认为可与张宗子的《梦忆》平分'集公安、竟陵二派大成'之荣誉,虽然他们的风味是完全不相同,此人外间称道的很少,所以胆敢为他标榜一下,并且,我知道,叶公超先生对于这本书也非常的喜爱"。(《钱锺书散文》,84 页)

钱公说,《梅花草堂集》"我所见者为文明书局《笔记小说大观》本",按此本书名有误,应作《梅花草堂笔谈》才是。《四库提要》卷一二八《杂家类存目五》有评价,又卷六二《传记类存目四》著录张氏《昆山人物传》十卷、《名宦传》一卷,云:"是书旧本题曰

《梅花草堂集》，而以《昆山人物传》《昆山名宦传》为子目，盖皆编入集中，故总以集名，实则各一书也。"钱公文中说："记得钱牧斋《初学集》里有为他作的状或碑铭。"（《钱锺书散文》，84 页）今检其文在《初学集》卷五十四，题为《张元长墓志铭》。但钱氏的《列朝诗集》，还有朱彝尊的《明诗综》都未选其诗，或皆以其诗不足观而不以诗人目之吧。只有陈田的《明诗纪事》庚签目三十下才选录其诗一首，按语未及其诗，仅摘引了《四库总目》（其实是"存目"）中称其《昆山人物传》"叙述雅洁"的一句话；于其《梅花草堂笔谈》，亦仅说"遗闻琐事，颇赖以传"，无一字评及其书的文字。这足以证实钱公所说的"此人外间称道的很少"这个论断。

不过钱公的这个"标榜"却引起了周作人的反批评。周在1936 年 4 月 11 日写了一篇《〈梅花草堂笔谈〉等》（后收入他的散文集《风雨谈》），说是："我赞成《笔谈》的翻印，但是这与公安竟陵的不同，只因为是难得罢了，他的文学思想还是李北地一派，其小品之漂亮者亦是山人气味耳。"接着就针锋相对地说：

> 若张大复殆只可奉屈坐于王稚登之次，我在数年前偶谈《中国新文学的源流》，有批评家赐教谓应列入张君，不佞亦前见《笔谈》残本，凭二十年前的记忆不敢以为是，今复阅全书亦仍如此想。世间读者不甚知此种区别，出版者又或夸多争胜，不加别择，势必将《檀几丛书》之类亦重复抄印而后止，出现一新鸳鸯蝴蝶派的局面，此固无关于世道人心，总之也是很无聊的事吧。如张心来的《幽梦影》，本亦无妨一读，但总不可以当饭吃，大抵只是瓜子耳，今乃欲以瓜子为饭，而且许多又不知是何瓜之子，其吃坏肚皮宜矣。所谓

假风雅即指此类山人派的笔墨，而又是低级者，故谓之假，其实即是非假者亦不宜多吃，盖风雅或文学都不是粮食也。

（《风雨谈》，岳麓书社 1987 年版，139 页）

使我们感到诧异的是，周作人一向提倡言志的文学，认为"小品文是文学发达的极致"（见《〈近代散文钞〉序》），又特别重视晚明的文艺小品，欣赏"他们不在文章里面摆架子，不讲治国平天下的大道理"（《中国新文学的源流》，50 页），这时为何却突然半实用、半道学起来？既然"即是非假者"亦因"不是粮食"而"不宜多吃"，那么，过去又何必花这么大的力气去一而再、再而三地加以鼓吹呢！

毋庸讳言，张大复的各种文字，都是在晚明文学思潮影响下的产物，自为正统派的《四库》馆臣所不取。其论《梅花草堂笔谈》"所记皆同社酬答之语，间及乡里琐事。辞意纤佻，无关考证"；又言张氏的另一本书《闻雁斋笔谈》"大抵仿苏轼《志林》，故多似古人杂帖短跋之格，然所推重者李贽、所规摹者屠隆也"。评其《昆山人物传》《名宦传》，则谓"叙述尚为雅洁，而词多扬诩，亦不免标榜之习"云云，就他们的正统立场来说，所言并不过分。钱牧斋《张元长墓志铭》称誉其古文，"曲折倾写，有得于苏长公，而取法于同县归熙甫。非如世之作者，佣耳剽目，苟然而已"。"其为文空明骀荡，汪洋曼衍，极其意之所之，而卒不诡于矩度"。又谓其《记容城屠者》《济上老人》及《东征献俘》诸篇，杂之熙甫集中，不能辨也。君未殁，其书已行世，人但喜其琐语小言，为之解颐捧腹，未有能知其古文者也"。又引（汤）若士（显祖）遗其书曰："'读张元长《先世事略》，天下有真文章矣'，盖文章家之真赏如此。"

《四库》馆臣看不上张大复"辞意纤佻""多似古人杂帖短跋之格"的文字，钱牧斋似也不以其令人"解颐捧腹"的"琐语小言"为然，故委婉地插上一笔，用以反衬张氏古文成就之高。而为钱公所取的却偏在这种"最自在、最萧闲的文体"，即钱公所说的"家常体"。由此也正好看出两种不同的美学观点来。按理，周作人应该也是喜爱这种自由自在和自如的"家常体"的，但在这里却以其为"假风雅"、为"山人派的笔墨"而斥之。殊不知要知人论世，哪能忽视那个时代的山人习气，一律斥之为假呢？一时风会所趋，"少成若天性，习惯成自然"；其间固有不知其然而然者，岂能尽如周作人那样，说这些人都是在"言他人之志"而"载道"呢！当时许伯衡在《张先生笔谈题辞》中，言其书"事无分巨细，人不问亲疏，多借以发其诙谐感慨之气，往往有关世风经济语。盖先生少有隽才，有志于用世而不遂，故不得已而有言"（《梅花草堂笔谈》卷首，上海古籍出版社 1986 年版）。而周作人偏说这类书"此固无关于世道人心"，不知曾见此文否也？固然，《题辞》中语自不能全部作准，但作《题辞》者既十分强调其"欲以天下名教是非为己任，若但以文字观，则亦一谈柄已耳。非先生著述意也"，纵为门面语，亦不可视而不见也。

张大复其人，诚如前人所说，最景仰者为东坡，又取法归有光；思想上受王守仁和李贽影响最深。其为文诚如钱公所说，是公安和竟陵的合体，然而他仍然有自己独立的文艺观。如公安三袁反对七子都特别激烈，钱谦益于公安虽有恕词，而非难七子与竟陵，则更加不遗余力，而张却并不与他们一鼻孔出气。周作人说他"文学思想还是李北地一派"，这是只见其书有几处赞扬北地

（李梦阳）、济南（李攀龙）和弇州（王世贞）的文字，就以为他们是志同道合之人了。要真是如此，想来钱牧斋也不肯为张氏志墓的。张书称许前后七子的话有这么一些：卷五《胜场》条称"李献吉（李梦阳）颇为诸王志墓，亦无所不佳"；同卷《文墨》条盛推王李，谓"读李于鳞（李攀龙）作，如盛暑临流，披襟解带，又如乍脱冬衣，彻体轻利"，谓"弇州为父叩阍，冤沉痛至，其情结郁，而文加条畅，援引旧例，卒用其言"。又卷八《于鳞文》条称"于鳞之作，故当伯仲献吉"。卷十二"文人"条指责那些讪讥李攀龙者自作之文"险句累词"竟"未尝不显然出于济南而无所顾忌"，"意殆尽愚一世之人，高阁济南，惟吾所恣取"。而后称道济南之文，"直见其纵横六经，跌宕子史，如黄河决溜，虽至于不可穷诘，而终为天下之奇观也"。但接着又说："虽然，英雄欺人，故时有之。"

这都可以说明，张大复原是一个目有智珠、不肯随时俯仰的人，决不能就此而把他的文学思想归入北地篱下。我们不妨再看卷五"袁陶"条对袁宏道和陶望龄的称誉：

　　袁石公《游盘山记》，如春花美女，婉媚多风。陶周望《台宕路程》，绰有烟霞气色。

再通观其书，提到苏轼、李贽和归有光之处不一而足，说到苏轼之处尤多，这绝不是一个追随北地的人所肯做的。故我认为，周作人在这一论断上未免看花了眼。

不过我对钱公认为《梅花草堂笔谈》"可与张宗子的《梦忆》平分'集公安、竟陵二派大成'之荣誉"，却也未敢苟同。张宗子的文字，活泼明快，舒卷自如，极具吸引力，而张大复的文章就未免有几分闷涩,不够醒豁,纵然同属纤佻尖新的文风,里面可也有高下之分,淄渑之别,知味者当能辨之。

四

钱公在文中批评说:"公安派的论据断无胡适先生那样的周密,而袁中郎许多矛盾的议论,周先生又不肯引出来。"(《钱锺书散文》,82—83 页)据我个人阅读所得,袁中郎的立论,实无矛盾之处。钱公也许是对袁中郎的书看得太快,摘录时过于大意了吧,遂致有此失误。

钱公说:"譬如周先生引中郎所作《雪涛阁集序》文而加以按语谓:'对于文学史这样看法,较诸说"中国过去的文学所走的全非正路,只有现在所走的道路才对"要高明的多',而不知中郎《致张幼于》一札中也仿着七子的口气说过'唐无诗,秦汉无文,诗文在宋元'那种一笔抹杀的不甚'高明'的话。"(引同上书 83 页)

中郎此札在《解脱集》之四——《尺牍》,其札云:"至于诗,则不肖聊戏笔耳。信口而出,信口而谈。世人喜唐,仆则曰唐无诗;世人喜秦汉,仆则曰秦汉无文;世人卑宋黜元,仆则曰诗文在宋元诸大家。"

可见这完全是名士习气的故作狡狯,目的只为了与七子"对着干",用游戏之笔来警世,有意说过了头,因此是不能认以为真的。不见中郎自己在其后的表白吗?"不肖恶之深,所以立言亦自有矫枉之过。"

真正能表明袁中郎对宋人诗文看法的当是《瓶花斋集》之

九——《尺牍》中《答陶石篑》一札，内云：

> 弟近日始遍阅宋人诗文。宋人诗，长于格而短于韵，而
> 其为文，密于持论而疏于用裁。然其中实有超秦汉而绝盛
> 唐者，此语非兄不以为决然也。夫诗文之道，至晚唐而益
> 小，欧、苏矫之，不得不为巨涛大海。至其不为汉、唐人，盖
> 有能之而不为者，未可以妾妇之恒态责丈夫也。

虽然这里面也有仁智之见，却是持平公允之论，是易于为读
者接受的。

钱公又说："又如以民间歌谣如《打草竿》《劈（按当作'擘'）
破玉》之类与宋元诗混为一谈，似乎也欠'高明'。"

据我们所见，袁中郎对这些民间歌谣，的确是极有好感的，但
似尚无"与宋元诗混为一谈"的情况。《锦帆集》之二——《游
记·杂著·叙小修诗》云：

> 且夫天下之物，孤行则必不可无，必不可无，虽欲废焉
> 而不能；雷同则可以不有，可以不有，则虽欲存焉而不能。
> 故吾谓今之诗文不传矣，其万一传者，或今闾阎妇人孺子所
> 唱《擘破玉》《打草竿》之类，犹是无闻无识真人之作，故多
> 真声，不效颦于汉魏，不学步于盛唐，任性而发，尚能通于人
> 之喜怒哀乐嗜好情欲，是可喜也。

又《解脱集》之四——《尺牍·伯修》云：

近来诗学大进,诗集大饶,诗肠大宽,诗眼大阔。世人以诗为诗,未免为诗苦,弟以《打草竿》《擘破玉》为诗,故足乐也。

这些议论,无非表明诗贵真情,真情之诗在骚坛既为巨子辈以模拟之伪所扼杀,转而在民间反得存之传之,故不妨到流行歌曲中去求之效之耳。这里似乎并无"与宋元诗混为一谈"之论,不知钱公究何所见而云然?因为好宋元之诗与好民间小调二者,并未相互抵触到了不可相容的地步。钱公自己不是也曾见到,"一意复古的巨子李空同,也令人意想不到地提倡民间文学"吗(《钱锺书散文》83 页)?须知有时直接感受到的新鲜事物,如有自己所不能为的"异量之美",吸引力反而是更为巨大的。

五

钱公又指出袁中郎的"善于自相矛盾":"例如在《答梅客生》一书中捧东坡为千古无两,而在《上冯侍郎座主》一书中,对徐青藤那样的捧法,则'卓绝千古'的东坡又出青藤之下了。在《致张幼于》一书中,把汉唐一笔抹杀而推重宋元,而在《答梅客生》另一书中偏又说:'当代可掩前古者,惟阳明之学而已;其他事功文章,尚不敢与有宋诸君子敌,遑敢望汉唐也!'徐青藤又似乎被王阳明挤出了。"(《钱锺书散文》,83 页)

检核中郎上述诸文,还有其他提及上述诸公的文字,我认为实无"自相矛盾"的所在。今略引其说,稍作说明,便可知其说之究竟。

一、钱公所引的《答梅客生》一书，题应作《答梅客生开府》，见《瓶花斋集》之九——《尺牍》，内有云：

> 坡公诗文卓绝无论，即欧公诗，亦当与高岑分昭穆；钱刘而下，断断乎所不屑。宏甫选苏公文甚妥，至于诗，百未得一。苏公诗无一字不佳者。青莲能虚，工部能实；青莲唯一于虚，故目前每有遗景，工部唯一于实，故其诗能人而不能天，能大能化而不能神。苏公之诗，出世入世，粗言细语，总归玄奥，恍惚变怪，无非情实。盖其才力既高，而学问识见，又迥出二公之上，故宜卓绝千古。至其道不如杜，逸不如李，此自气运使然，非才之过也。

这里推崇的是苏轼的诗文，特别是诗，但说"苏公诗无一字不佳者"，就未免"爱人者兼其屋上之乌"。纪昀《纪批苏文忠公诗集》虽然过于苛细，但大体而言，还是不刊之论居多。苏轼除用事多误，好叠韵、次韵而强押或趁韵外，拙句、率易语、硬凑语、前后失贯处亦时有之。此类皆不胜枚举，读纪批可知。但中郎此语虽形于极端，而读其评苏诗"其道不如杜，逸不如李"之言，则其持论还是有一定分寸的。

二、钱公所说的《上冯侍郎座主》一书，见《瓶花斋集》之十——《尺牍》，内云："宏于近代得一诗人曰徐渭，其诗尽翻窠臼，自出手眼。有长吉之奇，而畅其语；夺工部之骨，而脱其肤；挟子瞻之辨，而逸其气。无论七子，即何、李当在下风。不知师曾见其诗否？然亦宏之鄙见若此，其当师意与否，要非宏之所敢必也。"

说徐渭之诗有古人之某一特性而无其失或乃超出之,并不等于说他的诗在在处处都胜过古人。"当在下风"者,乃"无论七子"(当指王李等后七子而言),"即何李"(当指前七子之代表人物何景明、李梦阳)亦然耳,并没有把李长吉、杜工部、苏子瞻包括在内。在袁中郎的心目中,徐渭在诗坛上的地位,只不过居明朝第一而非千古无匹也。《解脱集》之四——《尺牍》有与吴敦之一札写得最为清楚:"所可喜者,过越,于乱文集中识出徐渭,殆是我朝第一诗人,王李为之短气。"又《瓶花斋集》之九《尺牍》载与孙司李一札云:"徐文长,今之李杜也,其集多未入木,乞吾兄化彼中人士,为一板行。"这里并没有说徐诗超过李杜。又前引《答梅客生开府》札中说:"今代知诗者,徐渭稍不愧古人,空同才虽高,然未免为工部奴仆,北地而后,皆重台也。"用了一个"稍"字,更可见出中郎绝无用徐渭来压倒苏轼之意。再如《潇碧堂集》之十八——《尺牍·答徐见可太府》之又一札云:"于鳞有远体,元美有远韵;然以摹拟损其骨,辟则王之学华。会稽徐文长稍自振脱,而体格位置,小似羊欣书。仁公何得遂奄有之?""王之学华",典出《世说新语·德行》,云王郎处处学华歆,张华评云:"王之学华,皆是形骸之外,去之所以更远。"指李于鳞、王元美学古人能形似不能神似。"小似羊欣书"典出袁昂《古今书评》:"羊欣书如大家婢为夫人,虽处其位,而举止羞涩,终不似真。"则将徐渭的不足之处也指出来了。

另据虞淳熙(字长孺)《〈袁宏道评点徐文长集〉序》云:

> 往余开龙月玉文之馆,中郎与陶周望偕来,啖以饵食,有杨家果;中郎揉梅染珥,其章赤白。因问袁:"世文章谁为

第一?"陶睨袁,匿笑曰:"将无语长孺,徐文长第一耶?"袁
曰:"如君言,岂第二人乎!且让元美家钝贼第一耶?"隅诸
生耳属壁衣,各骇诧,声稍稍出衣外。袁起大索:"此有贼
党,可急逐之,令僵死中原白雪中。"余始知文长囊有此士,
奉文长居然南面王矣。(《袁宏道集·附录》,上海古籍出版
社1981年版)

由此可见,袁中郎的推重文长,除的确对其诗文有特嗜外,还
含有挑战当时的文坛盟主王世贞的用意,所以说来颇有些意气用
事。不过有时平心静气下来,也会说几句公道话。如《瓶花斋集》
之六——《叙·叙姜陆二公同适稿》中,就评价徐祯卿、王世贞道:
"二公才亦高,学亦博,使昌毂不中道夭,元美不中于鳞之毒,所就
当不至此。"至于虞氏,少时曾受王李之知,复又受公安影响,但他
却未入主出奴。故在此序开端,就写出了当时文坛的实情:"元
美、于鳞,文苑之南面王也。文无二王,则元美独矣。"但虞氏也是
最宗仰苏轼的,因此就在序中将王世贞、汤显祖、徐渭和袁宏道四
位文士与东坡之间的关系作了有趣的编派:

当是时文苑,东坡临御。东坡者,天西奎宿也,自天堕
地,分身者四:一为元美,身得其斗背;一为若士,身得其灿
眉;一为文长,身得其韵之风流、命之磨蝎;袁郎晚降,得其
滑稽之口而已,借光壁府,散炜布宝。四子之文章,元美得
燔豕用胶之法;若士得供石作字之法;文长得模书双雕并捋
之法;而中郎得酝酿真乙酒之法,取以调剂诸子,独推文长,
而文长遂为第一。迫评选传,真为第一矣。

但细味其意,四位文士之中,最看重的,还是元美。文长之为第一,不过是中郎"调剂"而得,其"调剂"是否能作数,还要等到这部评选流传了才能敲定啊!皮里阳秋,隐然可见。这种于各家皆有所取的艺术观,倒是和张大复十分合拍的。

钱公所说的《答梅客生》另一书,亦见《瓶花斋集》之九——《尺牍》。引文稍有误处,原文云:"故仆谓当代可掩前古者,惟阳明一派良知学问而已。其他事功之显赫,若于肃愍(于谦)、王文成(王守仁)辈;文章之灿烂,若北地、太仓(王世贞)辈,岂曰无才?然尚不敢与有宋诸君子敌,遽敢望汉、唐也?"

这里只说"阳明一派良知学问""可掩前古",而不是评王阳明的诗文。而此其"可掩前古"之故,尚有其不可忽视的前提,这就是引文前的一些话:"宋儒有腐学而无腐人,今代有腐人而无腐学。宋时讲理学者多腐,而文章事功不腐;今代讲文章事功者腐,而理学独不腐。宋时君子腐,小人不腐;今代君子小人多腐。"

可见袁中郎是从古今理学的比较中得出这个结论的。且当时王阳明的良知之学正风靡一时,王派传承中又人才辈出,影响极其深远,而其流于狂禅的弊端尚未完全被人察觉。所以这个评价,就当时而言,也是完全合情合理的。值得我们玩味的是,谈到明代的事功,自然少不了王阳明,仰总他的人甚至以立德、立功、立言"三不朽"归其一身。但袁中郎此札虽说到王文成(王阳明之谥)"事功之显赫",却也仅与北地、太仓的"文章之灿烂"相同,纵有才,"然尚不敢与有宋诸君子敌,遽敢望汉、唐也?"这就是说,袁中郎是把王阳明的事功和他所创的学派分开来作出评品的,所以绝不是"徐青藤又似乎被王阳明挤出了"那么一回事。我这样理

解,还有《潇碧堂集》之十七——《杂录·为寒灰书册寄郧阳陈玄朗》一文可证,其文有云:

> 至近代王文成、罗盱江(罗汝芳)辈出,始能抉古圣精髓,入孔氏堂,揭唐虞竿,击文武铎,以号叫一时之聋聩。

这里所说的王文成、罗盱江辈,指的就是阳明学派,乃就哲学而言,说的也是一清二楚的。

就在上述《答梅客生》另一书中,最后也提到了徐文长:"徐文长病与人,仆不能知,独知其诗为近代高手。若开府为文长立传,传其病与人,而仆为叙其诗而传之,为当代增色多矣。"也是只以"近代高手"视之。独于苏轼,则好之誉之一直不变。如《瓶花斋集》之九——《尺牍·与李龙湖》云:"苏公诗高古不如老杜,而超脱变化过之,有天地来,一人而已。仆尝谓六朝无诗,陶公有诗趣,谢公有诗料,余子碌碌,无足观者。至李杜而诗道始大。韩、柳、元、白、欧,诗之圣也;苏,诗之神也。彼谓宋不如唐者,观场之见耳,岂直真知诗何物哉!"又《瓶花斋集》之十——《尺牍·冯琢庵师》云:"宏近日始读李唐及赵宋诸大家诗文,如元、白、欧、苏与李、杜、班、马,真足雁行,坡公尤不可及,宏谬谓前无作者。而学语之士,乃以诗不唐、文不汉病之,何异责南威以脂粉,而唾西施之不能效颦乎?"

六

从以上的分析可知,周作人之病在于想建立自己的文学史理论体系,企图以简驭繁,以一个简单的公式来表达纷繁复杂的文学现象。而钱公以偏师攻之,批亢捣虚,已击中了周的要害,周虽仍修补工事,勉作抵挡,徒见其心劳日拙而已。周之不肯虚心认错,辩论时甚至不惜与自己平日的持论凿枘,亦是其性格的刚愎及感到学术地位受到挑战而恼羞成怒有以致之。

至于钱公,则一向看不起人们建立体系的努力。曾拈出"许多严密周全的思想和哲学系统经不起时间的推排销蚀,在整体上都垮塌"的事实(《七缀集》,上海古籍出版社1994年版,34页),"严密周全"者尚且如此,更何况周作人那简陋不堪一击的"建筑物"呢!对于周氏理论纰漏,钱公后来写文章时还曾不指名地再带上一笔,在《中国诗与中国画》一文中,他说:

> 我们常听说中国古代文评里有对立的两派,一派要"载道",一派要"言志"。事实上,在中国的旧传统里,"文以载道"和"诗以言志"主要是规定各别文体的职能,并非概括"文学"的界说。"文"常指散文或"古文"而言,以区别于"诗""词"。这两句话看来针锋相对,实则水米无干,好比说"他去北京""她回上海",或者羽翼相辅,好比说"早点是稀饭""午餐是面"。因此,同一作家可以"文载道",以"诗言志",以"诗余"的词来"言"诗里说不出口的"志"。这些文

体就像梯级或台阶，是平行而不平等的，"文"的等次最高。西方文艺理论常识输入以后，我们很容易把"文"一律理解为广义的"文学"，把"诗"认为文学创作精华的同义词。于是那两句老话仿佛"顿顿都喝稀饭"和"一日三餐全吃面"，或"两口儿都上北京"和"双双同去上海"，变成相互排除的命题了。传统文评里有它的矛盾，但是这两句不能算是矛盾的口号。对传统不够理解，就发生了这个矛盾的错觉。（《七缀集》，4页）

"对传统不够理解"，就是钱公对周作人的错觉产生之由的挖根。钱公对自己在文学史上的这个发现显然十分得意，曾一再述及，除上文之外，在《宋诗选注·序》里，还用以分析宋人诗词的异同：

宋人在恋爱生活里的悲欢离合不反映在他们的诗里，而常常出现在他们的词里。如范仲淹的诗里一字不涉及儿女私情，而他的《御街行》词就有"残灯明灭枕头欹，谙尽孤眠滋味；都来此事，眉间心上，无计相回避"这样悱恻缠绵的情调。……据唐宋两代的诗词看来，也许可以说，爱情，尤其是在封建礼教眼开眼闭的监视之下那种公然走私的爱情，从古体诗里差不多全部撤退到近体诗里，又从近体诗里大部分迁移到词里。（《宋诗选注·序》8页，人民文学出版社1995年版）

事实上，这也的确是钱公的重要发现之一，经此一击，周氏向壁虚构的理论也就"在整体上都垮塌了""唬不得人了"。

钱公自己的失误则是读书太快、抄录过速造成的,不单这篇少作是如此,读者指出的《谈艺录》《管锥编》的许多引书之误也正出于这同一原因。再加上钱公不喜藏书,著述时只凭笔记,连常见书也往往无法核对。虽说"书非借不能读也",但借则不能细读、复读,不能"八面受敌"地读,也是显然的事实,如此则难免有所漏略,有所错认,有所误解。如果误读而不伤原意,则犹可如九方皋之相马,虽忘其牝牡骊黄,而不害其能识千里马。但如与原意出入过大,则不免要影响结论的准确性了。吴建国兄曾指出钱公误引《礼记·檀弓》"曾点倚其门而歌"之"歌"作"哭"而错下断语之事(《〈管锥编〉刊误析异》,《钱锺书研究集刊》第三辑,上海三联书店 2001 年版,366 页),儿子永翔也曾发现钱公《宋诗选注》误将刘子翚诗"舳舻岁岁衔清汴"之"衔"抄作"御"而误释其词之失(《读〈宋诗选注〉》,《钱锺书研究集刊》第二辑,上海三联书店 2000 年,135 页)。钱公在这里误判袁宏道自相矛盾之事亦算作其中一例。"书非购不能细读也",这也许是钱公治学留给我们的一个小小的教训,尽管他在这方面的失误丝毫也不影响他的伟大,但对我们这些学术界的芸芸众生来说,确是应该引以为戒的。当然,书皆自备无此可能,但常用书的购置还是能够办到的,也是应该办到的。

漫话钱锺书先生

一、"君子之道，暗然而日章"

钱锺书先生逝世，闻讣痛悼不已。当时有不少人约我写点文字，或纪念或论述均可，我都没有答应。因为我觉得自己浅才俭腹，实在不配对这位伟大的文人学者说长道短。可是在听到社会上一些议论"死后是非"的诸般说法后，联想起我因推崇先生而引起的那些风波，颇觉如鲠在喉，大有不吐不快之感。

忆当初读先生发表于《文艺复兴》杂志上的《围城》时，立刻为其独特文笔所吸引。由于一向抱有"奇文共欣赏，疑义相与析"的宗旨，于是便遍向友朋推荐。然而那时极左思想虽尚属潜流，却已成为所谓"进步"的标帜，教条主义、公式主义的思路已在无形中控制着人们的心灵。有人便说，怎么这部书连一个正面人物也没有？我反驳说：果戈理的《死魂灵》《钦差大臣》不都是没有正面人物的吗？能说这两部作品不伟大吗？还有人说，这部小说没有光明面,读后使人对前途灰心丧气。我又反驳说:为什么一定要所有的作品都遵循一个模式,非"揭露黑暗,指示光明"不可呢?"悟已往之不谏,知来者之可追",倘能知其为非,又何尝不能悟其所是呢!但那时人们积习已深,我的话自然微澜不起,只能徒叹世人"斡弃周鼎而宝康瓠"而已。

后来更读到先生的《谈艺录》,我一次又一次地拍案叫绝。论诗谈艺,哪里还有更融会贯通、更细密深刻的呢!独具风味的文言文,万卷罗胸,神明变化,又哪里找得出渊源所自呢!于是又把这部著作介绍于人,不料人们又说:"这部书太没有思想性了,连一点马列主义都没有!"那时我虽然也思想"左"倾,但对钱公的书,却还不曾"左"到用这一尺度去衡量。我反驳说:只要能得真谛,何必泥于形迹。善《易》者多不言《易》,原不假经典装点。然而我的话依然听者藐藐。

不久,却看到了方典、桑子之流对《围城》充满恶意的批评。新中国成立后,钱公及其所有的著作又长期遭受冷落,很多新文学史著作中,如王瑶、刘绶松写的,唐弢主编的那些,于钱公的小说和散文,竟不提一字,仿佛人世间没有这么一位作家存在。这不禁使我深为感慨,想起《孟子·告子上》中的话:"不知子都之姣者,无目者也。"又想起韩愈《与崔群书》中的话:"凤皇芝草,贤愚皆以为美瑞;青天白日,奴隶亦知其清明。"(见《韩昌黎全集》卷三)袁枚也说:"文章非比阴德,不求人知。景星庆云,明珠美玉,谁不一见即知宝贵哉?"(见《随园诗话》卷六)然而衮衮诸公,写起"左氏春秋"来,何以皆视而不见,听而不闻?原因也很简单,偏见焉尔,畏祸焉尔。

及我身为僇民,与世隔绝,待长子稍长,遂专心在"监督劳动"

299　　　　　　　　　　　　　　漫话钱锺书先生

之余课之，指导他细读钱公的所有著作。想不到他后来竟会因一篇小文而受钱公之知。记得其上钱公书有云："家君足茧群山，惟尊岱岳；心香一瓣，长在梁溪。翔自解庭趋，即承家训。读《养新》之录，已为私淑之门生；作稽古之编，自必折中于夫子。"这的确是当时的实录。

随后，那场空前的浩劫降临了，书籍悉数被抄，儿辈尽皆失学，在那"鸾凤伏窜兮，鸱鸮翱翔"的日子里，我们全家八口，都已朝不保夕，随时都有成为"饿殍"和"冤魂"的可能，其时犹深以钱公的安危为念。虽然我与钱公素不相识，但为华夏文化计，我不能不抱此殷忧。"文革"过后，知先生无恙，心悬始解。不料今天竟有一些好为苛论的年轻人，说钱公品格不如陈寅恪先生，甚至谴责他为什么不去向张志新学习，有贪生怕死之嫌。对此，我们不禁要问：要是钱公真挺身而出，与那些不可理喻的豺狼抗争，这无谓的牺牲究竟于中华文化何补？我于"文革"目击身经，那举国若狂的十年浩劫，犹如洪水襄陵，顺之者昌，逆之者亡，当时无一人能撄其锋，这是凡劫后余身人尽皆知的。在运动中钱公洁身自好，"危行言孙"，绝不卖友求荣，助纣为虐，更不作弦箭之文，上劝进之表。箕子明夷，先生有焉。比之梁效诸公，何啻云泥？不意责人者却责之以死，其心何冷酷至此？此辈皆"文革"后所生，事后高论，以炫其"新"其"锐"，不关痛痒故也。但其上辈当经"文革"，何不以此转责其父母，而偏要去苛责一位中华文化的一代传人？其意不过效焚阿耳忒弥斯神庙以求名者故智耳，名心火炽，天资刻薄，其心可诛如此！其实，别看他们屡作"呵佛骂祖"之态，对于足以决定其命运的人或机构，他们是决不敢说半个不字的。他们所发表的所有文字都可以证明这一点。

拨乱反正后,我和永翔合著的《文学的艺术》问世。此书的印行,审查时几经周折,删节多番。业已发排,又适逢清除政治思想的"精神污染",遂再度横遭砍伐,审稿者又说我对钱公评价太高,他们有权修改,著者文责不能自负,无可奈何,只得听之而已。

随后故乡龙游成立余绍宋研究学会,承蒙桑梓盛情,召集了五县市的中学语文教师来听我演讲,辞不获免,我说就开一次大型的座谈会吧!会上我劝他们读一读钱公的著作和创作,说若要尊重中国的文化,钱公之书不能不读。如果说"鲁迅先生的方向,就是中华民族的方向",那么钱公的治学之方,也代表着新文化发展的又一里程碑。在某些方面,钱公甚至比鲁迅先生还要伟大。

不意听我这么一说,很多人都纷纷起哄,说究竟有什么人能和鲁迅相提并论!竟说比鲁迅还要伟大,真是信口开河!而我的一些友人和同学,竟也跟着起哄。他们都说:什么钱锺书?我们从来没有听说过呀!

我真想不到时人竟会如此的闭塞、如此的孤陋寡闻,连钱锺书之名都未曾耳受。这真是自1949年以来文化教育界的悲剧性失误!后来我得悉曹聚仁先生在1954年香港出版的《文坛五十年》中,早已指出:"后起的钱锺书(著有《谈艺录》)、缪钺(著有《诗词散论》),他们的见解以及贯通古今中外的融通之处,每每超越了王国维、鲁迅和周作人。"除对缪钺的评价我尚有保留外,颇深佩曹先生胆识之大,海内有此同心之言,足证吾言之不谬,则虽群起而哄,千夫所指,又何足畏哉!

时间能证明一切。随着皇皇巨著《管锥编》的问世,"钱学"成为显学了,"文化昆仑"的说法为大多数人公认了。这真叫作:"君子之道,暗然而日章。""文化昆仑"的皇冠,比我旧日的推崇不知要高出多少倍。不知当时听过我发言而起哄的友人和听众，如今又当作何感想？

二、大损失和大解脱

钱公天年而夭，这是全世界的大损失；钱公骨灰不留，这是超宗教的大解脱。

以上这两句话，是我的深切感触和感受，也是我向钱公致哀时发自心灵的挽辞。在这里需要加一点诠说。

先说"大损失"吧。

记得先师余绍宋（越园）先生见告，当他的好友、著名画家陈衡恪（师曾，1876—1923）过早病逝时，适逢东京大地震。梁任公作悼词，说师曾之死的损失要超过东京大地震，因为人才难得。余公颇戚戚于心，而当时有些人却对此有所非议。

现在我敢于斗胆再发狂言：钱公享年八十有八，算得上是高寿了，但他的逝世，损失之大，依然还要超过早死的陈师曾百倍。虽然彼此造诣和途径各不相同，好像不可相提并论，但正如万物虽殊，皆可计其质量。在我心中的天平上，钱公的"质量"是远远过于陈氏的。

不仅如此，推进一步，当我风闻钱公有病不能如常写作时，我就认为这已是世界文化的一大损失了。只默祷他能早日恢复健康，写就《管锥编》未完诸稿。然而当看到他收到永翔寿诗后的复信乃用钢笔横写，而不像以前那样用毛笔时，心中已诧不祥。及读到其中"不才大病以来，衰病交缠，身心俱悴，已成朽物陈人"之句,不禁为之黯然良久。

然而"大损失"一语,近二十多年来,已被人用滥了;许多人去世时的悼词,甚至离退休时的欢送词,大抵都有"是某方面或某单位的一大损失"之句。听得多了,就未免腻烦起来。但我所说的大损失,决不是谀墓之辞,而是此词的"本义",即有如唐山大地震那样的损失,决不是在重复为世俗用滥了的陈辞。

再说"大解脱"吧。

青年时读《庄子·列御寇》篇,其中有一段于我印象最深之语:

> 庄子将死,弟子欲厚葬之。庄子曰:"吾以天地为棺椁,以日月为连璧,星辰为珠玑,万物为赍送,吾葬具岂不备耶?何以加此?"弟子曰:"吾恐乌鸢之食夫子也。"庄子曰:"在上为乌鸢食,在下为蝼蚁食,夺彼与此,何其偏也!"

那时日寇流窜,忧患饱经,读书既多,丛感亦集,故尝于所撰《雕虫诗话》中发议论云:

> 夫乌鸢与蝼蚁同为一食,达矣。而以天地为棺椁云云,于解脱犹未达一间也。按婆罗门及释氏之言,世界原为四大合成,人死则仍归四大。后来佛之供舍利、漆肉身,非释迦本意也。是则何必以天地为棺椁,以日月为连璧,星辰为珠玑,万物为赍送哉!即《易》之《系辞》亦曰:"乾坤毁,则无以见易;易不可见,则乾坤或几乎息矣。"王崇善《吕翁祠》诗亦云:"一笑乾坤终有歇,吕翁亦是梦中人!"至斯时也,而

天地所为之棺椁、万物之所赍送又安在乎？（卷一）

后来教书时讲《文心雕龙·原道》，便屡申此意，谓庄子的天地棺椁、日月连璧之说，亦不过是阿Q式的精神安慰而已。因此我决不赞成开追悼会、举行遗体告别、保存骨灰甚至厚葬这一套习俗。人既死矣，遗骸何用？但不知钱公不留骨灰，是否与我想法相同。

上下纵横，多方比较，我不能不认为钱公此举是超宗教的大解脱，最足以表现来去自如、泯然无迹的最高境界。

三、"前无古人，后无来者"

解放日报社王晓鸥君来谈，谓外间有论钱先生者，说他"前无古人，后无来者"，这岂不太过分了吗？我说，不，一点也不过分。接着便阐述了我的意见，晓鸥君听后也表示同意。

其实，对于这个论题，从广泛的意义上我的认识有四个阶段的变化。

最初，我是非常反对"后无来者"之说的。在民国三十二年(1943)12月1日《前线日报》副刊《磁铁》的专栏《今日谈》中，我就写了《驳"后无来者"》一篇短文：

国人颂赞一个伟大的人物总有这样一句夸大的老调："前无古人，后无来者。"

前无古人，有历史的陈迹可以参证，尚有其立言的根据。至于"后无来者"呢，人们怎么能知道？除非是预卜先知的阴阳家者流。

在我们所看到的一些书籍中，以这话加之于孔子身上的为最多，大约这是几千年来帝王尊孔之故，论起孔子来，每每必弹"前无古人，后无来者"的老调；其实，孔子自己曾说过"后生可畏，焉知来者之不如今也"，假令孔子尚在，将这两句话奉献给他，保管你要碰一鼻子灰。孟子称誉孔子就很有分寸，只说"自有生民以来未有孔子也"，并未推及渺茫不可知的未来。

果如阴阳家者流所言，他已经用"慧眼"预览万世，看见历史上许多立德立功立言的伟人，后来者都不能与之媲美，于是慨乎其言："后无来者！"那么，我们可以判断世界在一天天地退化，最终必入灭亡之境；如将范围说得小一点，若一个国家竟是这样的一代不如一代，必然有一天只能亡国灭种。

照这种"后无来者"之论，则前面只剩下一条山穷水尽的绝路，绝无柳暗花明的转机，人类还有希望吗？

但到民国三十三年（1944）冬，我到浙江省通志馆编辑馆刊时，想法就有了转变，为了方便起见，谨摘抄1945年初所写的《雕虫诗话》一则如下：

衍文又尝以鄙见进陈于越园师、墨庵师（宋慈抱）、伯衡师（陈锡钧）曰：若欲著述，必须独立不倚，始有价值尔。若欲屋下架屋，何必祸枣灾梨？苟有新见度越前人，且其特色不可复掩,纵后来者可居其上,犹能立于不沫之地也。纵阙误之未免,亦白璧之瑕焉尔,又何害乎?且世焉有一无阙误之书乎?故曰:好书必当"前无古人,后无来者",世人以为惟文学始有永久性,固一曲之见也。以经而言,清儒诸注精矣、深矣,而旧注不能因之而废。《楚辞》之名注多矣,而各自之精神面貌不与易也。即以工具书而论,亦复如是。如今之《辞源》《辞海》风行,而《渊鉴类函》《佩文韵府》,学者仍不可弃也。论及选本,人多菲薄之,而《诗归》《诗镜》及沈归愚之三种《别裁集》等,虽皆非自我创作,然个中实有选者特有之取舍识见存焉,后之选本不能夺也。再浅而以童蒙读物言之,若《三字经》《千字文》《昔时贤文》《幼学故事琼林》《龙文鞭影》等,虽时移世易,而仍有其顽强之生命力,能合理而存在耳。太炎先生亦尝赞赏《三字经》,且为之改作,而卒未能取而代之也。若论《幼学故事琼林》,焉得有《初学记》之声誉哉?然而实更便于初学。况当今学有多门,钻研旧学者日少,读《幼学》而略知常识,不亦善乎!而《初学记》,则可作进一步用,两者决不相悖,自能各得其得也。

吾初以此理示人,人都瞠目惊听,以为大言不惭,及举多例以明之,则人皆首肯,不复非难矣。越园师、墨庵师、伯衡师听毕,亦无间言。(卷五)

可是一到 1949 年后,我的想法又向左转。这时我只承认有价值的文艺创作才有永久性,它的美妙的独立体能够"前无古人,后无来者";若学术著作,则惟有"放之四海而皆准"的马克思、恩格斯、列宁等的经典才可永垂不朽,后世无有能及之者,其他的,仅可供批判而已,最多只能作为一种历史陈迹保存在博物馆内,除此之外,是不会有什么存在的价值的。在自己成为"二十三年弃置身"的僇民期间,这个观念依然没有改变。直到闭关锁国的僵局打开,通过多次新潮洗礼,方才觉得,我 1945 年的观点丝毫不错。以钱公的学术著作而论,那渊博的腹笥、超凡的联想、敏锐的目光、迭出的新见、高妙的文笔,缩五洲之地,通百代之穷,成万世之师。今古无人能及,来者不得而掩。其著述纵有微误,不害其高其伟,皆是光焰万丈,能"与天地合其德,与日月合其明"的"万古常新"的人类宝贵遗产。

四、掷笔而骄与太丘道广

傅璇琮先生在《缅怀钱锺书先生》一文中引及钱公对他说的话:"你的这本《江西诗派研究资料》,我一直放在身边书架上的,我的修订本《谈艺录》,说的都是古人,提到现代人的,只有两处,一处是吕思勉,一处就是你的这本书。"后来傅先生将新著《李德裕年谱》送给钱公,"钱先生回了信,赞誉此书'严密缜栗,搜幽洞微',同时又提到他曾在口头上说过的话:'拙著四二八页借大著增重,又四一六页称吕诚之丈遗著,道及时贤,惟此两处。'"钱公幽默地说这是他"孤陋寡闻"所致。

但钱公此说却不符合事实,若将"现代人""时贤"的定义限于卒年在"五四"以后之人,则《谈艺录》(补订本)中道及者,实不止此两处,而所及诸贤,尚可分类而论之。

一类是钱公的同辈友人:

首页小引云："友人冒景璠，吾党言诗有癖者也，督余撰诗话。"后于三四六页又记其语。冒景璠即冒效鲁先生，乃钱公挚友，但有时也好与钱公互相对谑以至于虐。苏渊雷先生最知其详。

四〇页云："郑君朝宗谓余：'渔洋提倡神韵，未可厚非。神韵乃诗中最高境界。'余亦谓然。"郑朝宗先生是钱公的同学，对钱公最为倾倒，是钱学的最早提倡者。

一六六页云："徐君燕谋读《宛陵集》，赋五言古一章，致疑于欧公《水谷夜行》诗'如食橄榄'之喻，以为谏果上口殊涩，拟未得伦。诚得间之言。"

以上三先生，其言皆有得钱公心许之处。然其中郑、徐之言并不足补钱公之不逮，不提亦可，提及其言，不过聊志同气相求、尊酒论文之乐耳。

三四六页说到潘伯鹰"颇称余补注中欧、梅为官妓等数则，余虽忻感，然究心者固不属此类尔"。言外之意，潘先生虽能知己之善，但还不能算是知音。

再一类是钱公的前辈胜流：

褒及且引录其语者，是李宣龚。一七二页云："李拔可丈尝语余：'元遗山七律诚不可磨灭，然每有俗调。如"翠被匆匆梦执鞭"一首，似黑头黄三；"寝皮食肉男儿事"一首，似武生杨小楼。'"钱公称其"诚妙于取譬"。

除李一人而外，凡点名道及者，于诸公的议论识见，似大多颇有微词，即使钱公曾以晚辈身份记其谈话的陈衍也不曾有所宽假。

如二〇七页云："李审言丈读书素留心小处，乃竟为竹坨推波张焰,作诗曰:'心折长芦吾已久,别才非学最难凭。'(本事见《石遗室诗话》卷十七)陈石遗丈初作《罗瘿庵诗序》,亦沿竹坨之讹;及《石遗室文》四集为审言诗作叙,始谓:沧浪未误,'不关学言其始事,多读书言其终事,略如子美读破万卷、下笔有神也'云云。余按'下笔有神',在'读破万卷'之后,则'多读书'之非'终事',的然可知。读书以极其至,一事也;以读书为其极至,又一事也。二者差以毫厘,谬以千里。沧浪主别才,而以学充之;石遗主博学,而以才驭之,虽回护沧浪,已大失沧浪之真矣。"说石遗之失,并不曾有所讳避回护。其评及李详(审言)之处,亦精确不易,其集可按。"留心小处"之语,绝非谓其能"见微知著"也,读者可深味其言。

二四页写到严复时,几乎全是否定语气:"几道本乏深湛之思,治西学亦求卑之无甚高论者,如斯宾塞、穆勒、赫胥黎辈;所译之书,理不胜辞,斯乃识趣所囿也。"按以前章太炎先生《与人论文书》,只说"复辞虽饬,气体比于制举,若将所谓曳行作姿者也"(见《太炎文录·初编》卷二)。仅从用笔和文风方面作评,所及尚是枝叶,而钱公则是连根拔尽,余地不留。

提到王国维,誉语虽是最多,分量也算最重。二四页云:"老辈惟王静安,少作时时流露西学义谛,庶几水中之盐味,而非眼里之金屑。"但又说"其《观堂丙午以前诗》一小册,甚有诗情作意,惜笔弱词靡,不免王仲宣'文秀质羸'之讥。古诗不足观;七律多二字标题,比兴以寄天人之玄感、申悲智之胜义,是治西洋哲学人本色语。佳者可入《饮冰室诗话》,而理窟过之。"则已是褒贬相杂了。后于三四八页至三五二页先扬之曰:"静安论述西方哲学,本色当行,弁冕时辈。"但接着又摘其"惟谓马良讲哲学课程,'依然三百年前特嘉尔之独断哲学',则失之毫厘"。又转而评及马良云："马相伯(马良字相伯,后以字行)则天主教会神甫耳,其所讲授,必囿于中世纪圣托马斯以还经院哲学范围,岂敢离经叛道,冒大不韪而沾丐于特嘉尔哉!"接着又指出静安先生失误之由："王氏游学日本时,西方上庠名宿尚鲜发扬中世纪哲学者;东海师生,稗贩肤受,知见不真,莫辨来牛去马,无足怪也。"随后又论述王氏以叔本华哲学说《红楼梦》之未合,乃酣畅淋漓,明其附会,大要谓："盖自叔本华哲学言之,《红楼梦》未能穷理窟而抉道根;而自《红楼梦》小说言之,叔本华空扫万象,敛归一律,尝滴水知大海味,而不屑观海之澜。夫《红楼梦》,佳著也,叔本华哲学,玄谛也;利导则两美可以相得,强合则两贤必至相厄。"剖析可谓入微。

三四六页提到"归舶邂逅冒君景璠,因以晋见其尊人疚斋先生,并获读所著《后山诗天社注补笺》"。赞扬冒鹤亭先生:"其书网罗掌故,大裨征文考献。"但接着又指出:"若夫刘彦和所谓'擘肌分理'、严仪卿所谓'取心折骨',非所思存。"

三四七页提到吴雨僧(宓)先生对钱公评黄公度诗的不满,顺手带出一连串名流来,如钱仲联、胡步曾(先骕)、胡适之等,又不以"梁任公以夏穗卿、蒋观云与公度并称诗界三杰"为然,谓"余所睹夏、蒋二人诗,似尚不成章"云云。

又四二二页提到陈散原、章太炎、胡步曾先生为重印《咏怀堂诗集》的题识,言"诸先生或能诗或不能诗,要未了然于诗史之源流正变,遂作海行言语,如搔隔靴之痒,非奏中肯之刀"。

四六二页提到"包天笑钞录《定庵集外未刻诗·纪梦》",其性质及道与傅璇琮先生的情况相类,皆无所抑扬褒贬于其间。

然而能为钱公于书中道及其姓氏的,纵有贬词,实际上也都表示了相当的尊重。还有一类在书中不曾点名的,大概在钱公的心目中,高下就有所不同了吧。尽管故隐其名,倘能于近人著作稍加留意,实不难按索而得。

如三一页云:"乃有作《诗史》者,于宋元以来,只列词曲,引静安语为解。惜其不知《归潜志》《雕菰集》,已先发此说也。顾亦幸未见《雕菰集》耳。集中卷十尚有《时文说》,议论略等尤西堂,亦谓明之时文,比于宋词元曲。然则斯人《诗史》中,将及制艺,以王、薛、唐、瞿、章、罗、陈、艾,代高、杨、何、李、公安、竟陵乎。"显然,这乃指陆侃如、冯沅君夫妇合著的《中国诗史》而言。

又如三六页云:"比见吾国一学人撰文,曰《诗之本质》。以训诂学,参之演化论,断言:古无所谓诗,诗即记事之史。根据甲骨钟鼎之文,疏证六书,穿穴六籍,用力颇劬。然与理堂论诗,同为学士拘见而已。"这一段辨析也说得很长,语极透辟,最后云:"初民勿仅记事,而增饰其事以求生动,此即题外之文,已是诗原。……即云史诗以记载为祈向,词句音节之美不过资其利用。然有目的而选择工具,始事也;就工具而改换目的,终事也。此又达尔文论演化之所未详,而有待于后人之补益者。"

这些议论后于三六三页有所补订,开端云:"此节当时有为而发。忽忽将四十年,浪淘人物,尘埋文字,不复能忆所指谁作矣。流风结习,于诗则概信为征献之实录,于史则不识有梢空之巧词,只知诗具史笔,不解史蕴诗心。学人积功不舍,安素重迁,立说著书,满家名世,物论固难齐也。"

难道钱公真不忆所指为谁吗? 其实前说的最主要宗旨,在演绎"Whately 论思辨以字源为戒"之说,而后说则批驳"以诗证史"之论。前说针对的是章太炎、黄季刚诸大师,及杨树达、闻一多、朱自清之辈。后说则针对的是陈寅恪先生。"学人积功不舍"云云,皆为诸公之枉抛心力叹也。

又如九一页云:"近有笺《诗品》者二人,力为记室回护;一若记室品诗,悉本秤心,断成铁案,无毫发差,不须后人作诤友者。于是曲为之说,强为之讳,固必既深,是非遂淆。心劳日拙,亦可笑也。记室以渊明列中品,予人口实。一作笺者引《太平御览》卷五百八十六云:'锺嵘诗评:古诗、李陵、班婕妤、曹植、刘桢、王粲、阮籍、陆机、潘岳、左思、谢灵运、陶潜十二人,诗皆上品。'又一作笺者亦引《太平御览》卷五百八十六云:'锺嵘诗评:古诗、李陵、班婕妤、曹植、刘桢、王粲、阮籍、陆机、张协、潘岳、左思、谢灵运、陶潜十二人,诗皆上品。'据此一条,遽谓陶公本在上品,今居中品,乃经后人窜乱,非古本也。余所见景宋本《太平御览》,引此则并无陶潜,二人所据,不知何本。单文孤证,移的就矢,以成记室一家之言,翻徵士千古之案。不烦傍引,即取记室原书,以破厥说。记室《总论》中篇云:'一品之中,略以世代为先后';而今本时有错乱,如中品晋张华,乃置魏何晏、应璩之前。作笺者以《御览》所引为未经窜乱之原本,何以宋之谢客,在晋之陶公之先,与自序体例不符。岂品第未乱,而次序已乱乎。则安知其品第之未乱也。且今本上品之张协,作笺者所引《御览》独漏却,而作笺者默不置一词。何耶?""一作笺者所引《御览》有张协,然合之《古诗》,数为十三,不得云十二。"

这里所指的两位作笺者,据我所知,前者指古直先生(曾作《锺记室诗品笺》),后者指陈延杰先生(曾作《诗品注》)。古直先生注书,一向都很谨严,不知其说"靖节本在上品,《御览》可证"之《御览》,何以竟会漏列张协而不书。陈延杰所注,十二人未加细数而成十三,乃竟下断曰"陶潜诗原属上品",则亦未免愦愦。但这两位先生之列入陶潜,都不同于明杨慎的作伪僭改,估计他们用的都是清鲍崇城翻刻的《太平御览》。其书于谢灵运下有双行夹注"陶潜"二字,则分明系翻刻者所加。许文雨先生的《锺嵘诗品讲疏》云:"《太平御览》刊上品末一人,虽陶潜名,显系后人添入。果属原有,何至次谢灵运下,适形其风尚陶诗,为宋人之见而已。"其不似古、陈两先生之轻信而存疑,可谓能具只眼,然断定为宋人,犹未免臆测了。钱公或未见《御览》清刻,故未拈出陈、古致误之由。

我们可以肯定地说:钱公不点这些学人的姓名,决不是有所忌讳或照顾其脸面。我想起龚自珍《梦中作》绝句的首二句:"不是斯文掷笔骄,牵连姓氏本寥寥。"倘将这两句各改一字曰:"正是斯文掷笔骄,牵连姓氏自寥寥。"就足以状钱公的心态了。非有所避忌也,不屑耳。

钱公为什么对当代胜流如此毫不容情呢? 这又不由得使我联想起张之洞用"海山"两字嵌字所作的诗中:"海到无边天作岸,山登绝顶我为峰。"先生博览既浩瀚无涯,识见又居高临下,自易发现他人之所不足与不及,又"性不耐事,如食中有蝇,吐之乃已"(东坡语),正因为如此,自不能不使他"匡谬正俗",不能不使他"掷笔而骄"也。

我认为,钱公可爱便可爱在口没遮拦,率性而言,若将他打扮成一个好好先生、一个白胡子老公公,那就不是钱公,绝不可爱,我们也决不会像现在这样对他的著述和言论如醉如痴,甚至不欲漏听片言只字了。

但是,钱公对于年轻一代,却往往是奖勉有加、多所称许的。

有人对此不满,竟说这是钱家祖传的"欺老莫欺小"的传统,其实,此实钱公的"护花"之举。如有为《谈艺录·序》作注者,其注误释甚多,特别是"东海西海,心理攸同;南学北学,道术未裂"几句,竟不明出处,信口胡诌。钱公见了,大约为了不挫伤注者的积极性,竟连一句纠谬的暗示都没有。这真可谓是"太丘道广"了(三四八页指摘辑《人境庐集外诗》者"不甚解事""令人骇笑",后来吴小如先生自承是指他而言,乃钱公不知辑者是晚辈之故)。永翔祝钱公八十大寿诗有云:"科头想倚长松踞,青眼偏加小草多"即含此意,并非专指自己为钱公所赏而言。故后进学者,倘得钱公称许,当视为鞭策,日新不已;倘恃宠而骄,或以此自炫,就失去钱公爱护晚辈的本意了。

五、杂说为文与为学

有人说,钱锺书作为大作家来说,作品分量似乎太少了一些。记得数十年前有人评价鲁迅先生也是这么说的。我实在不懂,创作怎么只能讲数量而不讲质量!我以为,钱公倘没有《围城》,而只有一本薄薄的《写在人生边上》,也依然不失为一个大散文家和大作家;要是没有《谈艺录》和《管锥编》这些巨著,只有一本薄薄的《七缀集》,也依然称得上是一个伟大的文艺理论家和大学问家。试想:唐代诗人王之涣,一共只留下六首诗,而《凉州词》一首七绝,就足以使其千秋不朽;老子的一部《道德经》,只有五千言,影响如今竟已遍及全世界。所以这种论量不论质的说法显然是站不住脚的。

还有些人说，钱锺书的书里，只有引证，没有见解。相传连钱公的老同学吴组缃先生晚年也对他说："你的著作里什么都有，就是没有自己！"事后钱公便寄了一套《管锥编》给他，说"我的书，你没有读懂"！

记得钱公有评钱仲联先生《韩昌黎诗系年集释》一文，最后论到"集释不容易写"时说："你不但要伺候韩愈本人，还得一一对付那些笺注家、批点家、评论家、考订家。他们给你许多帮助，可是也添你不少麻烦。他们本来各归各的个体活动，现在聚集一起，貌合神离，七嘴八舌，你有责任去调停他们的争执，折中他们的分歧，综括他们的智慧，或者驳斥他们的错误——终得像韩愈所谓'分'个'白黑'。钱先生往往只邀请了大家来出席，却不肯主持他们的会议；不过他的细心和耐心的搜辑使他这部书比韩诗的一切旧注都来得丰富，完全能够代替顾注和方注。对于一个后起的注本，这也许是最低的要求，同时也算得很高的评价了。"

钱公既然这么批评别人了，难道他自己还会躬自蹈之吗？

主持不主持会议，乃是资料性的辑录与专门著作之间的分界线。钱公的《管锥编》和《谈艺录》，虽不是对一人一事所作的集注，但在调兵遣将、部署指挥，最终以智取胜上毕竟是相近相类的。当然，资料的汇聚是必要的，也是有用的。但若仅限于资料，则离开著书立说的"著"和"立"，终究还有一大段距离。

我认为，钱公的著作确已达到了他自己所提出的标准。永翔诗所云"将兵才复见淮阴"，早就拈出了钱公驱遣材料为己效力的才能，意谓先生"著书征引繁富，虽短书俗记，亦为所采，犹韩信之将兵，多多益善，且能驱市人为战"。那么，为什么别人会说他"没有自己""没有见解"呢？

原来，一般人看书，大都没有什么耐心，不肯细心寻绎。有的只是随便翻上几页，甚或只读开头几页就阖卷了。如《四库》馆臣写提要，往往只凭一两篇序言就动起手来，若一时兴起，也会再胡乱翻上几页，发现错误，就抓住批驳一通，以炫己识之高。负责统稿的总纂官纪昀，若见自己熟悉之书，尚可改从己见；而在自己知识领域以外的，也只能略加润色，在文字、体例上以求一致了。人们称誉纪昀无书不读，却不见得凡书一一皆读，且每读必尽。其评议各书之所以未能提要钩玄，甚至还会出现许多错误，其理即在于此。大学者如此，遑论他人？

假如钱公以为吴组缃是"没有读懂"《管锥编》而寄赠一套的话，此举我看也属徒劳。吴先生若是仍旧读书鲁莽，一目十行，必然还是会觉得：这儿是引文，那儿也是引文；换一本抽看几页，依然是人名、书名，以及从许多书上摘引的材料，那么，他依然找不到钱先生自己。我想最好的解决办法只有采用"文革"时排印革命导师语录的方法，即凡属钱公发表议论处都用黑体字排出，所引各家之说的异同接榫处也用符号标明，这样才不致被那些人误认为是他人之说。钱公之语真是字字珠玑、言言金玉，纵有时只有寥寥数语，却也起了画龙点睛的作用。有了这几句话，整段的引文也都会随着破壁腾空而起了。不过，若不看前面的引文，专挑钱公之语来看，则对其论证的过程往往不甚明了，也依然会对其妙谛体会不深的。要读懂钱书，必须像读经典那样，字字句句，反复研读。试想不读全书，仅草草浏览，就信口雌黄起来，何尝不是另一种痴人说梦？

这里不由得我又想起我们绝奇的遭遇来。人们说钱公没有自己、没有见解，而我们写出的书，见解远逊钱公，下笔犹多节制，审稿者却嫌我们胆子太大，太有主见，唯恐惹出麻烦来，因此有关议及前人名篇之处，悉数为之刊落，或将他们的意见强加给我们，几乎弄得稿子不是我们在写，而是编审者在代我们立言了。这使我们极不愉快，幸赖门人过亚伦君以变通之计，将《古典文学鉴赏论》中"我们以为""我们觉得"，改成了"有人说""有人认为"，还有些则移到"附录"中去，方得勉强通过。可是在出台湾版后，见到当地发表的评介文字，大略只说"材料丰富""可是却没有一点新意""说的都是众所周知的东西"。何其适得其反乃尔！后又见到一篇论文，方知就里，其文摘引《序论·小结》中的一句话"务须以马克思主义的美学观为主导"，就认为没有什么可看而弃之不读了。左右俱失，臧谷两亡，皆有所蔽耳。解人难遇，岂独钱公为然哉！

钱公作为一位中华民族的学术文化大师来说，是否尚有不足之处呢？当然有。就举宗教史而言吧，他在《中国诗与中国画》一文的注十四里，有所自白：

据文廷式《纯常子枝语》卷九、卷二七所引道士著作，宋后道家也分"南北宗"。原则是否和禅宗的分派相近，我没有去考究（按此据《七缀集》。《旧文四篇》之注与此文字稍有不同，但大要未变）。

文廷式所引，尚是道家分宗之最为疏略者。其实道家除以金王重阳、元丘处机为主的北派，宋张伯端、白玉蟾等为主的南派外，还有元莹蟾子李道纯的中派、明代陆西星创立的东派、清代李西月创立的西派。此外，尚有正一、合皂、茅山等符箓派。不过，

317　　　　　　　　　漫话钱锺书先生

钱公于道教不甚了了并不足怪，处于我们及我们以前的世纪，对道门之外的人来说，道教还是一个禁区，以前则为道士所秘，后来则为政治所禁，不如现在这么普及。如著名学人吕思勉先生，即发愿将《道藏》通读一遍而未果。而黄冠辈则偏好深秘其说其术而自神，不皈依其教则不肯传授，以致弄得障碍重重。

再说，虽然道家和道教思想对我们的社会历史和学术文化影响很大，但于这方面所知不多不见得就会妨碍一个学人成就的辉煌。正如纪昀以五大洲为荒诞、西学为支离（参见《阅微草堂笔记》卷二十），却仍不碍其评点诗文时的独具慧眼；马克思对中国的历史知道得并不太多而照样能创立他的影响及于整个世界的学说。所以，我们也不妨试问：钱公及其前辈皆未得窥探《道藏》，不知道家门派的流变，难道就能说他们对中国文化的了解不如老道吗？当然，就道教这一特定范畴而言，说他们不如并不曾说错，但这种比拟犹如将整个中西医的医疗体系与某一家传秘方较其高下，是极不恰当、极不科学、极其荒唐可笑的。

从钱著所达到的哲学高度来说，实非道家者流所能比拟。钱锺书足以使人猛醒，使人开悟。记得高岳生（方）先生曾对我和朋友们说："你们只觉得钱先生博学多识，词采聪华，我则见出其参透世情，道出了人生的真谛。"颇有味乎其言也。

六、为人处世与晚年涉讼

有人指摘钱公誉人多过其实，因而信不得、听不得，是耶非耶？这是要根据其特定情况加以判断才可分晓的。

首先当知我国传统的交际礼节和客套用语,于己当示谦卑,于人则当加称颂。这是已成为惯例的。倘不明白这一悠久传统,死在句下,那就误解太甚了。李白《与韩荆州书》盛称韩朝宗"有周公之风""所以龙蟠凤逸之士,皆欲收名定价于君侯"。"皆欲"二字,岂不夸张!但目的无非在要求朝宗"使白得脱颖而出"。说了这许多好话,无非欲使对方欲拒而不能,但仅说了这些,尚觉不够,于是又颂扬说:"君侯制作侔神明,德行动天地,笔参造化,学究天人。"这四句空前的赞语,若字字死抠,纵观古今上下,按传统的观念,只有演《易》的周文王能当之无愧。若孔子,就"罕言性与天道",不语"怪力乱神",自称"未能事人,焉能事鬼",恐怕也承担不起。若司马迁,"欲究天人之际,通古今之变",只不过表现了他的一种意向和愿望罢了,离实际还是相当遥远的。试问韩朝宗如何承受得了!记得有一本古文选本的夹批云:"按荆襄有井,饮者多死,朝宗移文喻神,饮者无恙,号韩公井。所云'侔神明、动天地',其即以此乎?"然纵有此事以实其言,也是小题大做,极不相称的。韩朝宗对于这个极其夸张的颂语居然能怡然受之,不以为诮,这恰好说明,这种社会应酬之语,人们早已习以为常。收信人只问说得好与不好,而不大去细究它的当与不当。所以后人谈及李白此书,都赞扬他写得好,且能"语语皆自占地步"(见林云铭《古文析义·初编》卷四评语),而绝无人讥笑他拍马拍过了头。

明乎此,就可知道钱公对罗家伦的一些赞扬,如说罗"喷珠漱玉之诗,脱兔惊鸿之字,昔闻双绝,今斯见之。吾师出其余事,已了生等百辈,赞叹无穷,胝沫不厌"云云,而说自己则云:"锺书虫吟碌碌,相对不禁惭饭颗矣。"实际上都是一些出色的应酬语,佳处在不堕俗滥耳。因为罗家伦毕竟有恩于钱公,故用语特别着力。在与一些年轻学人的通信中，其颂赞语大都漫不经心，随意写来，说到哪里就算哪里，不十分持重的。像这类文字，古人摇笔即来，一般都不存稿。集中纵收其文，亦必删其语。如蒋士铨《题随园集》七古中有云："古来只此笔数枝，怪哉公以一手持。"袁枚于《随园诗话》卷五引之，自谦"不能当此言，而私心窃向往之"，而不知此亦一时酬应之作，未必由衷之言，《忠雅堂集》不予收录，其故可知。倘遇到这类赞语，虽完全作不得准，却也得要区别对待，不可"一竹篙打死一船人"。我们还是不妨看一看钱公的夫子自道：

> 定庵以秋舫才分高，又交契深，故为诤友而无隐无怍。尚乔客镕《持雅堂文集》卷一《道论》，高头讲章耳，而定庵评曰："紧健可传。"卷二《才辨》，点鬼簿录耳，而定庵评曰："此文可作全史文苑传总论。"则应酬空泛语，聊答陌生后进好名标榜之求，与其评《简学斋诗》，未可同日语也。历世诗文序跋评识，不乏曾涤生所谓"米汤大全"中行货；谈艺而乏真赏灼见，广搜此类漫语而寄耳目，且托腹心者，大有其人焉。（见《谈艺录》补订本 463 页）

由此可见，倘仅对你说许多不着边际的好评，不见得就是对你钦佩得五体投地；偶对你有所苛求，反而是出于真心的爱护，才是真正的好评。

且为诗为文又有所谓"尊题"之法，纪昀《我法集》中，有"绮丽不足珍"试帖一首，诗题出处为李白《古风》："自从建安来，绮丽不足珍。"纪于诗后注云：

太白此诗，人多不解，以建安为绮丽，语颇难通。沈归愚曲为之说曰：所指乃建安以下如齐梁之类，故曰"自从建安来"，"来"字似有着落，而"自从"二字，究不知作何安放？然则由周以来，为除周不论乎？此由逐句论诗，而未理其全篇也。此诗起云："大雅久不作，吾衰竟谁陈？王风委蔓草，战国多荆榛。"乃从《三百篇》说起。中间"正声何微茫，哀怨起骚人"，并屈宋亦斥为变调。结云："我志在删述，垂辉映千春。希圣如有立，绝笔于获麟。"乃以春秋为归宿，举出《六经》，尊出孔子，是何等事业！则建安辈非"绮丽不足珍"而何！盖举昆仑则岱华不足为高，举沧海则江河不足为深。亦犹之昌黎咏《石鼓》，举出史籀，则不得不以羲之为俗书耳。（按今排印本《纪晓岚全集》此注未录）

诗文中的"尊题法"，并不能代表作者的学术观与艺术观，但世间往往把它误认为真正的评价，而且广为引用，那就大错而特错了。

明乎此，就知道钱公为卢弼诗集作序，把近代光宣以后的湖北著名诗人樊增祥、陈曾寿、周树谟等都说得无甚可取，各有弊端，而只有卢的诗"机趣洋溢，组织工妙，情文相生，且学人而为诗人"，可继其乡先辈皮袭美（日休）、宋子京（祁）而代兴。其故可得而知。

然而这种写法，终有套子，除非实有此想，不然不足为训。从前蒋麟振（宰棠）为余师《寒柯堂诗》作序，亦用此法，抹倒前人，以显余作。我于蒋先生甚为钦仰，但对此文却未敢以为是。尝与余师谈及,师以为然,而因蒋已归道山,只得听之。其机调与论述,实已是钱公为卢弼《慎园诗选》所作序的前驱了,皆"米汤大全"中物也。

至于钱公对于年轻人的空泛赞扬,只不过如谚语所说的"誉人不蚀本,舌头打个滚",是没有什么恶意,也谈不上"刻薄"的。这是钱公"修佛法先修世间法"的一种表现。但对于同时的前辈或同辈,就不是这么宽容随便了。当然,有时出于应酬上的某种需要,对一些名流俗吏,不得不敷衍写上几句客套话,绝不能以为钱公是真的心悦诚服,而惊其走眼。有的却是皮里阳秋,骨子里大有文章在,这是非细细咀嚼、反复思考不能得的。

这种情况,浅而言之,即世俗之人亦多能之。如称许某人聪明,其实是说他乖巧或奸猾;说某人老实,其实是说他愚鲁和笨拙,这些都是可以不言而喻的。但出之于钱公的心灵慧舌,人们就一时不易捉摸了。从苏渊雷先生与人的通信及交谈中知道,章士钊先生有诗赠钱公尊人子泉先生,子泉先生命钱公代作诗以报,诗中有联云:"名家坚白论,能事硬黄书。"按公孙龙子有"坚白异同""白马非马"之论,章以逻辑文名世,上句赞之甚切,下句言书法之妙,皆是赞辞。但人投以诗而报则誉其文,是讥,于诗无得也。又如称人谓"文如其人",则说了等于没说,因为人人皆可戴此一高帽也。苏渊雷先生与钱公、冒效鲁先生之间,既互相推服又互相调侃,苏公每得钱公函,必三复其文,欲知是誉是讥。有一次曾把钱公誉其《论诗绝句》之书给冒公看,问冒是否含有讥诮之意,冒说没有。苏公说:你这样一说,我就放心了。我们还曾在吕贞白先生家看到冒先生的来信,对苏老在玉佛寺为美国总统卡特吟诗事加以调侃,说苏"昔渊默而今雷声",又比之于法门寺中的小太监。苏公则虽对钱公于其诗的评价十分在意,却曾对我们说他不喜欢钱公的诗,因为其诗"有意无情,多趣少韵";而其为人则时涉矫情,每形痴黠。于冒公,则说其使酒好骂,当避其舌锋。至交之间,竟也这样彼此提防,互相轻诋,其嬉笑怒骂的名士习气,足追魏晋,宋之东坡、贡父,不能及也。当然,钱公这一辈人的谐趣是会因人而发的,决不会不知趣到对牛弹琴。凡受到"钱誉"的人用不到都去费心瞎猜。

但钱公对某些有关他著作的事却是非常认真的。如周振甫先生,钱公原是对他很感激的。在《谈艺录》的《序》中,特别提到"周君并为标立目次,以便翻检,底下短书,重劳心力,尤所感愧"。《管锥编》的《序》中更说:"命笔之时,数请益于周君振甫,小叩辄发大鸣,实归不负虚往,良朋嘉惠,并志简端。"书中引述周先生言处甚多。但周先生后来与人合作出了一本《〈谈艺录〉读本》,钱公看后,却极为反感。我和几位朋友看了,也觉得一无所得,仅可称是《谈艺录》的赘疣而已,难怪钱公要发怒了。

与"尊题法"不同的或毁或誉之不一,钱公在《谈艺录》补订本中早已言之在先:"夫面谀而背毁,生则谀而死则毁,未成名时诏谀以求奖借,已得名后诋毁以掩攀凭,人事之常,不足多怪。"(529页)我们知道,像乾隆时汪容甫因不得志而诋娸名辈,钱公处境不同,自然用不着这样做。像康熙时赵秋谷答黄六鸿柬的"土物拜登,大稿璧谢"的狂放做法也大可不必仿效。钱公是颇善修世间法的,他可以把人赠送他的诗集、文集、专著说上几句好话,转身就送给他人,其中是否有"不值得保存"的含意在内呢?我曾见到有些人的文字,提到钱公对某些人的称许,而实际上钱公在私下却是讥刺和嘲弄兼而有之的。魏同贤先生就和我说起他曾当面听钱公说过。永翔晋谒时也聆听了不少臧否之言,钱公言毕曾戒之曰:"不足为外人道也!"

其实,人们月旦人物、评判是非的真正看法,并不能在他公开的言论中看到,只能在私下闲谈时获得。不独钱公为然。王闿运《论读书门径》(《湘绮楼诗文集·王志》卷一)云:"近者曾文正亟誉俞曲园好学论文优于天下。"余疑其语,徐问所长,曾乃曰:"荫甫自为当世文闻人,若作者之林,未能逮也。"曾氏对俞樾的评价,自当以此为准。再以钱公《石语》为例,陈石遗先生对人的抑扬,亦唯此最能传神。如说黄晦闻:"此君才薄如纸,七言近体较可讽咏,终不免干枯竭蹶。"若只看《石遗室诗话》卷二一所录,这种贬语就踪影全无了。于其他著名的学人和文士,假如没有钱公的记录,我们也是不知陈衍真实意见的。

又如德高望重而又求才若渴的蔡元培先生,对刘师培是十分宽容、照顾备至的。刘若没有章太炎、蔡子民的庇护,很可能连性命都难保了,何尝谈得上做北大教授。刘之人品可议自不必说,若论其为学之"好胜"、为人之"多疑"、处事之"好用权术",蔡先生唯有在 1909 年 8 月 21 日《复吴敬恒函》中与老友评言之(见《蔡元培文集》第一卷 408 页)。假如这封信没有保存下来,谁能知道蔡先生会有这许多想法呢!再如最近见到的《朱东润自传》,其第十四章写道:"最有意味的是华东局书记魏文伯,这一位以诗书自称。文艺会堂成立后把他的作品'实事求是'四字高高悬起。他曾把他的诗给刘大杰看。大杰说:'你的作品太好了,唐人中也少有,将来的文学史中一定少不了的。'及至魏文伯去后,大杰和人说:'魏文伯的作品真是不通。'大杰的文笔是光彩夺目的,诗要差一点,但是对于魏文伯的评论,即使不够含蓄,还是有所认识的。"（436页）这也就是钱公《谈艺录》补订本中所说的"当面输心，覆手为雨"（26页）之新例。只不过刘大杰话说得不太委婉，不及钱公的巧妙。但不论如何，终比"乡愿"所作所为要好得多了。

然钱公对近当代人的评价又是毫不假借的，虽于乃父，也不能苟同，如对林纾、章士钊等人，父子异趣，已为世人所熟知。而不知对胡适彼此间分歧尤大。子泉先生的《现代中国文学史》末章叙新文学，虽貌似客观，而实则语皆贬斥，增订时改写，基本观点不变。钱公则于《与张晓峰书》中言："窃谓苟自文艺欣赏之观点论之，则文言白话，骖驔比美，正未容轩轾。"对胡适于其《宋诗选注》的评价也十分重视，在港版《宋诗选注》的《前言》小注中还郑重提了一笔。又在致永翔函中，尊胡适为"胡绩溪"。总之，钱公虽然对胡适的"历史癖""考据癖"从不以为是，阅《谈艺录》《管锥编》和《宋诗选注》等皆可按索而得，但对其学术地位则颇为尊重。这是出于真心的，而与钱公受知于罗家伦，罗家伦为胡适弟子之事无关，这里谈不上他与这位"太老师"有什么学术上的师承。

不过钱公晚年为《〈围城〉汇校本》涉讼事，我虽敬爱先生，此事却未敢苟同，认为是其"凤德之衰"。那时正是作家著作权与盗版事宜提到议事日程的高峰。钱公与四川文艺出版社之争，我不知其详，不晓得汇校本之事是否征求过作者同意。又不知钱公之怒，是否出于元遗山诗所说的"鸳鸯绣出从教看，不把金针度与人"，还是有如袁简斋所说的"阿婆还是初笄女，头未梳成不许看"。其实，鸳鸯已绣，头早梳成，不过稍拆线脚、再整其妆而已，原先并不是"乱头粗服""西子蒙不洁"的。世间物议，有赞成钱公的,也有反对的。我则认为,即使此时无人为此校勘之事,以后还是必然有人要做的。有人问杨先生,则答以人民文学出版社要打官司,非干己事;人民文学出版社则言受钱公委托而为。但据已公开的钱公致人民文学出版社编辑函,此事似是钱公主动。其内情他日必能弄清。后来人们看到钱公所告的竟是一个黄毛丫头胥智芬,不禁大为诧异。

在我的心目中,钱公有如灵鹫山头的释迦、奥林匹斯山上的宙斯,现在居然下凡来与凡人对簿,请俗吏为判,屈其"相好",踏彼尘埃,真有难以想象之感。钱公晚年誉望之损,皆缘接二连三的诉讼之故。呜呼,必也使无讼乎! 其实,著作能在作者生前有人为之汇校,实是殊荣而非奇耻。试问世上能有几人得此殊遇? 钱公助一书贾攻一书贾,甚无谓也。可怜胥智芬不知利害,接受了四川文艺出版社稿约,后来为此事弄得日子颇为难过,文章都不能以真名发表,但殊不知因祸得福,却能因此而随钱公名垂千古了。因为要研究钱公,少不了要涉及钱公的历史;涉及钱公的历史,别的人倒无妨省略,叙其晚年,少不了要为胥智芬大书特书的。这也许是为钱公所始料不及的吧。

七、罕为人知的逸闻

吴戬毅兄见告,《围城》中第一章写方鸿渐:"他国文曾得老子指授,在中学会考考过第二,所以这信文绉绉,没把之乎者也用错。"(见第7页)为什么要说考第二,不说考第一呢? 原来这也是有所本的,本事为钱公读中学时的作文评比。得第一名的是后来在吴兄就读的文治中学任教的朱光辉先生。据朱老师说,原先钱公在中学读书时,每次作文,总是排名第一,但至朱来插班后,就退居第二了。钱公不服,要求单独比试,校方特允出二题让他们竞争。钱公又提出大家要在二小时内当场交卷,朱说,我下笔没有钱快,也不是上正式作文课,文有二题,是否允许我次日交卷,校方许之。次日有关老师经过认真评阅,评下来的结果,还是朱为第一。

戬毂兄还说,朱光辉先生求学时代就和高班同学赵家璧先生等一起创办刊物,鼓吹文艺,其间还曾投身北伐,不失是一个有为的热血青年。后辗转出洋留学,研习哲学、美术和教育,深通数国语言,并有志于文学创作、翻译和艺术批评(他的遗作从未结集,人民文学出版社尝出版日本某作家专集,收有他的译作,亦未知署名否)。大约耐不得寂寞,又不知被谁看中,到浙江余杭或余姚做了一任县长,后以认明情势,挂冠而去。新中国成立后在文治中学教书,不久即因历史污点而被管制,连书也教不成了。但朱博学多艺,同学们都喜欢和他聊天,向他请教。他很识相,战战兢兢,夹着尾巴做人,终于躲过各次运动,于1985年以肺癌辞世,亦侥幸矣哉!他晚年好《易》,清谈自娱,却空有满腹才学,一无所成。

由此可见,有才有学的人,虽然不免受到周围环境的左右,不过有时主观上有坚定的志向,却也是成功的重要因素。韩愈《答李翊书》,一再要求“立言者”要“无望其速成,无诱于势利,养其根而俟其实,加其膏而希其光”;要“无迷其途,无绝其源,终吾身而已矣”;特别要“处心有道,行己有方,用则施于人,舍则传诸徒,垂诸文而为后世法”(见《昌黎先生集》卷十六)。这确实是经验之谈。

朱光辉先生的情况,正是"小时了了,大未必佳"的另一类例子。他不属那种早熟而又早衰之人,只是"诱于势利"且"迷其途"而已,这怎能不使人听后感慨系之。特述之以为学有所成而慕荣利者戒。

又据我在上海教师进修学院和上海教育学院的同事兼难友陈思卓先生见告,钱公在湖南蓝田国立师范学院担任英语系主任时,他正在那儿读书。他学的是物理,却爱听钱公上课。曾说《围城》中的李梅亭,有他们学校某教授的影子。同学们后来读到《围城》,不由得都联系到这位教授身上。他们彼此还交相考问:你看谁像谁? 一经道出,大家都觉得真是惟妙惟肖,入木三分。可惜陈先生已故多年,无从追究原型人物的尊姓大名了。

陈先生又说,学校曾聘请两位美国籍的博士来教授英文,钱公认为这事为何不先征得他这个系主任的同意,因此不予接纳。校长说:他们都是博士啊! 钱公说:博士又怎样? 博士究竟算得了什么! 于是便把他们两人都请来谈话,大考了他们一阵,弄得这两位洋教授瞠目结舌,哑口无言。于是钱公就说:"只有这么一点水平,配做教授吗! 只能做学生呢!"这两位洋人只好卷起行李怏怏离去了。结果廖世承校长也弄得十分尴尬。

这件事恰好表现了钱公的书生气和狂狷性格,他不是对任何事都肯随便敷衍的。外表看起来,仿佛有点意气用事,实际上恰好表露了他的任性和天真。陈先生说,此事在国立师范学院曾一时盛传,同学们看重的是钱公能如此为学生的学业着想,敢说敢为,不禁油然而生由衷的敬意。可是事过境迁,人事消磨,至今已无人知晓了。故特附记于末。

长揖清芬

——与钱锺书先生通信记

钱锺书先生是当代学者兼作家中我最为崇拜的一位。对于钱公的著作和创作，我日置案头，读而不厌，有甚于"枕中珍秘"。然而对于钱公本人，我却万万不敢高攀，景行私淑而已。

可是万万想不到，长子永翔的一篇小文，竟会为大匠巨眼所瞥见，并加品题，这大概是释氏之所谓"缘"吧！永翔遂斗胆将和我合著的《文学的艺术》寄呈求教，自觉疏误甚多，未免怀着忐忑不安的心情。

更万万意想不到，钱公竟如此眼快手勤，读了我们的书，立刻便赐示给我：

衍文先生著席：

前与贤郎通问，惊叹其学博词弘，于纷若牛毛中卓同麟角。后乃知家传有自，故根柢深厚。两世长者方可以说诗谈艺，此语足补魏文《典论》之遗矣。顷奉惠赐大著，亟一披

钱锺书致作者信

寻,言之有物,即事明理,笔舌锋利,能宣妙发微,以匡鼎之解颐,兼严羽之析骨;教化广大。采及荓菲,则愧汗颜芒背,昌黎不云乎:其荣也,兹所以为愧也。草此报谢,即叩

冬安

贤郎均此

钱锺书敬上

杨绛同候

(1985年)十月廿九日

捧读之余,真使我喜出望外而又感愧莫名,于是就寄上一书以明原委:

默公前辈著席:

拜诵赐示,惊宠失措。我公不为赵秋谷之掷还,乃作庞士元之过誉。自惟荒陋,弥觉愧惶,拙稿属草于更化初,事繁暇少,籍阙假难。加以性本善忘,章偏急就,致有误称于宝、错认颜标处。且论多复出,例有未安,尝为识者所哂。论复出者,人老不忆前语,稿成疏于复勘也;例未安者,马经易作,骏足难求,不遇凤鸣,聊寻鸟合耳。斯亦无可如何之事。其中尚有心虽知非,而改已无及者,如"巧拙"与"浓淡"之当分别,"增减"与"离合"之当补撰皆是也。差堪自慰者,惟曾言所欲言,未尝人云亦云耳。破碎支离,本不敢以污尊目,唯以小儿尝蒙错爱,兼以苟不依傍鸿制,几不足成篇,故虽同恶影之犀,仍托寄函之雁耳。人有谓拙著于今古诸贤,俱有所掩摅诋诃,独于大著《围城》,以为毫发无遗憾者,疑有贡谀之嫌

长揖清芬

（此等处已为出版社删改甚多），实则晚初不识荆，讵期说项？而拙稿成时，永翔亦未受知于公也。此实平生之好，私淑之诚，有不能已于言者。衰病之身，宁有托足权门之想耶！人之多言，亦可笑也。略述初衷，兼鸣谢意。专肃敬叩

著安

夫人均候

晚学刘衍文敬叩

一九八五年十一月十日

这封信是我的自白兼对拙著的自评，信上所提到的缺失，在我们父子合著的《古典文学鉴赏论》中，有的曾加以修正和补充，有的则因二书所论角度不同，无法重新提及，只能引为遗憾了。

大约是对我们赠书的回报吧，1986年2月，我们又惊喜地得到了钱公惠赐的大著《七缀集》，当时感触良多，立即又呈上一信：

默公前辈著席：

接奉大著，如获拱璧，垂爱之深，欣感无既。

尊集所收诸文，其旧梓晚皆尝细加研读，受益实多。今赐本复事增删，足可比照以观，藉窥大匠日新之德，思其点定之由，则金针之度世，亦在个中矣。沪埂尚未见售，先睹之快，长者之赐也。敬谢，敬谢。

公之著述，晚少年时初读即如受电然，蔡邕之好《论衡》，未足喻也，后即广事搜求，所得虽片言只字，皆视同至宝，物聚于所好，凡已公诸世者几已大备，惟《新文心雕龙》（友人见告）、《文学小史绪论》及《论中国文评特色》诸文

（均《谈艺录》中提及）遍求未得。恨丁赤马之灾，已获者一旦与寒斋数十年所积，同化秦灰，思之令人痛惜。更化后大著新版陆续问世，遂得一一购之。曩读尊著《旧文四篇》，恍若有得，尝与小儿论及义山《无题》，赏其"卧后清宵细细长"之句，末三字之妙，以锺伯敬之专探幽微，纪河间之善为密察，而于此皆失之交臂，似眼披金屑然。夫细长本状物之词，未有取以状时者，而独义山为之。语似不通，盖夜谓之长可也，谓之细可乎？然此实具妙理。缘细者狭之至，物愈细则愈见其长，相形之道也。长之为义，既兼指时空，今欲极言清宵之长，他词似皆凡下，独状物之"细细长"三字不妨借用耳。盖"细细"二字，不特可明此意，且与"清"字意极相谐，读之直觉既韵且新，欲唤奈何矣，得不谓之神来之笔乎！窃谓此亦通感之一类；盖物之纤洪，目可接而辨，身可触而知，而时之久暂，则惟意能知之，然意若舍他五识亦不能独知也。然则此岂非以念虑之根通之于视、触乎？上说倘有穿凿之处，祈大雅有以教之。忆高文尝讥人有万事善忘，而于作回忆录时记功偏好者，读之不禁解颐久之。客岁尝作记先师越园先生文一篇，或不免躬自蹈之而不自知矣，然此中固有真我存焉，且亦具小掌故，想亦公所乐闻也。今敬附呈。又小儿欣得尊著，喜赋四绝，自以钉铰之体，不敢上呈。晚则以为渠既非诗人，则言之工拙，自可略而不计。至其诗所述，则实合鄙意；天下公言，亦复如是，故亦命其另纸录呈，我公或不以为渎也。专肃敬叩

道安

杨公均候

333

长揖清芬

晚学刘衍文拜上

一九八六年二月二十八日

　　寄去的两封信,因怕过于打扰,我均请不必费神作复。其中所说的回忆先师越园先生之文,即指刊于"余绍宋研究学会"所编的《余绍宋研究·通讯》第二期中的一篇长文,正题为《未开花独赏,久屈蟪应伸》,用的是袁枚《荐鸿词北上辞别桂林中丞》句(见《小仓山房诗集》卷一);副题是《追念恩师余越园绍宋先生》。第二封信中谈李义山"卧后清宵细细长"一段,曾摘引入我们合著的《古典文学鉴赏论·炼字》章中。有不少人见到,都以未见全信为憾。其实,若在论著中插进一些不相干的话,未免不伦不类,现在借此机会抄出,聊以附骥,并以示世之不我遐弃者。

吴戬毅附识:

　　曩余读义山"重帏深下莫愁堂,卧后清宵细细长"之句,颇有味于"细细"形容之妙,然究其妙在何处,实亦懵然也。后得读衍文先生《古典文学鉴赏论》,恍有所悟。尝闻先生衡文论艺,每不欲依傍古人、苟合时贤。"人居屋中,我来天外",随园《续诗品》固言之矣。今诵是书,而先生之持论,亦仿佛似之。盖其识也,必力透百代之纸背而后已;其学也,虽蓬阁兰台未足以该之。而先生之解义山也,初亦见于是书,盖论"细细"之"极言清宵之长"亦"通感之一类",理固如是,足补钱氏《谈艺录》之阙。然人各有悟入处,先生亦屡言之矣。暇尝思而笔之云:

　　"细细"也者,盖承上言之,谓"清宵细细"也。试思清宵卧后,万籁俱静,而往事如烟,此时惟诗人思绪如抽丝之纷然游走,则此情此景非"细细"不足以体之味之,舍"细细"亦不足以状此境此情之清尔。只着此二字,而清宵之境、诗人之情,读者亦体之味之矣!连下读之,"细细"亦以概清宵之"长"并愁思之"长"也。常言曰:愁人夜长;又情人误约,其时间感受之细之微,亦唯此二字足以当之。常人一日,愁人则"一日相思十二时";常人一分一秒,愁人则"似将海水添宫漏,共滴长门一夜长"矣。盖时间单位之分割愈细,主观之心路历程之所感则愈形其长,海水之添于宫漏,如数学之微分趋于无穷大然,则时间之特定单位分割至于无限,非"细细"而何。舍"细细"二字莫能喻诗人愁思之长,亦莫能味愁人清宵之长焉。更进一层而言,诗人之心路历程于以下六句历历现出,细数而概言之测此"细细"二字直可统领全篇矣。然谓此二字为全诗之眼,犹未为过也!意"细细"初未必定是状物,恐伤诗味故耳。

初,余以无缘识先生。复以文学非己之所业,恐所言为识者笑。故不欲出之。后以机缘所聚,得识先生矣,偶言及之。先生闻而喜,且督余作文,意欲公诸同好。余敬谢曰:奈未得牙慧,先拾唾余何。然固辞而不获,非敢续貂附骥,特用志先生爱异量之美,与余向之受知受启之感尔。二〇〇〇年一月。

衍文按:

近获读《管锥编》第五册《增订》二七三页论及义山"卧后"之句,云:"'细细'者,逐秒以待寸阴之移,愈赏长夜之漫漫无尽,犹《庄子·天下篇》所谓'一尺之棰,日取其半,万世不竭'也。"是钱公不以拙说为然也。而戡榖兄之说与之暗合,亦可征其颖悟已。儿子永翔则谓余说及钱说皆过于深求,实则"细细"者,缓缓、冉冉之谓也。老杜《江畔独步寻花七绝句》之七云："繁枝容易纷纷落，嫩蕊商量细细开。"又《官亭夕坐戏简颜十少府》云："老翁须地主，细细酌流霞。"味诗意皆"缓缓"之义。又《严郑公宅同咏竹》云："雨洗娟娟净，风吹细细香。"较以《狂夫》诗之"风含翠篠娟娟静，雨裛红蕖冉冉香"，则"细细"自与"冉冉"同义也。余谓诗无达诂，"作者之用心未必然，而读者之用心何必不然"，况误解亦往往有助于创新乎？故三说并存之可也。